KB166662

쿵! 아주 잠깐의 커다란 수직 흔들림.

그 이후에는 체감적으로 진도 1에서 2정도인 작은 지진이 계속되었다.

「시작된 건가……」

「토야 씨, 하늘이……!」

루가 가리킨 하늘에 빛의 커튼이 떠올랐다.

옆에 있던 야에도 그 현상을 눈을 크게 뜨고 바라보았다.

「하늘이 갈라지는 건가요……?」

이세계는 스마트폰과 함께.18

루의 발트라우테가 C유닛으로 변환되었다.
수많은 상황에 대처할 수 있는 발트라우테는
모두를 지원하는 역할로 옮겨갔다.
오른쪽 어깨에 캐넌포를 장비한 C유닛은 장거리 공격이 가능해진다.
루는 정확하게 다른 사람이 놓친 적을 하나하나 제압했다.

『지원하겠어요!』

야에의 슈베르트라이테, 힐다의 지그루네, 에르제의 게르힐데가 해변을 달려 변이종을 향해 돌격하기 시작했다. 그에 호응하듯 각국의 프레임 기어도 각자의 무기를 들고 해변가로 달렸다.

「부서졌다, 부서졌어! 쿠후후후후, 아프네!

이 힘을 사용하면 온몸이 잘게 썰리는 것 같은 통증이 엄습해.

기분 좋아서 쌀 것 같아져…… 참기가 너무 힘들어.」

뭐야 뭐야, 이런 터무니없는 일이……

눈앞에 있는 루나의 몸 이곳저곳에서

광택을 띤 황금 파편이 비어져 나왔다.

그 모습은 프레이즈의 지배종이나 다름없었다.

이세계는 스마트폰과 함께. ⑱

후유하라 파토라　illustration ■우사츠카 에이지

캐릭터 소개

모치즈키 토야

하느님의 실수로 이세계로 가게 된 고등학교 1학년(등장 당시). 기본적으로는 너무 소란을 피우지 않고 흐름에 몸을 내맡기는 스타일. 무의식적으로 분위기 파악을 하지 못한 채, 은근히 심한 짓을 한다.

무한한 마력에 모든 속성 마법을 가지고 있으며, 무속성 마법을 마음대로 사용하는 등, 하느님 효과로 여러 방면에서 초월적. 브륀힐드 공국 국왕.

벨파스트 유미나 에르네아

벨파스트의 왕녀, 열두 살(등장 당시). 오른쪽이 파란색 왼쪽이 녹색인 오드아이. 사람의 본질을 꿰뚫어 보는 마안의 소유자. 바람, 흙, 어둠이라는 세 속성을 지녔다. 활이 특기. 토야에게 한눈에 반해, 무턱대고 강하게 다가갔다. 토야의 신부가 될 예정.

에르제 실레스카

토야가 구해 준 쌍둥이 자매의 언니. 양손에 건틀릿을 장비하고 주먹으로 싸우는 무투사. 직설적인 성격으로 소탈하다. 신체를 강화하는 무속성 마법【부스트】를 사용할 줄 안다. 매운 것도 좋아한다. 토야의 신부가 될 예정.

린제 실레스카

쌍둥이 자매의 여동생. 불, 물, 빛이라는 세 속성을 지닌 마법사. 빛 속성은 별로 잘 사용하지 못한다. 굳이 따지자면 낯을 가리는 성격으로 말이 서툴지만 가끔 대담해진다. 단 음식을 좋아한다. 토야의 신부가 될 예정.

코코노에 야에

일본과 비슷한 먼 동쪽의 나라, 이센에서 왔지만 매우 오랜 세월을 살았다. 진지한 성격이지만 어딘가 어긋나 있는 면도. 본가는 검술 도장으로 유다는 코코노에 진명류(眞鳴流)라고 한다. 겉만 봐서는 잘 알기 어렵지만 의외로 거유. 토야의 신부가 될 예정.

루시아 레아 레굴루스

애칭은 루. 레굴루스 제국의 제3 황녀. 유미나와 같은 나이. 제국 반란 사건 때에 자신을 도와준 토야에게 한눈에 반했다. 쌍검을 사용한다. 유미나와 사이가 좋다. 요리 재능이 있다. 토야의 신부가 될 예정.

오르트린데 스우시 에르네아

애칭은 스우. 열 살(등장 당시). 자객에게 습격당하는 걸 토야가 구해 주었다. 벨벨스트 국왕의 조카, 유미나의 사촌. 유미나와 사이는 진난만하고 호기심이 왕성하다. 토야의 신부가 될 예정.

미나스 레스티아 힐데가르드

애칭은 힐데. 레스티아 기사 왕국의 제1 왕녀. 검술에 능하며 '기사 공주'라고 불린다. 프레이즈에 습격당할 때 토야에게 도움을 받고 한눈에 반한다. 긴장하면 말을 더듬는 습관이 있다. 야에와 사이가 좋다. 토야의 신부가 될 예정.

린

전(前) 요정족 족장. 현재는 브륀힐드의 궁정마술사장정. 어려 보이지만 매우 오랜 세월을 살았다. 자칭 612세. 마법의 천재, 사람을 놀리기를 좋아한다. 어둠 속성 마법 이외의 여섯 가지 속성을 지녔다. 토야의 신부가 될 예정.

사쿠라

토야가 이센에서 주운 소녀. 기억을 잃었었지만 되찾았다. 본명은 파르네제 포르네우스. 마왕국 제노아스의 마왕의 딸이다. 머리에, 자유롭게 빼낼 수 있는 뿔이 나 있다. 감정을 겉으로 잘 드러내지 않지만, 노래를 잘하고 음악을 매우 좋아한다. 토야의 신부가 될 예정.

폴라

린이【프로그램】으로 만들어 낸 곰 인형으로, 마치 살아 있는 것처럼 움직인다. 200년 동안 계속 움직이고 있으며, 그사이에 움직임은 상당한 연기파 배우 수준. 폴라…… 무서운 아이!

코하쿠

토야의 첫 번째 소환수. 백제라고 불리는 서쪽과 큰길의 수호자로, 짐승의 왕, 신수(神獸). 평소엔 새끼 호랑이 크기로 다니며 눈에 띄지 않게끔 한다.

산고&코쿠요

토야의 두 번째 소환수. 두 마리가 한 세트. 현제라고 불리는 신수. 비늘의 왕. 물을 조종할 수 있다. 산고가 거북이, 코쿠요가 뱀.

코쿄쿠

토야의 세 번째 소환수. 염제라고 불리는 신수. 새의 왕. 침착한 성격이지만, 외모는 화려하다. 불꽃을 조종한다.

루리

토야의 네 번째 소환수. 창제라고 불리는 신수. 푸른 용으로, 용의 왕. 비꼬기를 잘하며, 코하쿠와는 사이가 나쁘다. 모든 용을 복종시킬 수 있다.

모치즈키카렌

정체는 연애의 신. 토야의 누나를 자처하는 중. 천계에서 도망친 종속신을 포획해야 한다는 대의명분으로, 브륀힐드에 눌러있었다. 느긋한 말투. 꽤 게으르다.

모치즈키모로하

정체는 검의 신. 토야의 두 번째 누나를 자처한다. 브륀힐드 기사단의 검술 고문에 취임. 늠름한 성격이지만 조금 천연스럽다. 검을 쥐면 대적할 상대가 없다.

프란세스카

바빌론의 유산 '정원'의 관리인. 애칭은 세스카, 메이드복을 착용. 기체 넘버 23. 입만 열면 야한 농담을 한다.

하이로제타

바빌론의 유산, '공방'의 관리인. 애칭은 로제타. 작업복을 착용. 기체 넘버 27. 바빌론 개발 청부인.

벨플로라

바빌론의 유산 '연금동'의 관리인. 애칭은 플로라. 간호사복을 착용. 기체 넘버 21. 폭유 간호사.

프레드모니카

바빌론의 유산 '격납고'의 관리인. 애칭은 모니카. 위장복을 착용. 기체 넘버 28. 입이 거친 꼬마.

프레리오라

바빌론의 유산 '성벽'의 관리인. 애칭은 리오라, 블레이저를 착용. 기체 넘버 20. 바빌론 넘버즈 중 가장 연상. 바빌론 박사의 밤 시중도 담당했다. 남성은 미경험.

파메라노엘

바빌론의 유산, '탑'의 관리인. 애칭은 노엘, 체육복을 착용. 기체 넘버 25. 계속 잔다. 먹고 자기만 한다. 기본적으로 게으르고 뭐든 귀찮아하는 성격.

이리스팜므

바빌론의 유산, '도서관'의 관리인. 애칭은 팜므, 세일러복을 착용. 기체 넘버 24. 활자 중독자. 독서를 방해하면 싫어한다.

리루루파르셰

바빌론의 유산, '창고'의 관리인. 애칭은 파르셰. 무녀 복장을 착용. 기체 넘버 26. 덜렁이. 게다가 자각이 없다. 깜빡하고 저지르는 실수가 잦다. 잘 넘어진다.

아틀란티카

바빌론의 유산, '연구소'의 관리인. 애칭은 티카. 흰옷을 착용. 기체 넘버 22. 바빌론 박사 및 넘버즈의 유지보수를 담당하고 있다. 극심한 어린 여자아이 취향.

레지나바빌론박사

고대의 천재 박사이자 변태. 공중 요새 '바빌론'을 비롯한 다양한 아티팩트를 만들어 냈다. 모든 속성을 지녔다. 기체 넘버 29번의 몸에 뇌를 이식해 5000년의 세월을 넘어 부활했다.

지금까지의 줄거리

하느님이 특별히 마련해 준 스마트폰을 들고 이세계에 오게 된 소년, 모치즈키 토야. 수많은 만남을 거쳐 소국 브륀힐드의 왕이 된 토야는 세계의 왕들과 힘을 합쳐 이세계의 침략자 프레이즈에 맞선다. 나라라는 울타리를 넘어 세계를 돌아다니던 토야는 어느 나라에서 고렘이라고 불리는 기계 장치 인형이 존재하는 다른 세계로 들어가게 된다. 거울을 보는 것처럼 좌우로 역전된 세계지도. 토야의 앞에 새로운 이세계의 문이 열렸다……

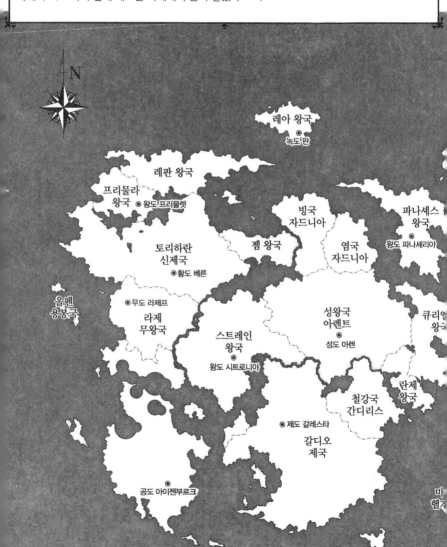

표지 · 본문 일러스트
우사츠카 에이지

ill 제1장 신마독(神魔毒)

　사흘 후에 찾아올 세계의 변혁을 나는 되도록 많은 사람에게 알렸다. 길드 마스터인 레리샤 씨와 '흑묘(黑猫)'의 실루엣 씨의 힘을 빌려 양쪽 세계에 존재하는 각국 대표자에게 사흘 후에는 너무 위험한 장소에 가지 않게 주의를 당부했다.

　하느님은 큰 변화가 없을 거라고 했지만, 최대한 주의를 기울일 수 있다면 그러는 게 좋다. 브륀힐드도 그날에는 던전섬 입도를 금지했다.

　대정령과 그 밑의 정령들은 많은 부담을 짊어지게 된다. 지진을 억제하고, 쓰나미를 막고, 화산을 진정시켜, 자연재해를 막아야 한다. 이건 사전에 알고 있기에 가능한 일이었다.

　정령들은 평소에 지진이 발생하든 화산이 분화하든 개입하지 않는다. 그게 자연스럽고 당연한 일이기 때문이다. 하지만 이번만큼은 정령들의 힘을 빌리자. 이번 일로 인한 세계의 멸망은 정령들도 바라지 않을 테니까.

　할 수 있는 일은 모두 해 두었으니, 이제는 하느님에게 기도할 뿐이다.

─────────그리고 사흘 후 아침.

나는 스마트폰 알람이 울리기 전에 눈을 떴다.

솔직히 말해 거의 잠을 자지 못했다. 심야 0시를 지나면 이미 그 시점에 '3일 후'가 시작되는 거니까. 하느님조차 정확한 시간까지는 모른다고 하니 어쩔 수 없는 일이지만 이래선 마음이 진정되지 않는다.

"다들 잘 잤어?"

"안녕하세요. ……토야 오빠, 괜찮으세요?"

유미나가 걱정스러운 듯이 내 얼굴을 바라보았다. 괜찮아. 그냥 수면 부족일 뿐이야.

약혼자들에게는 이미 다 전해 두었으며 오늘은 특별한 일을 하지 않고 평소대로 생활하기로 했다.

그래도 역시 불안했는지, 아침을 다 먹고 난 후에는 모두 거실에 모였다. 그리고 각자 책을 읽거나, 트럼프를 하며 시간을 보냈다.

나도 소파에 걸터앉아 스마트폰으로 뉴스 사이트를 둘러봤는데, 이런 재해가 발생하면 긴급 속보로 알려 주는 어플리케이션이 있으면 편리하지 않을까 하는 생각이 들었다.

바로 바빌론 박사에게 전화를 걸어 상의해 보니 정령들과 계약을 맺고 힘을 빌리면 충분히 가능하다고 한다.

이번에는 어쩔 수 없지만 나중에 만들어 달라고 해서 사람들에게 배포하자. 쓰나미 경보나 분화 경보가 있으면 큰 도움이 된다.

전화를 끊은 다음 다시 뉴스 사이트를 보려고 창을 띄웠을 때, '그것'이 왔다.

쿵! 아주 잠깐의 커다란 수직 흔들림. 그 이후에는 체감적으로 진도 1에서 2 정도인 작은 지진이 이어졌다.

"시작된 건가……."

"토, 토야……."

스우가 불안한 듯 나에게 안겨들었다. 괜찮아. 정령들이 진정시켜 줄 거야.

"토야 씨, 하늘이……!"

발코니에 있던 린제가 소리쳤다. 나에게 안겨든 스우를 데리고 곧장 발코니로 나가 보니 아침인데도 하늘이 어두웠다. 두꺼운 구름에 뒤덮여 마치 밤처럼 캄캄했다.

"뭐, 뭐죠?! 저기에서 빛이 나는데요……?!"

"참 아름답습니다……. 그런데 조금 수상해 보이기도 합니다……."

루가 가리킨 하늘에 빛의 커튼이 떠올랐다. 옆에 있던 야에도 그 현상을 눈을 크게 뜨고 바라보았다.

"하늘이 갈라지는 건가요……?"

"아니. 저건 오로라. 이쪽 세계에서는 어떤지 모르겠지만, 자연 현상의 하나야."

"극광(極光)이야. 대수해에서 가끔 볼 수 있다고 들었어. 나도 오래 살았지만 보는 건 이번이 처음이네."

불안한 듯 중얼거린 힐다에게 내가 대답해 주자 린이 보충 설명을 해 주었다. 지구에서는 추운 곳에서 볼 수 있는 현상인데 이곳에서는 다른 듯했다.

우리가 하늘에 주목하는 사이에도 땅은 계속 흔들렸다. 하지만 아주 약해서 실내의 물건은 하나도 떨어지지 않았다.

하늘은 때로는 붉게, 때로는 녹색으로, 때로는 보라색으로, 다채롭게 색을 바꾸었지만 이윽고 빛은 사라졌다. 그와 동시에 이번에는 뚝뚝 비가 내리기 시작해 우리는 발코니에서 실내로 들어갔다.

크게 쏟아지는 비는 아니었다. 빗방울이 드문드문 떨어지는 가랑비였다. 하지만 평범한 비는 아니었다.

"빛나는…… 비……?"

사쿠라의 말대로, 무지개처럼 빛나는 비가 하늘에서 떨어졌다. 그 비는 반짝거리다가 지면에 튀면 사라졌다.

신기하게도 비는 물웅덩이를 만들지 않았다. 모두 대지에 빨려들어 가듯이 사라졌다. 손을 뻗어 봐도 닿았다는 감각이 느껴질 뿐 손은 젖지 않았다.

시험 삼아 발코니에 컵을 놓아 봤지만, 안에는 아무것도 고이지 않았다. 이건 뭐지?

"마력이 포함된 물질일까? 에테르리퀴드 같은 물질……. 대기에 포함된 마력이 일제히 떨어지는 건지도 모르겠네."

린이 흥미롭다는 듯이 비를 바라봤다. 물난리가 나지는 않겠지만 이래도 괜찮을까? 마력이 고갈되어 정령들이 포기한 땅에는 단비일지도 모르지만…….

"앗, 하늘이 갠다!"

"정말이네……. 어?"

에르제의 말을 듣고 하늘을 올려다보았다. 정말로 비는 그치기 시작해 태양이 비치기 시작했다.

하지만 구름이 갠 하늘에는 두 개의 태양이 떠 있었다. 게다가 일부분이 겹친 상태였다.

충격적인 광경을 보고 모두 할 말을 잃었다. 이윽고 태양은 하나로 합쳐져 한층 더 강한 빛을 내뿜었다.

마치 폭발하는 듯한 눈부신 섬광이 우리를 덮쳤다. 조심조심 눈을 떠 보니 그곳에는 평소에 보던 태양이 떠 있을 뿐이었다.

어느새 지진도 진정되었다. 끝났나?

"세계지도 표시. 공중에 투영."

〈알겠습니다. 투영합니다.〉

부웅, 하고 내 앞에 세계지도가 나타났다. 그건 지금까지 보던 지도가 아니라, 새로운 세계지도였다.

대략적으로 말하자면 오른쪽에 앞쪽 세계의 대륙이, 왼쪽에 뒤쪽 세계의 대륙이 있었다. 그런데 이전과는 형태가 조금 달랐다.

"이센이랑 이그리트…… 섬나라가 많이 뒤틀려 이동했어. 뒤쪽 세계도 마찬가지고."

"파나세스 왕국과 리프리스 황국이 땅으로 연결되어 있어요. 괜찮을까요?"

유미나의 말을 듣고 확인해 보니, 정말로 파나세스 왕국의 끝이 리프리스 황국과 붙어 있었다.

겹친 영토는 그다지 넓지 않아 다툼은 벌어지지 않겠지만 이곳에 있던 사람들은 괜찮을까?

곧장 이 지도 데이터를 바빌론으로 보낸 다음, 전화를 걸어 다른 사람들의 단말도 업데이트해 달라고 박사에게 부탁하기로 했다. 아마 다른 사람들이 가지고 있는 양산형 스마트폰에는 새로운 세계의 지도는 표지되지 않을 것이다.

전화를 받은 박사도 그건 이미 예상한 모양이었다.

"관측은 어때?"

〈당장은 문제없어. 쓰나미나 땅 갈라짐, 화산 분화 같은 징후도 없고. 굳이 문제라면 대기가 좀 불안정하지만 충분히 허용할 수 있는 수준이야.〉

정령들이 열심히 노력하고 있구나. 다음에 뭐라도 사례를 해야겠어.

일단 새로운 세계지도만이라도 봐 두라고, 나는 사진을 첨부한 메시지를 모두에게 일제히 전송했다.

그리고 혹시 몰라 리프리스 황왕에게도 전화했다.

〈말대로 연결이 되긴 했다만, 저쪽은 섬나라 하나니 어떻게든 될 테지. 스트레인 여왕의 말로는 파나셰스의 왕은 온화한 인품이라니, 괜찮아. 원만히 수습될 거야.〉

현재로서는 리프리스가 상황을 더 잘 파악하고 있으니 교섭을 해도 불리하지 않을 것이다.

그보다 바다를 사이에 두고 리프리스, 벨파스트와 마주 보게 된 큐리엘라 왕국이 신경 쓰인다.

이 나라에 관한 정보는 하나도 없으니까. 물론 스트레인이나 갈디오 같은 나라에 물어보면 알 수야 있겠지만.

일단 나는 가슴을 쓸어내렸지만, 마치 그 순간을 노린 듯이 갑자기 하늘에서 쨍그라아앙! 하고 유리가 깨지는 것 같은 커다란 소리가 울려 퍼졌다.

"아니?! 뭐지?!"

"토야 오빠! 저길 보세요!"

유미나가 하늘을 손가락으로 가리켰다.

동쪽 하늘에 별똥별 같은 뭔가가 떨어지고 있었다. 재빨리 '신안(神眼)'으로 【롱센스】를 발동해 보니, 떨어지는 '그것'의 형태가 뚜렷이 내 눈에 보였다.

독침. 내 눈에는 그렇게 보였다. 잔뜩 뻗어 나온 암금색의 일그러진 가시가 동쪽 하늘로 사라져 갔다.

불길해 보이는 그 가시는 명백히 탁한 신기를 두르고 있었다.

"검색! 방금 그 물체는 어디로 떨어지지?!"

〈분석 중……. 분석 완료. 표시합니다.〉

투영된 지도에 핀이 떨어졌다. 레굴루스인가! 빌어먹을!

제도 갈라리아의 북동부에 있는 넓은 평원 근처였다. 다행이라고 해야 할지는 모르겠지만 큰 마을은 없었다.

하지만 안심하기에는 이르다. 틀림없이 그건 사신(邪神)이 관여된 무언가다. 세계의 결계를 뚫고 이쪽 세계로 떨어졌다. 그냥 내버려 둘 수는 없다.

"갔다 올게!"

근방이라 【텔레포트】를 사용하면 곧장 전이할 수 있다. 뭐가 있을지 알 수 없어 나는 혼자 가기로 했다. 문제가 없으면 나중에 【게이트】로 길을 연결하면 된다.

【텔레포트】를 사용해 레굴루스의 목적지로 전이해 보니 그곳의 대지가 커다란 크레이터 모양으로 파여 있었다.

크레이터 중심부를 보니 대지에 꽂힌 일그러진 가시가 보였다.

크기는 30미터 정도일까. 지면에 박혀서 보이지 않는 부분을 제외하고 이런 크기다.

"대체 이건 뭐지……?"

내가 가시에 가까이 다가가려고 하자, 물이 스며 나오듯이 가시가 박힌 지면이 스멀스멀 변색되기 시작했다.

독살스러운 암금색의 어둠에 지면이 침식되었다.

〈대지가 썩고 있습니다…….〉

"너는……."

갑자기 지면에서 땅이 부풀어 오르더니, 여성의 모습으로 변했다. 대지의 정령이었다. 내가 소환하지는 않았으니 흙이나 돌로 만들어진 그 몸은 본체가 아니라 아마 빙의체이리라. 본체는 정령계에 있겠지.

〈저 물체에서 대지를 썩게 만드는 독이 뿜어져 나오고 있습니다. 이대로 가면 이 주변 일대가 모두 썩어 대지가 소실됩니다.〉

"소실? 사라진다고?"

〈네. 녹아내리는 것이 아닙니다. 사라집니다. 허무의 공간으로…….〉

녹아서 마그마가 되는 게 아니라 사라진다는 건가. 또 성가신 물건을 보냈구나…….

〈왕이여. 저것을 보시지요.〉

대지의 정령이 가리킨 곳을 보니, 거대한 황금 독침에서 크드득크드득 소리를 내며 변이종이 만들어지고 있었다. 참 등장 방법도 여러 가지야.

만들어진 변이종은 모두 하급종이었다. 개미처럼도 보이는 그 하급종은 우리를 향해 검 모양 팔을 창처럼 쭉 내뻗었다.

나는 【스토리지】에서 내 키보다도 큰 정재(晶材) 해머를 꺼내 【그라비티】로 무게를 늘려 변이종을 내리쳤다.

핵까지 해머의 무게로 짓눌린 변이종은 검은 연기를 내뿜으며 흐물흐물한 유체(流體)가 되어 사라졌다.

그러는 사이에도 똑같은 방법으로 변이종이 독침에서 만들어졌다. 나는 잇달아 해머를 휘둘러 그 녀석들을 부쉈지만 이래서는 끝이 안 난다.

일단 저 독침을 어떻게든 해야겠어.

나는 만들어지는 변이종을 부수면서, 무게를 늘린 정재 해머를 온 힘을 다해 크게 휘둘러 황금 가시를 때렸다.

마치 무거운 종(鐘)을 때렸을 때와 같은 충격이 손을 타고 전해져 왔다.

빠가아악. 가시에 균열이 가며 붕괴가 시작되었다. 그리고 부서진 파편이 그드드득 소리를 내며 주변 일대에 흩어졌다.

지면으로 확장되던 침식도 멈춘 듯했다.

"참. 온갖 수단을 다 사용해서…… 괴롭히려고 하는걸."

부서진 가시 파편이 주르륵 녹았다. 거기까지는 조금 전의 변이종과 다르지 않아, 나는 또 평소대로 검은 연기를 내뿜으며 소멸할 거라 생각했다.

그런데 그 파편이 녹은 액체는 가루처럼 바슬바슬 바람에 날려 공중을 떠돌기 시작했다. 마치 황사처럼. 황금 입자가 주변을 물들여 갔다.

"이게 뭐야?!"

〈크, 으, 으, 앗?!〉

갑자기 대지의 정령이 고통스러워하며 지면에 무릎을 꿇고 쓰러졌다. 뭐지?!

쓰러진 대지의 정령에게 달려가 웅크려 앉아 나는 말을 걸었다.

"왜 그래?! 괜찮아?!"

〈죄송합니다……. 왕이여, 도망치십시오. 이건……!〉

그 말을 남기고 대지의 정령의 모습을 하고 있던 흙과 돌이 와르르르 무너지며 원래의 모습으로 돌아갔다. 빙의를 유지할 수 없게 된 듯했다.

"대체 무슨 일이……."

일어서려고 한 순간, 나는 격렬한 현기증이 엄습해 대지의 정령처럼 무릎을 꿇고 말았다.

뭐지? 대체 왜 이래?!

힘이 안 들어갔다. 일어서려고 해도 1초도 서 있을 수 없어 바로 그 자리에서 쓰러졌다. 숨을 쉬기 힘들었다. 비지땀이 흘렀고 시야가 흐릿해졌다.

"큭……. 혹시 이 가루가……."

아직도 주변을 안개처럼 떠다니는 가루를 노려보면서 나는 어떻게든 쓰러진 몸을 일으키려고 발버둥 쳤다.

이대로는 곤란해. 여기서 도망치자.

"【텔레, 포트】……."

전이 마법이 발동되지 않았다. 이럴 수가! 한 번 더 시도해 봤지만 역시 발동되지 않았다.

체내의 마력을 모을 수가 없었다. 이것도 이 안개 탓인가?

최후의 수단으로 신기(神氣)를 가다듬고 신화(神化)하려고 한 그 순간, 지금까지와는 비교도 할 수 없을 정도의 극심한 통증과 현기증이 덮쳐 나는 그 자리에서 구토를 하고 말았다.

"우웨에에엑!"

나는 토사물을 피하듯이 지면을 굴렀다. 드러눕는 자세로 쓰러져 하늘을 올려다보니 흐릿한 시야에 '그것' 이 보였다.

"이럴, 수가……!!"

태양이 떠 있는 방향을 기준으로 서쪽. 셀 수 없이 많은 별똥별이 반짝이는 황금빛을 두르고 떨어졌다. 설마 저게 전부 이 가시와 똑같은 건가?

불길한 유성우를 보자 다시 구역질이 났다.

의식이 몽롱한 가운데, 어떻게든 이 안개에서 도망치려고 몸을 움직였지만 허사였다.

진짜 위험해. 눈을 뜨는 것조차 힘들어졌어…….

"큭……!"

"임금님!"

흐릿해진 시야에 머리카락이 분홍색인 소녀가 보였다. 사쿠라……? 아, 【텔레포트】로…….

달려오는 사쿠라의 모습을 시야의 한구석으로 확인하면서

나는 의식을 잃었다.

무거운 눈꺼풀을 떠보니 익숙한 천장이 나를 맞이했다.

내 방이다. 평소대로 침대 위다.

"정신이 들었어?"

"……카렌 누나."

침대 옆 소파에 양산형 스마트폰을 들고 카렌 누나가 앉아
있었다.

일어나려고 했지만 몸이 무거웠다.

"조금 더 자. '신마독(神魔毒)' 효과가 겨우 다 떨어졌을 뿐,
빼앗긴 체력은 회복되지 않았거든."

"…… '신마독'?"

"신도 죽일 수 있는 독을 말해. 설마 이런 수법으로 나올 줄
은 예상 못 했어."

흐으음. 팔짱을 끼고 심각한 목소리를 흘리는 카렌 누나.

독…… 독이라. 분명히 그건 딱 독 같은 느낌이었다.

'신마독'은 신을 죽이는 독. 신성이 강하면 강할수록 독성
은 강해진다. 누나들에게도 진심으로 위험한 독라고 한다.

그러고 보니 나도 신화를 하려고 했더니 더 고통스러워졌다.

카렌 누나 일행은 그 탓에 나를 구조하러 오지 못했다. 육체는 인간이지만 신은 신. 그 자리에서 쓰러질 수도 있다.

그래서 유일하게 전이 마법을 사용할 수 있는 사쿠라가 자원했다. 사쿠라도 신의 권속이 되어 가고 있었던 터라, 그 독의 영향을 받아 하루 내내 드러누웠다고 한다.

"하루 내내라니…… 저는 며칠이나 잤죠?"

"사흘이야. 정말 큰일이었어~! 다들 안절부절못하며 침대 주변을 떠나지 못했다니까. 내 동생은 참 사랑을 많이 받는단 말이야."

3일이나 쓰러져 있었던 건가……. 모두에게 걱정을 끼치고 말았네. 나중에 사과하자.

"독의 영향에서는 완전히 벗어난 건가요?"

"'신마독'은 다가가지 않으면 효과가 없고, 멀어지면 효과는 머잖아 사라지니 걱정 안 해도 돼."

그렇구나……. 그럼 가까이 다가가지만 않으면 괜찮은 건가……. 앗, 그렇지! 그거랑 똑같은 게 잔뜩 떨어지는 모습을 봤잖아!

"지도 표시!"

〈표시합니다.〉

사이드테이블 위에 있던 스마트폰에서 새로운 세계지도가

투영되었다.

"아니……!"

나는 말문이 막히고 말았다. 세계지도의 서쪽, 다시 말해 뒤쪽 세계의 일부분이 이지러졌다. 아니, 이지러졌다기보다는 분단되었다.

아이젠가르드의 북쪽과 동쪽이 소멸해 아이젠가르드는 완전히 고립되었다.

"이건……."

"토야가 파괴한 것과 같은 물체가 이 주변 일대에 집중적으로 쏟아졌어. 그게 대지를 썩게 만들어 지형을 바꿔 버린 거야……."

"그 가시인가……!"

대지의 정령이 말했던 대지의 소멸……. 그때는 내가 파괴해서 멈췄지만 설마 이런 상태가 될 줄이야…….

"그런데 왜 여기에만 집중적으로 떨어진 거지……?"

"다른 곳에도 작은 물체는 떨어졌어. 레지나의 분석에 따르면, 이전에 이곳 근처에 뭔가가 묻혔잖아? 그 잔해가 커다란 물체를 끌어당긴 게 아닐까 싶대."

카렌 누나가 가리킨 장소. 그곳은 나도 전에 본 적이 있다.

예전에 황금 거목(巨木)이 출현했던 장소다. 혹시 그건 일종의 선발대였던 건가?

그 나라에 흩뿌려진 황금 포자……. 그걸 길잡이 삼아 강하했다고…….

"아이젠가르드는 어떻게 됐죠?"

"그게…… 모르겠어. 단지 그 나라 전역에 '신마독'이 흩뿌려졌다는 건 확실해."

"전역에?!"

"그 탓에 신력을 사용해도 살펴보지 못하고 있어. 노이즈가 생긴 것처럼 시야가 뿌옇거든."

'신마독'에 침식된 대지에서는 신에 속하는 우리의 마법이 방해를 받아 제대로 발동되지 않는다고 한다. 어쩐지 해안선은 지도에 표시되는데 아이젠가르드 국내의 도시는 표시는 되지 않더라니. 이건 검색 마법이 방해를 받고 있어서 그렇구나.

어떻게 이런 일이. 전이 마법을 사용해 갈 수도 없는 건가. 물론 가 봤지 곧장 쓰러지겠지만.

나 말고 신에 속하지 않으면서 검색 마법과 전이 마법을 사용할 수 있는 사람이 간다면 문제없겠지만……. 아쉽게도 우리 일가 이외에는 그 정도의 실력자가 없었다.

"애초에 좀 이상해. '신마독'은 신마저 죽이는 독. 신성이 낮은 가짜라지만 사신도 예외는 아니야. 그런데……."

"그거라면 짐작 가는 데가 있어."

어느새 카렌 누나의 뒤에 모로하 누나가 서 있었다. 여전히 갑작스러운 등장이다.

"사신이 차원의 틈새에 틀어박혀 이쪽에 계속 나타나지 않아 좀 이상했는데, 지금이라면 이해가 돼. 그 녀석은 자신의 몸을 '신마독'에 적응시키고 있었던 거야."

"적응?"

"조금씩, 조금씩……. 자신의 몸을 독에 적응하게 만드는 거지. 원래 신성이 낮은 사신이잖아. 못 할 것도 없지. 그리고 그 녀석은 '신마독'을 이겨낼 수 있는 몸을 손에 넣었어."

"——아니, 이겨낸다는 표현은 정확하지 않아. 흡수했다고 해야 더 잘 들어맞아."

발코니의 창문을 열고 카리나 누나가 들어왔다. 잠깐만! 대체 어디로 들어오는 거야, 사냥신! 문으로 들어와요!!

딴지를 걸고 싶었지만 일단 그건 제쳐 두고 의문스러운 점을 물어보았다.

"……흡수했다고요?"

"약한 생물이 강한 생물에게 잡아먹히지 않으려면 어떻게 해야 할까?"

"네? 그거야…… 더 강한 생물과 공생하든가, 도망치거나 숨을 수 있게 의태를 하거나…… 집단으로 행동하든가. 그리고…… 그렇구나, 독인가……."

"그래, 그런 거야. 그 녀석은 신도 죽일 수 있는 독을 품어 우리가 손을 대지 못하게 만들었어. 참 나쁜 쪽으로는 머리가 잘 돌아가는 녀석이라니까. '신마독'에 침식당한 존재에게는 신이나 신의 권속이 접근하지 못하거든."

독을 지닌 생물은 크게 두 가지로 분류된다. 잡아먹기 위해 독을 지닌 생물과 잡아먹히지 않기 위해 독을 지닌 생물이다.

전자는 독사나 전갈 등. 상대를 찔러 신경독으로 마비시킨 다음 잡아먹는다.

후자는 복어나 독개구리. 독을 분비하거나, 몸속에 지니고 있어 잡아먹었다간 포식자가 죽는다.

사신이 취한 방법은 후자다. '신마독'은 신성(神性)이 강하면 강할수록 위험하다고 하는데…… 어라?

"……혹시 '신마독'은 인간에게 안 통해요?"

"안 통해. 신과 신의 권속이 아니면 완전히 무해하지. 그 대신 어떤 장벽도 '신마독'의 범위 안으로 들어가면 침식당하니 토야의 【프리즌】으로도 막을 수 없어."

모로하 누나가 그렇게 대답해 주었다. 【프리즌】으로도 못 막다니……. 내가 눈썹을 찌푸리는데 새로운 두 명의 목소리가 들렸다.

"다행스러운 점은 대륙과 분리되었다는 것이군요. 【신마독】은 대지에 흡수되어 그 지질을 오염시킵니다. 하지만 바다에 흘러가면 희석되어 사라지죠. 세계 전체가 오염될 걱정은 없는 셈입니다."

"근데근데~. 결국 그 나라의 대지는 '신마독'에 침식되었잖아? 우리 신족이나 그 권속에게는 독의 늪지대처럼 되어버린 거거등?"

농경의 신인 코스케 삼촌과 술의 신인 스이카가 소파에 앉으면서 이야기했다. 그러니까, 어디로 들어온 거예요?!

아무래도 '신마독'은 내가 봤던 안개 같은 상태를 유지하지 않고, 지면에 녹아들어 대지가 독성(어디까지나 신들과 그 권속에게만)을 지니게 바꾸어 버린다는 듯하다.

그러고 보니 특수한 광석이 약점인 미국 만화의 히어로가 있었지……? 그런 느낌일까?

"아이젠가르드 사람들은 어떻게 됐죠?"

"특별히 이렇다 할 변화는 없나 봐. 대지가 '신마독'에 오염되었다고는 해도 사람에게는 아무런 해도 없으니까. 다만 변이종이 우글거리며 나타나 꽤 위험한 상황인 모양이야. 이건 배로 탈출해 이웃 국가로 건너온 사람들의 정보이지만."

모로하 누나의 설명이 채 끝나기도 전에 닫힌 옷장 안에서 슬픈 기타 소리가 흘러나왔다. 에릭 사티의 '짐노페디'…….

이제 딴지를 걸지 않겠어. 음악의 신이 왜 내 방 옷장에 들어가 있는지 정도는 그냥 사소한 일이니까.

"다른 나라에도 그 가시가 몇 개 정도 떨어졌죠? 그쪽은요?"

"전부 작은 거라, 몇 마리 정도 변이종이 솟아났지만 모험자 길드나 각 나라의 기사단이 간신히 해치웠나 봐. 큰 거는 대부분 아이젠가르드에 뭉쳐 떨어졌으니까……."

"아이젠가르드 이외의 '신마독'은요?"

"흩뿌려졌지만 기본적으로 인간과 동물들에게는 무해하니

괜찮아. 단지 정령이 접근하지 못하는 땅이 되니, 그곳은 초목 하나 피어나지 않는 땅이 될 거야."

정령도 신의 권속이니 말이지. 자신의 몸을 없애는 땅에 접근할 수는 없다.

그럼 아이젠가르드는 정령이 없는 나라가 되는 건가…… . 정령의 은혜를 받을 수 없다라. 그럼 이미 사람이 살 수 없는 땅이라는 말 아닌가?

"그래, 이제부터 어떻게 할 거지? 이미 이 세계는 세계신님의 손에서 벗어났어. 이제는 토야, 네가 어떻게 하는지에 달렸어."

카리나 누나가 당당하게 웃으며 나를 바라보았다. 어떻게 할 거냐고? 그야 당연하다.

"사신을 쓰러뜨려야죠. 그 녀석들이 제멋대로 날뛰게 놔둘 수는 없어요. 반드시 이 세계에서 소멸시키겠습니다."

카렌 누나를 비롯한 모두가 서로 얼굴을 마주 보며 웃었다. 히죽거리며 '당연히 그렇게 말할 줄 알았어' 라는 얼굴이라 열 받네.

"바로 그 기개다!"

방문을 타앙! 하고 기세 좋게 열더니, 열었다기보다는 날려 버리고, 타케루 삼촌이 들어왔다.

그러니까~~~! 평범하게 들어오면 안 되냐고, 당신들은!!!!!

"우리도 네 싸움을 최선을 다해 돕지! 마음껏 싸워라! 뼈는 거두어 주마!"

"아니, 안 죽을 건데요. 그리고 문 고쳐 놔요."

나는 맹렬히 주먹을 하늘로 내뻗은 타케루 삼촌을 차가운 눈으로 바라보며 대답했다. 불길한 소린 하지 마요!

"토야 오빠! 눈을 뜨셨나요?!"

이렇게 소란을 피우니 역시 모두 눈치챈 모양이었다.

순식간에 내 침대 주변으로 약혼자들이 달려왔다. 앗, 스우! 다이빙은 하지 마!

그 안에서 나는 조금 눈물을 글썽이던 사쿠라의 손을 잡고 끌어당겼다.

"고마워. 사쿠라가 도와주지 않았다면 어떻게 됐을지……."

고개를 절레절레 흔들고는 올곧은 눈으로 사쿠라가 나를 바라보았다.

"그건 당연한 일이야. 우리가 임금님을 구하는 건 당연한 일. 남편을 돕는 게 아내의 역할. 더 의지해도 돼."

아직 결혼하지 않았으니 아내는 아니지만, 그 마음은 정말로 기뻤다. 다정한 말을 하며 미소 짓는 사쿠라를 나는 무심코 껴안았다. 크윽, 너무 귀엽잖아!

"참으로 부럽구먼……."

"이번에는 뭐 어쩔 수 없지. 사쿠라도 온종일 드러누웠으니, 포상인 셈이야."

손가락을 입에 문 스우의 머리를 에르제가 쓰다듬어 주었다. 이런 게 포상이라면 얼마든지 줄 수 있는데요.

그건 그렇다 하더라도, 사쿠라도 '신마독'의 영향을 받았다면 다른 약혼자들도 위험하다는 말이지……?

사신을 쓰러뜨리고 싶은데 문제는 그거였다.

"'신마독'은 어느 정도까지 영향을 미치죠? 이곳에 있는 모두는 영향을 받는다 치고, 예를 들어 우리 기사단 사람들은 아무런 영향도 받지 않나요?"

"음~. ……판단하기 어렵네. 완전한 남이라면 걱정할 필요 없어. 하지만 비호 아래에 있기만 해도 신기의 영향을 조금이나마 받으니…… 토야랑 친한 사람은 '신마독'에 적잖이 피해를 볼지도……."

으~음. 카렌 누나가 팔짱을 끼고 신음했다. 어? 겨우 그런 정도로도 영향을 받아?

모로하 누나도 작게 고개를 끄덕이며 설명해 주었다.

"애정, 우정, 친애, 자애, 호의……. '신마독'은 그런 신의 사랑에 반응해 생명을 좀먹지. 어쩜 브륀힐드에 사는 사람들 모두 어떤 형태로든 대미지를 받을지도 몰라. 다만 우리처럼 죽지는 않고 가벼운 구토감이나 현기증처럼 가벼운 증상일 테지만."

'중이 미우면 가사도 밉다'라는 말이 내 뇌리를 스쳤다. 신이라는 천적과 관련 있는 모든 생명을 침식하는 악마의 독. 정말 저질이다.

그렇다면 나랑 아는 사람들은 모두 영향을 받는 건가……. 마음이 아파. 앗, 아니지. 불쾌함을 느꼈거나 전혀 신경 쓰지 않았던 사람에게는 아무런 영향도 없는 건가.

"그, '신마독'을 막을 방법은 없나요?"

머뭇거리며 린제가 질문하자 코스케 삼촌이 대답했다.

"지상에는 없습니다. 사신처럼 몸에 침투시켜 몸이 독에 적응하게 만드는 방법도 없지는 않지만, 그렇게 하면 우리와 여러분은 다시는 토야와 접촉할 수 없게 됩니다."

"그럼 안 되지! 그건 인정할 수 없네!"

스우가 제일 먼저 반대했다. 나도 그런 방법은 사용하고 싶지 않다.

"다른 타개책을 생각해 봐야겠네요. 그, 사신? 을 내버려 둘 수는 없으니까요."

루가 그렇게 말을 꺼냈지만 어쩌면 좋을지 감조차도 잡히지 않는 상태였다. 아이젠가르드에 살아남은 사람이 한 명도 없다면 나라를 통째로 가라앉히는 수도 있을지 모르지만, 그 정도로 사신이 죽을 거라고는 생각하기 힘들다.

"저어~. 타개책은 아닙니다만……."

머뭇거리며 야에가 카렌 누나를 향해 손을 들었다. 뭐지? 어떤 아이디어든 일단 말해 주었으면 했다.

"그 '신마독'은 기계에도 효과가 있습니까?"

"기계? 아, 프레임 기어로 공격하려고 해도 소용없어. 토야의 【프리즌】조차도 침식해 버리니까. 프레임 기어의 콕핏에 펼친 방어 장벽은 아무런 도움도——."

"아니. 그쪽이 아니라 고렘을 말씀드리는 겁니다."

순간 야에가 무슨 말을 하는지 몰라 멍하니 있었지만, 아아, 하고 겨우 머리가 이해하기 시작했다.

"예를 들어 하는 말씀인데, 토야 님이 소중하게 여기는 고렘도 '신마독'의 영향을 받아 죽는다…… 아니, 기능이 정지되어 죽습니까?"

"……안 죽어. 고렘은, 이렇게 말하면 어감이 나쁘지만 도구…… 신기(神器)와 같은 취급이야. 생물이 아니니 '신마독'의 영향은 받지 않을 거야……."

그렇구나. 모로하 누나의 말대로 고렘…… 물론 프레임 기어도 마찬가지지만, 기계 그 자체는 '신마독'의 영향을 받지 않는다라.

확실히 도구나 물건까지 '신마독'에 침식당한다면 내 옷과 브륀힐드, 스마트폰도 무슨 문제가 생겼어야 한다.

조금 광명이 비치기 시작했다. 고렘하면 에르카 기사다. 어서 상의해 보자.

"흠흠. 한마디로 그 '신마독'은 토야가 호의를 보인 상대에게 반응하는 독이지?"

"덧붙이자면 나나 에르카도 위험하대. 죽지는 않을지도 모르지만 의식불명이 되거나 혼수상태에 빠지는 정도일까?"

히죽거리며 박사가 나를 쳐다봤다. 이 녀석. 조금 열 받네.

하느님이 어쩌니저쩌니 설명할 수도 없어, 결국 '신마독'은 그런 거라고 설명할 수밖에 없었다.

나와 내가 호의를 보인 사람에게는 유독하고 그 이외에는 무해하고.

조금 마음에 들지는 않지만 박사의 말대로 이 두 사람에게도 아마 효과가 발휘될 것이다. 좋아하냐 싫어하냐로 따지면 '좋아한다' 쪽으로 무게추가 기우니까. 히죽거리는 어린 소녀 박사를 보니, 얄미운 감정이 봇물 터지듯 마구 솟구치는데도.

"그래서 아이젠가르드에서는 우리가 행동할 수 없게 됐어. 내부를 탐색하려고 해도 사람도 못 보내."

"그래? 굳이 브륀힐드가 움직일 필요 없지 않아? 예를 들어 '흑묘' 중에서 너와 전혀 상관없는 인물을 파견하면 조사 정도는 할 수 있지 않을까?"

"……어? 그런가? 그렇게도 할 수 있나?"

무작정 사신이 이끄는 변이종과 싸워야 한다고만 생각해서, 내가 어떻게든 해야 한다고 골몰했는데, 맞아, 조사만 한다면 그런 수도 있겠구나.

"그렇지만 위험하다는 사실에는 변함이 없어. 다른 사람에게 시키는 것도 좀 그렇고…… 무슨 일이 벌어지면 큰일이기도 하잖아."

"그 마음을 물론 모르는 건 아니지만. 그래서? 고렘이라면 그 '신마독'의 영향을 받지 않는다고?"

"응. 그러니까 정찰이나 척후 타입의 고렘을 만들 수 없을까…… 또는 그런 고대 기체를 모르나 물어보는 거야."

깊이 생각하던 에르카 기사가 천천히 고개를 들고 손가락 두 개를 펼쳤다.

"문제는 두 가지. 공장제 또는 내가 만든 고렘을 보내도 마스터가 옆에 없으면 제 역할을 못 할 가능성이 있어. 이건 군기병을 보면 알 수 있겠지만, 애초에 고대 기체도 아닌 고렘은 마스터 없이 아주 복잡하고 독자적인 판단은 못 해."

음…… 맞다. 호른 왕국에서 장거리 조작을 했던 철기병은 처참했다. 스스로 판단해 움직이지 못해서는 예상외의 문제가 생겨도 대처하지 못해 그대로 끝장이 날 수도 있다.

"두 번째. 그렇다면 고대 기체 외에는 대안이 없는데, 오랫동안 경험을 축적한 고렘만이 스스로 판단할 수 있어. 즉, 이미 마스터가 있고 오랫동안 가동된 기체여야 한다는 얘기지. 오랫동안 가동했다면 그만큼 그 고렘에 애착이 있다는 말로, 그 고렘을 위험한 지역으로 파견하라든가, 양도받고 싶다고 해 봐야……."

"마스터가 받아들이지 않는다는 말인가……."

대부분의 고대 기체는 발굴된 당시에는 휴면 상태다. 오랫동안 기동되지 않아 예전의 기억을 잃고 하얀 백지상태로 리셋되어 있다. 그 상태로 마스터와 만나 많은 것들을 학습한다.

내가 손에 넣은 세 자매 고렘인 루비, 사파, 에메랄도 시간이 지남에 따라 많은 것들을 배우고 스스로 판단할 수 있게 되었다.

전투 능력이 없는 그 아이들을 아이젠가르드에 보낼 생각은 처음부터 없었지만, 전투 능력이 있다고 해도 위험한 지역에 그 아이들을 보내 달라는 부탁에 흔쾌히 보낼 리가 없다.

물론 팔라고 해도 거절한다.

에르카 기사의 여동생인 노른, '홍묘(紅猫)'의 니아도 자신들의 고렘인 느와르와 루주, 엘프라우 씨 등을 위험한 상황으로 내몰 리가 없다.

"어쩌면 좋지……?"

"지금부터 정찰에 적합한 고대 기체를 찾아서 교육시킬래?"

"어물거리는 사이에 상대가 무슨 행동을 시작할지도 몰라. 가능하면 바로 그쪽의 정보를 얻고 싶은데……."

'급할수록 돌아가라'라고도 하니, 그렇게 할 수밖에 없나……? 아니면 역시 '흑묘'에게 부탁해서 누군가를 파견해 정찰을 부탁할까? 그런데 변이종과 맞닥트릴 가능성이 크니 최소한 빨간색 랭크의 모험자 수준이 되어야 하는데…….

"그 외엔…… 경험이 풍부한 고대 기체를 빼앗는 방법도 괜찮을지 몰라."

"아니아니. 아무래도 그건 좀."

범죄잖아. 남의 물건을 빼앗으면서까지 일을 진행하긴 싫어.

"물론 선량한 사람에게 빼앗을 생각은 없어. 범죄자가 사용하는 고대 기체(레거시)도 많거든. 그 대부분은 도난품이기도 하니, 그걸 빼앗자는 얘기야."

아, 그런 얘기였구나. 그거라면…… 음, 괜찮을까?

〈흐음. 마스터가 무슨 말을 하고 싶은지 알겠군. '망자의 날개'지?〉

'연구소'의 바닥에 누워 있던 에르카 기사의 고렘, 펜릴이 고개를 들었다. '망자의 날개'?

"'망자의 날개'란 성왕국 아렌트에서 위세를 떨치는 도적단이야. 많은 마을을 습격해 약탈을 반복하는 비정한 녀석들이지. 이 녀석들을 쉽게 잡지 못하는 이유 중 하나가 토야가 말한 정찰, 척후 능력이 뛰어난 고대 기체(레거시)를 가지고 있기 때문이야."

"그렇구나. 그 녀석들에게 그 고렘을 빼앗으면 되는 거지?"

조금 꺼림칙하지만 고렘 자체에는 죄가 없다. 범죄자가 사용하던 물건을 사용하려니 마음에 걸리긴 하지만, 그건 확실히 구분해야 한다. 무엇보다 그런 녀석들을 날뛰게 그냥 둬서는 안 된다.

〈그렇게 해 준다면 나도 기쁘다. 그 녀석들에게 부려 먹히는 건 내 형제들이니.〉

"어? 그래?"

펜릴이 꼬리를 흔들며 그런 말을 꺼냈다.

"분명히 '아누비스'와 '바스테트'였지? 정확히 말하면 펜릴과 동일 계열의 기체는 아니고 후계기야. 제작자가 같으니 남동생, 여동생이라고 해도 과언이 아니지."

펜릴과 같다면 동물형인가? 겉모습이 동물과 같은 고렘이라면 확실히 정찰하기에 딱 안성맞춤일지도 모른다. 아니, 펜릴처럼 늑대형이면 토벌될 가능성도 있지만.

펜릴이 아이젠가르드에 가 준다면 이야기가 빠르게 진행될 테지만.

에르카 기사는 브륀힐드 사람이 아니라 어디까지나 손님이니까. 그 사람에게 너의 소중한 고렘을 위험한 지역에 척후병으로 보내라고 말할 만큼 난 뻔뻔하지 않다.

역시 이번에는 그 도적단의 고대 기체^{레거시} 두 대를 양도받도록 할까.

"그런데 그 녀석들이 어디 있는지 모르잖아. 도적단이라면 기사단에게 발견되지 않게 숨어 있을 테고, 검색 마법으로 조사하려고 해도 단서가 없으니……."

"뱀의 길은 뱀에게. 도적단에 관해서는 도적단에게. 자세히 알 법한 동업자가 마침 근처에 있잖아?"

"아."

박사의 말을 듣고 어떤 인물을 떠올린 나는 곧장 그 여성들이 있는 곳으로 갔다.

　"'망자의 날개'라. 우리는 직접 만나 본 적이 없지만 대략적인 소문은 들었어. 그 녀석들은 마을을 습격해 돈이 될 만한 물건을 송두리째 빼앗고, 그것도 모자라 남자를 몰살시킨 다음 여자와 아이들은 어둠의 노예 상인들에게 팔아넘기는 쓰레기들이야."

　"같은 도적단이지만 우리와는 기본적인 자세가 다릅니다. 교류가 전혀 없어서 그다지 많은 정보는 가지고 있지 않지만, 어느 부근을 근거지로 삼고 있는지는 압니다."

　그렇게 말하며 숙소 '은월(銀月)'에 있던 의적단 '홍묘'의 수령인 니아와 부수령인 에스트 씨가 어떤 장소를 가리켰다.

　불러낸 새 세계지도에 나오는 성왕국 아렌트의 북쪽, 염국 다우반과 가까운 사막 지대.

　"이 근처에 본거지가 있다는 소문이야. 그 녀석들은 많은 장소를 습격하긴 해도 보물을 가지고 돌아가는 본거지는 반드시 있어. 오아시스도 있고, 아마 이 근처일 거라 생각해."

　니아는 사막에 산재해 있는 오아시스 중에서도 한층 커다란 곳을 손가락으로 동그라미 쳤다.

"그 '망자의 날개'란 녀석들에게는 무슨 표시 같은 거라도 있어? 그 도적단이라고 판단할 만한 거."

"조직원은 어깨에 날개가 달린 사신(死神)을 문신하고 있대."

좋네. 알기 쉬워서.

"검색. 날개가 달린 사신을 문신한 사람."

〈검색 중……. 검색 완료. 표시합니다.〉

지도에 투두두두둑, 하고 핀이 떨어졌다. 조금 흩어져 있기는 하지만 핀이 몰려서 떨어진 곳이 본거지겠지?

"항상 생각하는 거지만 네 마법은 정말 엄청나……. 이런 걸 사용해서는 도적단 밥벌이도 그냥 끝장이야."

"이 마법도 만능은 아니야. 니아네 세계는 마법 문화가 발전하지 않아 대처법이 없겠지만, 이것도 앞으로 두 세계가 교류하기 시작하면 대처법이 퍼질걸?"

아직 사정을 모르는 사람들은 세계가 융합되었다는 사실을 모르겠지만.

언젠가 양쪽 세계 사이에서(이미 같은 세계지만) 다툼과 충돌이 확실히 일어난다. 아이젠가르드를 감시, 조사하면서 주요 나라의 수뇌진들의 회의도 빨리 성사시킬 필요가 있겠어.

아무튼 이 도적단은 굉장히 심각한 짓을 하고 있는 듯하니 봐줄 필요는 없겠지. 모두 붙잡아 성왕도(聖王都)의 기사단에게 넘겨주자.

너희의 고렘은 내가 감사히 받아가겠지만…… 큭큭큭.

……꼭 내가 도적단 같네. 아무튼, 하게 될 일은 똑같지만.

오아시스 근처에 있던 황폐한 유적에서 도적단 '망자의 날개'의 근거지를 찾았다.

"이, 이, 이 자식. 정체가 뭐냐?! 성왕국의 첩자냐?!"

"아니지만 비슷하다고 할까? 너희를 붙잡으러 왔다는 점에서는 같으니까."

주변에는 내가 쓰러뜨린 도적들이 눈이 뒤집힌 채 드러누워 있었다. 나머지는 이제 눈앞에 있는 이 남자뿐이다.

쓰러진 다른 녀석들의 태도로 추정컨대, 이 녀석이 두목 같다. 고급스러워 보이는 가죽 갑옷과 망토를 두르고 있기도 하고.

덧붙이자면 목적이었던 고렘은 이미【프리즌】으로 포획해【스토리지】에 넣어 두었다. 펜릴의 후계기인 듯, '아누비스'는 검은 개, '바스테트'는 검은 고양이와 똑같이 생긴 고렘이었다.

확실히 이런 고렘을 사용해 스파이 활동을 하면 포획하러 온 기사단의 정보도 빤히 들여다볼 수 있겠어.

고렘이 연계해서 습격했는데, 전투 능력도 꽤 높아 암살에 적합할지도 모르겠다.

"우, 우리에게 걸린 현상금이 목적인가? 그렇다면 그 이상의 돈을 주마! 거짓말이 아냐! 이, 이곳에는 지금까지 번 돈의 대부분이…… 크악?!"

야비한 웃음을 지으며 나를 회유하려던 도적단의 두목에게 나는 가차 없이 마비탄을 쏘았다.

"고맙지만 그 돈은 나중에 고아원에라도 기부해 둘게. 감옥 안에서 아이들의 행복을 빌어줘."

쓰러뜨린 도적들을 산처럼 쌓아 둔 다음, 호른 왕국에서 암살 집단 '크라우'에 했던 것처럼 '이 도적단은「망자의 날개」. 포획했음'이라는 편지를 붙여 도적단을 기사단 대기소로 이전시켰다.

제대로 절차를 밟아 신고하면 현상금을 받을 수 있을지도 모르지만, 절차도 번거롭고 이쪽도 조금 뒤가 켕기는 짓을 했으니 익명으로 보내자.

한 나라의 임금님이 고렘을 가지고 싶어서 다른 나라에 들어와 도적단을 토벌했다는 것도 좀 그렇다. 성왕국의 체면도 있을 테고.

유적 안쪽에 있던 방에서 도적단이 쌓아 둔 보물을 발견해 죄다【스토리지】에 넣어 두었다. 도적의 보물은 쓰러뜨린 사람의 소유가 되니 문제없다. 금전은 성왕국의 고아원에 기부할 생각이지만, 이것만으로도 상당한 재산이네. ……의외로 도적단 토벌도 돈이 돼…….

우리 기사단 훈련 메뉴에 포함해도 좋을지 모르겠다. 보너스도 줄 수 있고, 세상을 위한 일도 되고 일석이조잖아?

물론 이번에는 운 좋게 표시가 될 만한 문신이 있어 발견할 수 있었지만, 매번 이렇게 순조롭지는 않으려나?

보물을 회수해 유적 밖으로 나오니 내리쬐는 태양이 눈부시게 빛나고 있었다.

사막의 태양은 왜 이렇게 따가운지…… 응?

태양 안에서 뭔가 작은 점이 보였다. 이쪽으로 떨어져 내려오는데…… 저건……!!

이쪽으로 내리친 큰 낫을 나는 옆으로 뛰어 피했다. 그러자 유적 입구에 있던 돌기둥이 대각선으로 날카롭게 잘려 사막 위에 야단스럽게 쓰러졌다.

〈기긱…….〉

모래 먼지가 가득 피어오르는 안쪽에서 몸집이 작은 보라색 보디와는 어울리지 않게 큰 낫을 든 고렘이 나왔다. 보라색 '왕관', 파나틱 비올라. 그렇다면……!

"목표였던 도적들이 이상하게 없긴 했지만, 루나는 대박 행운아! 이런 사막 외곽에서 토야~앙을 만나다니 기뻐! 역시 운명의 실로 두 사람의 목이 엮여 있는 거구나! 꽈악 조이고 싶어!"

쓰러지지 않은 유적의 기둥 위에서 그 녀석은 양산을 쓰고

서 있었다.

자수정 같은 긴 머리카락, 일본풍의 고딕 양식의 옷과 티어드 스커트 조합의 의상을 입은 인형 같은 소녀. 안경 너머에서 즐겁게 웃음 짓는 눈에는 명백히 광기가 깃들어 있었다.

루나 트리에스테. '광란의 숙녀'라 불리는 보라색 '왕관'의 마스터다.

"……왜 네가 여기에 있지?"

"아아앙. 도적 아저씨들이랑 죽이기 놀이를 하려고 그랬지. 얼마 전에 남자들이 몰살당한 불탄 마을을 발견했거든. 재미있을 것 같아서 나도 놀아달라고 하려고 했는데. 토야~앙이 있으니 이제 아무래도 좋아!"

돌기둥 위에서 뛰어내린 루나는 손에 들고 있던 양산을 버렸다.

아니, 양산의 일부를 버렸을 뿐으로, 손잡이 앞의 우산대에 숨겨져 있던 가느다란 칼날이 태양 빛을 받아 반짝이며 모습을 드러냈다. 숨겨둔 칼이야?!

채찍처럼 휘며 은색 칼날이 나를 덮쳤다. 빠르다. 야에나 힐다 정도는 아니지만 상당한 실력이다.

종횡무진 날아오는 은색 섬광을 나는 종이 한 장 차이로 피했다.

"아하하하하! 굉장해! 전혀 안 맞아! 근데 부족해! 토야~앙도 어서 와! 자르고, 찌르고, 꿰뚫고, 때리고, 발로 차고, 파내고, 죽여 줘!"

"미안하지만 그런 취미는 없어! 【프리즌】!"

"?!"

보이지 않는 벽이 루나의 주변을 둘러싸고 가느다란 검을 튕겨 냈다.

"어라라? 이게 뭐야? 토야~앙의 마법?"

"구속 마법 【프리즌】이야. 그 벽은 절대 부서지지 않아. 그만 포기해."

"비올라. 부탁할 수 있을까?"

〈기긱.〉

보라색 고렘은 큰 낫으로 【프리즌】을 찔렀다. 소용없어. 조금이긴 해도 신기를 주입한 【프리즌】은 절대 부서지지 않아.

파키긱! 둔탁한 소리를 울리며 비올라의 큰 낫이 튕겨 나갔다. 그것 봐.

"아하하. 정말이네. 좋~아. 비올라 피해 있어. 내가 해 볼 테니까."

"소용없다니까. 얌전히…… 아닛?!"

휘익, 하고 가느다란 검을 버린 루나의 오른팔이 순식간에 암금색 금속으로 뒤덮였다. 금세 증식한 '그것'은 루나의 팔꿈치 앞쪽을 황금색 창으로 변화시켰다.

"에이잇!"

루나가 오른팔을 내뻗자 카키이이이이이잉! 하고 금속이 맞부딪치는 소리가 사막에 울려 퍼지더니 【프리즌】이 산산이 부서졌다.

"부서졌다, 부서졌어! 쿠후후후. 아프네! 이 힘을 사용하면 온몸이 잘게 썰리는 것 같은 통증이 엄습해. 기분 좋아서 쌀 것 같아져⋯⋯. 참기가 너무 힘들어."

뭐야뭐야, 이런 터무니없는 일이⋯⋯.

눈앞에 있는 루나의 몸 이곳저곳에서 광택을 띤 황금 파편이 비어져 나왔다. 그 모습은 프레이즈의 지배종이나 다름없었다.

그리고 그 몸에서는 불길한 사신의 신기 역시 분명하게 흘러나왔다.

대체 이 아이에게 무슨 일이 일어난 걸까.

틀림없이 저건 변이종의 힘, 사신의 힘이다.

"그건⋯⋯."

"아, 이거? 얼마 전에 이상한 금색 마수에게 습격당했거든? 잘라도 잘라도 재생하더라. 마치 나 같아서 친근감이 느껴져서, 몇 번이고 찌르고 찔리고 했는데 그러는 사이에 이렇게 되더라고."

"아니⋯⋯!"

어떻게 된 거야? 설마 보라색 '왕관'의 초재생 능력이 변이종의 힘을 수중에 넣었다는 건가? 아니면⋯⋯.

"이 힘을 쓰면 아주 조금 난폭해지지만, 토야~앙이라면 받아주겠지?"

"……넌 사신의 앞잡이가 된 거야?"

"사신의 앞잡이? 그게 뭔데?"

루나는 어리둥절한 표정을 지었다. ……변이종에게 몸을 빼앗기지는 않은 모양이다.

"그 힘은 사신이라고 불리는 가짜 신의 힘이야. 당장 버리는 게 좋아."

"싫어. 이 힘으로 토야~앙이랑 놀래. 이렇게!"

황금 창이 여의봉처럼 늘어났다. 나는 허리의 브륀힐드를 빼내 블레이드 모드로 변환해 그것을 튕겨 냈다.

하지만 튕겨 나간 창이 궤도를 바꾸어 내 등 뒤에서 다시 습격해 왔다. 옆으로 뛰어 피하자 창은 지면에 꽂혔다.

"앙, 아까워라. 아직 잘 움직이지 않네."

방금 움직임은 프레이즈나 변이종의 완력과 같았다……. 성가신 녀석이 성가신 힘을 손에 넣었어, 빌어먹을.

마음속에서 욕설을 내뱉는데 큰 낫을 휘두르며 비올라가 습격해 왔다.

나는 금속 낫의 자루를 브륀힐드로 막고, 그대로 옆으로 받아넘겼다. 그리고 지면에 꽂힌 낫을 빼내 나를 추격하며 공격하려고 하는 비올라를 향해, 아니, 정확하게 말하자면 그 발치를 향해 마법을 발동시켰다.

"【슬립】."

〈기긱?!〉

발이 미끄러져 얼굴부터 지면에 넘어진 비올라.

"아하하하! 비올라, 꼴사나워~!"

파트너를 가리키며 웃는 루나를 내버려 두고 나는 【스토리지】에서 정재로 만든 큰 검을 꺼냈다.

그리고 그걸 양손으로 잡고 치켜든 뒤, 【그라비티】로 무게를 더한 일격을 엎드린 모습으로 쓰러진 비올라에게 날렸다.

쿠쾅! 자른다기보다는 때려 부수는 듯한 일격이 지면을 흔들었다.

그 공격을 맞은 비올라는 무참하게도 머리와 등, 허리가 납작하게 찌부러진 모습으로 두 동강이 났다. 역시 이래서는 재생할 수 없다.

솔직히 기분은 좋지 않았다. 비올라는 겉모습만큼은 친하게 지내는 검은색 '왕관' 인 느와르나 빨간색 '왕관' 인 루주와 비슷했다.

아무리 기계라지만 의지가 있는 고렘을 이렇게 만들어서는 역시 참담하고 안타까운 마음이 들었다.

"에~잇! 비올라의 원수~!"

"아니……!"

나를 흉내 냈는지, 루나가 오른팔의 금속 부분을 대검(大劍) 모양으로 변형시켰다.

크기가 상당한데도 루나는 그걸 가볍게 옆으로 휘둘러 나를 두 동강 내려고 달려들었다. 자기 신체의 일부가 되면 무게는 느껴지지 않는 건가?

"【실드】……!"

마법을 발동하고서야 실수했다는 사실을 깨달았다. 이 대검은 가짜라고는 하지만 신기를 띤 검이다. 평범한 【실드】로는 막을 수 없다……!

"큭!"

가볍게 파괴된 【실드】와 함께 나는 유적의 벽에 날아가 부딪쳤다.

조금 전처럼 마법이 아니라 무기로 받아넘겼어야 했다.

곧장 일어서려는 나에게 루나가 달려들었다. 그리고 양쪽 어깨를 무릎으로 제압한, 이른바 마운트포지션으로 나를 내리눌렀다.

올려다보니 양쪽 눈으로 수상한 빛을 내뿜는 루나와 눈이 마주쳤다.

"잡~았다~! 쿠후후. 토야~앙이랑 죽이기 놀이를 했더니 몸이 달아올랐어. 이건 사랑일까? 사랑이지? ……앗, 좋은 생각이 떠올랐어."

"어? 잠깐, 아앗?!"

마운트포지션을 유지한 채, 루나가 스르륵 가슴의 리본을 풀고 단추를 하나씩 풀기 시작했다. 그러자 검은 레이스 브래지어가 슬쩍 보였다.

"뭐, 뭐 하는 거야?!"

"괜찮아~. 남자는 아프지 않다고 하니까. 반대로 여자는 굉장히 아프다니 참 기대돼."

"무슨 얘기야?!"

후우, 하아. 달아오른 얼굴로 거친 숨결을 내쉬며 매혹적인 웃음을 짓는 루나가 나를 내려다보았다. 날름 입술을 핥는 혀가 야릇하게 굼실거렸다.

자자자, 잠깐. 이게 뭐야?!

패닉 상태가 된 내 양팔을 누군가가 갑자기 붙잡았다. 그 작고 차가운 손의 주인은 지면에 쓰러진 나를 거꾸로 내려다보고 있었다.

조금 전에 내가 부서뜨렸던 보라색 '왕관' 비올라였다.

"아니?! 설마 그 상태에서도 재생을 했어?!"

"비올라는 그 정도로는 안 죽어. 통증이 없는 만큼 나보다 훨씬 빨리 낫거든."

두뇌인 'Q크리스탈'도 심장인 'G큐브'도 확실히 부쉈다고 생각했는데 어째서……!

갑자기 파삭, 하고 뭔가가 지면에 떨어지는 소리가 들려 비올라를 보던 시선을 정면으로 되돌려 보니, 나를 걸터탄 채 역광을 받고 있는 루나의 알몸이 시야에 들어왔다.

"흐아아아아아아악?!"

너무 놀라고 당황해 온몸이 굳었다. 달아오른 얼굴의 열기

탓인지 안경에 김이 서린 루나가 음란한 미소를 지었다. 이글거리며 불타는 태양 빛에 흰 알몸의 땀이 번들거리며 빛났다.

"자, 자자자, 잠깐만. 잠깐! 뭘 할 생각――――――?!"

"앙. 날뛰지 마~."

루나는 내 셔츠를 풀어헤치더니 훤히 드러난 배 위로 허리를 내렸다. 당연하지만 루나는 아무것도 입지 않았다. 즉, 내 배 위에는 맨…….

"윽! 테, 【텔레포트】!"

"어랴랴?"

좌표 설정도 하지 않고 발동한 【텔레포트】로 그 자리에서 도망쳤다. 나는 10미터 정도 떨어진 사막 위에 구르듯이 전이했다.

위, 위험했어……. 여러 면으로 위험했어…….

"차암. 부끄럼쟁이라니까. 토야~앙은."

"그런 문제가 아냐!"

안 되겠어. 얘는 위험해. 나에게는 천적이나 마찬가지인 존재다. 붙잡히면 틀림없이 당할 거야!

게다가 원래의 목적은 달성했으니 여기에 있을 필요도 없잖아!

"그럼 이만!"

"앗, 차암……."

사라져 가는 루나의 목소리를 들으면서 나는 【텔레포트】로 단숨에 성왕도까지 전이했다.

아직도 초조했는지 뒷골목으로 간다는 게 그만 건물 옥상에 도착하고 말았다.

아래에서 들리는 어린아이들의 목소리와 아저씨가 지르는 듯한 고함. 그런 가운데 나는 거친 숨을 가다듬으며 지붕 위에 드러누웠다.

"무서웠어……."

뱀이 노려봐서 꼼짝 못 한 개구리 처지였다고 해야 하나……. 심장이 벌렁거리는데. 소중한 뭔가를 빼앗길 뻔했어…….

목이 말라……. 나는 【스토리지】에서 차가운 과실수를 꺼내 단숨에 들이켰다.

하아~……. 꿀맛이야. 조금 진정이 되네.

일단 돌아가자. 목적이었던 물건은 얻었으니까. 에르카 기사에게 새로 조정해 달라고 한 뒤에…… 이 두 대는 누구에게 마스터를 맡길까.

내가 맡아도 괜찮지만, 그보다는 이 두 대는 펜릴과 같은 시리즈라고 하니 에르카 기사가 마스터를 맡아도 감응 저해는 안 일어나지 않을까? 펜릴도 동료가 생겨서 기뻐할지도 모르고.

'바빌론'으로 전이하려고 일어났을 때, 도적단에게서 빼앗은 보물의 존재가 생각났다.

앗, 맞다. 그게 있었지. 기왕에 성왕도까지 왔으니 조금 전의 그 돈을 고아원에 기부하고 가자.

"이 근처에 고아원은…… 여기네."

'고아원'으로 검색해 보니 빨간색 핀이 현재 위치에 꽂혔다. 아무래도 이곳은 고아원의 지붕 위인 듯했다.

어쩐지 아까부터 유난히 어린아이들 목소리와 아저씨의 고함이 들린다 싶더라니.

……아저씨의 고함?

슬쩍. 지붕 위에서 아래를 내려다보았다.

험상궂어 보이는 아저씨 세 명이 할머니와 아이들에게 뭐라고 고함을 치고 있었다.

"이봐요, 원장님. 기한은 내일이면 끝이라니까! 오늘 중에 짐을 정리해 애들이랑 얼른 나가!"

"그럴 수가……. 이곳에서 쫓겨나면 이 아이들은 어디서 살란 말인가요?!!"

"내가 알 바 아니지! 슬럼이든 어디든 가면 되잖아!"

왜 그런지는 모르겠지만 아이들을 쫓아내려고 하는 것만큼은 분명했다.

그런데 참, 딱 보기에도 험상궂은 아저씨들이네. 오?

고아원 문 앞에는 검은색으로 칠해진 고렘 마차가 정차해 있었다. 다족형 고렘이 끄는 마차 안에서 남자 한 명이 내렸다.

"보스!"

"뭘 꾸물거리나! 더러운 애들이야 얼른 내쫓아내면 그만이잖아. 이 멍청이들!"

보스라고 불린 남자가 품에서 엽궐련을 꺼내자, 아저씨 중

한 명이 다급히 성냥으로 불을 붙였다.

남자는 살이 찐 서른 중반 중년으로, 중국풍인 창파오 같은 옷을 입고 있었다. 취향이 이상한 금테 안경과 참담한 대머리 그리고 코밑에는 메기처럼 긴 수염이 두 개……. 어라?

뭐지? 어디서 본 적이 있는 듯한……?

…………누구였더라?

"자빗 씨. 돈은 반드시 갚겠습니다. 그러니 부디……!"

고아원 원장으로 보이는 할머니가 금테 안경에게 매달렸다. 하지만 자빗이라 불린 남자는 짜증 난다는 듯이 팔을 뿌리치며 바닥에 침을 뱉었다.

자빗…… 자빗이라…….

"더러운 손 치워, 이 할망구야! 이제 이곳은 '흑접(黑蝶)'의 소유라는 걸 모르겠나?! 10초 주지. 당장 그 더러운 애들을 데리고."

"아아~~~~~~! 생각났다!"

'흑접'이라는 키워드를 듣고 기억 저편에 묻혀 있던 그 남자를 겨우 파내는 데 성공했다. 아니, 원래는 파내지 말고 그대로 묻어두고 싶었지만.

지붕 위에서 큰소리를 낸 나를 보고 저편도 이쪽을 가리키며 '흐에에에에엑———?!' 하고 비명에 가까운 소리를 질렀다.

자빗 그랜트. 범죄 조직 '흑접'의 간부……. 아니, 수령이었던가? 기억하지 못하는 것도 당연하다. 이 녀석과는 실질적으로 몇 분밖에 만나지 않았으니까.

'흑접(파피용)'은 우리와 협력 관계인 '흑묘'의 실루엣 씨가 원래 소속되어 있던 조직이었다.

실루엣 씨가 통괄하는 정보관리 부문을 끈질기게 손에 넣으려고, 온갖 수단을 사용해 괴롭히던 사람이 자빗이었다.

그런 자빗을 얌전하게 만들려고 내가 '저주'를 걸었었지?

본인이든 부하든 관계없이 실루엣 씨에게 집적거리면 점점 몸의 일부가 마비되는 '저주'를.

'저주'에 걸린 자빗을 비롯한 '흑접(파피용)'은 곧장 실루엣 씨가 있는 마을에서 도망쳤다. 설마 이웃 나라로 도망쳤을 줄이야.

이전과 비교하면 조직력은 상당히 떨어진 것 같긴 하지만. 그러고 보니 실루엣 씨가 빠져서 '흑접(파피용)'에서 손을 씻고 나온 녀석들도 많다고 들었다.

나는 지붕에서 뛰어내려 자빗 일행 앞에 섰다.

자빗은 눈에 띄게 안색이 나빠지면서도 더듬더듬 입을 열었다.

"어, 어, 어째서 네놈이 이곳에?!"

"그냥 우연이야. 여전히 나쁜 짓을 하고 있나 보네. 아무래도 더 강한 '저주'가 필요한가 보지?"

"흐어억!"

후다닥! 하고 내 앞에서 도망치려고 하는 자빗. 아직 하반신까지는 '저주'의 효과가 미치지 않은 듯했다.

"【슬립】."

"흐거걱?!"

자빗이 기세 좋게 넘어지며 땅에 얼굴을 부딪쳤다.

"이 자식!"

"보스에게 무슨 짓이냐!"

"시끄러워. 오늘은 기분이 아주 안 좋거든. 방해하지 마.
【그라비티】."

"""크허어억!!"""

나에게 달려든 자빗 부하 세 명을 【그라비티】로 지면에 납작
엎드리게 했다.

"이봐."

"네헤에!!"

"이 고아원은 얼마나 빚을 졌지?"

"배, 백금화 세 닢이다. 이이, 이건 정상적인 담보 징수야.
계약서도 있어!"

자빗이 품에서 종이를 꺼내 나에게 내밀었다. 흠. 정말로 진
짜 같긴 한데……. 백금화 세 닢이라. 300만 엔 정도 되나?

내일 지정된 시간까지 갚지 않으면 이 토지는 '흑접'의 소유
가 된다는 듯했다.

"좋아. 어차피 기부하려고 했던 돈이니까. 자, 백금화 세 닢."

"엥?"

【스토리지】에서 꺼낸 백금화 세 닢을 자빗에게 쥐여주었다.

어차피 돈이 아니라 토지가 목적이었겠지만, 아깝게 됐네요.

"이제 불만 없지?"

"어? 아니, 잠깐⋯⋯."

"있다면 한 번 더 '저주'를."

"흐어어어어어어억?!"

농담이었지만 벌떡 일어선 자빗이 쏜살같이 고렘 마차로 돌아가 엄청난 기세로 고아원에서 도망쳤다.

"보, 보스~~~~~~~?!"

【그라비티】를 해제하자 떨거지 삼인조도 그 뒤를 쫓아가듯이 고아원 문밖으로 나가 버렸다. 도망치는 것 하나는 무진장 빠르네.

"저, 저어. 당신은 대체⋯⋯."

머뭇거리며 고아원 원장 선생님이 나에게 말을 걸었다.

나는 자빗이 떨어뜨리고 간 차용 문서를 주워든 다음, 불 속성 마법을 사용해 순식간에 재로 만들었다.

"어떤 사람에게 고아원에 기부해 달라는 부탁을 받았거든요. 이곳뿐만 아니라 다른 고아원에도 기부할 예정이었으니 마음 놓으세요."

"기부⋯⋯! 그런 거금을요?!"

"자세한 사항은 저도 모릅니다. 백금화 세 닢은 차감하겠지만, 이걸 받으시죠. 경영에 보태 써 주세요."

모두 거짓말은 아니지만, 그럴듯한 이야기를 하면서 나는 백금화 일곱 닢을 원장 선생님에게 건네주었다.

조사해 보니 성왕도에는 고아원이 다섯 개 더 있었다.

일단 말을 해 버렸으니 그 고아원들에도 백금화 열 닢을 기부하러 갔다 올까. 도적단이 감추어둔 금전만으로는 조금 부족하지만, 같이 입수한 보석 종류를 팔면 충당이 된다.

나는 겸사겸사 과자를 사서 아이들에게 나눠준 다음 고아원을 떠났다. 마지막까지 원장 선생님이 깊게 고개를 숙인 모습은 확실히 기억에 남았다.

자, 얼른 다음 고아원을 들르고 '바빌론'으로 돌아가자.

그다음에는 편히 쉬어야겠어. 오늘은 이제 아무것도 하고 싶지 않아. 힐링이야. 힐링이 필요해.

작렬하는 태양과 함께 뇌리에 떠오른 소녀의 알몸을 머리를 흔들어 내쫓고, 나는 남은 고아원으로 가기 위해 【게이트】를 열었다.

〈우리 임무는 그 아이젠가르드라는 나라로 가서 정세를 살피는 거지요?〉

"그래. 그렇지만 무리는 하지 마. 무엇보다 자신의 안전이

최우선이라는 사실을 명심하고 움직여."

검은 고양이 모습인 고렘, '바스테트'가 작게 고개를 끄덕였다. '바스테트' 옆에서 검은 개 형태의 '아누비스'도 꼬리를 흔들며 고개를 끄덕였다.

펜릴과 같은 시리즈인 고렘인 만큼 두 대는 뛰어난 언어 능력을 갖추고 있었다.

〈임금님. 우리한테 맡겨둬! 싹 다 날려 버리고 올게!〉

……개는 조금 불안했다. 내 불안을 감지했는지 펜릴이 앞발을 능숙하게 사용해 아누비스의 머리를 찰싹 때렸다.

〈아야얏?! 형! 뭐 하는 거예요?!〉

〈너희 임무는 적을 쓰러뜨리는 게 아냐. 몰래 잠입해 정보를 얻어오는 거다. 우선순위를 착각하지 마라.〉

〈그래. 펜릴 오라버니의 말대로야. 너도 잘 알겠지? 방해하면 안 된다?〉

기동된 순서인지, 펜릴, 바스테트, 아누비스 순으로 형제의 순서가 정해져 있었다. 크기로 따지면 아누비스가 바스테트보다 크지만.

〈바스테트 누나, 내가 그렇게 바보로 보…….〉

〈보여.〉

〈말꼬리 자르면서 그러지 마! 개는 똑똑하단 말이야!〉

아니, 머리가 안 좋은 개도 꽤 많아. 그보다 넌 고렘이잖아.

펜릴을 보고도 느낀 사실인데, 이 시리즈는 인격……이라고 해야 하나? 고렘의 개성이 풍부했다.

고렘의 두뇌에 해당하는 Q크리스탈의 성능이 뛰어난 걸까?

"정말로 위험하다고 생각되면 곧장 도망칠 것. 너희에게는 그러라고 많은 힘을 부여해 준 거니까."

세 대의 마스터인 에르카 기사가 바스테트를 쓰다듬으면서 말했다.

에르카 기사의 파트너인 펜릴을 위험한 장소에 보내지 않으려고 이 두 대를 입수했는데, 결과적으로는 에르카 기사가 부리는 고렘을 보내게 되었다. 그야말로 본말이 전도된 상황이다.

그 사과의 의미라기엔 뭐하지만 이 두 대에게는 나도 다양한 힘을 부여해 주었다.

두 대의 목걸이에는 【스토리지】, 【액셀】, 【실드】, 【플라이】, 【인비저블】 등이, 앞발의 발톱에는 【패럴라이즈】, 【그라비티】 등이 인챈트되어 있다. 웬만한 인간과 고렘으로는 도저히 대항할 수 없이 강하리라 생각한다.

둘의 통신은 '신마독' 의 영향이 있어도 문제가 없는 듯했다.

카렌 누나의 말에 따르면, '신마독' 은 어디까지나 '신, 또는 신에게 사랑받는 산 자를 해하는 독' 이라, 생물이 아닌 이 두 대에게는 효과가 없다.

하지만 우리에게는 맹독이라 아이젠가르드 근처의 섬이나 맞은편에 해안이 있는 나라까지가 배웅해 줄 수 있는 우리의 한계 지역이었다.

나는 바로 두 대를 데리고 갈디오 제국의 서쪽, 아이젠가르드의 맞은편 해안으로 【게이트】를 열어 이동했다.

'신안'을 사용해 맞은편 해안의 아이젠가르드 쪽을 확인해 보니 지면에서 암금색 빛이 흐릿하게 새어 나오는 모습이 보였다.

신과 관련 없는 사람에게는 보이지 않고 아무런 효과도 없지만, 저게 '신마독'인 듯했다. 보기만 해도 속이 울렁거린다.

"정기 연락을 잊지 마. 기한은 한 달. 정보를 다 모으지 못해도 꼭 이곳으로 돌아와 줘. 연락하면 데리러 올게."

〈알겠습니다.〉

〈옛설~!〉

바스테트는 문제가 없어 보이는데, 아누비스는 불안하네.

"……아누비스. 제발 저쪽에서는 말하지 마."

〈어? 왜? 푸웩?!〉

어리둥절한 모습의 아누비스에게 펄쩍 뛰어오른 바스테트의 고양이 펀치가 작렬했다.

〈이 바보! 개가 말하면 의심 살 거 아니야〉

〈앗, 그런가. 음, 맞아. 그런 거구나. 알겠어!〉

"……바스테트. 너만 믿을게. 이 바보를 잘 활용해 줘."

〈바보와 가위는 어떻게 사용하느냐에 따라 달렸다고들 하죠. 반드시 적절히 사용해 보이겠습니다.〉

〈둘 다 너무해!!〉

항의하는 바보 개……. 아니, 아누비스의 등에 바스테트가 폴짝 올라탔다.

　그러자 아누비스가 둥실 떠올랐다. 【플라이】를 발동한 듯하다.

　"그럼 조심해서 갔다 와."

　〈네. 마스터를 잘 부탁드립니다.〉

　〈좋아. 간다~!〉

　【액셀】을 동시에 사용하며 바스테트를 태운 아누비스가 로켓처럼 빠르게 아르젠가르드를 향해 수면에 아슬아슬하게 떠올라 날아갔다. 엄청난 물보라를 일으키면서.

　저 바보. 방금 눈에 띄지 말라고 말을 한 참이잖아! 아무도 발견하지 못해야 할 텐데.

　잠시 뒤, 아누비스의 모습이 사라졌다. 【인비저블】을 발동시킨 모양이다. 틀림없이 바스테트의 판단일 거야.

　저 녀석들, 괜찮을까⋯⋯?

　어쨌든 간에 저쪽은 둘에게 맡겨두는 수밖에 없다. 나는 나대로 해야 할 일을 해 두자.

　"처음 뵙겠습니다. 브륀힐드 공국의 공왕, 모치즈키 토야라고 합니다."

"이런이런, 이렇게 정중하니 황송할 따름입니다. 나는 파나셰스 왕국의 국왕 라베르 테르 파나셰스입니다. 파나셰스에 오신 걸 환영합니다."

흰 수염을 기른 마음씨 좋아 보이는 할아버지가 의자에서 일어나 나에게 손을 내밀었다.

나이는 일흔을 지난 정도일까. 하지만 내 손을 쥔 손에는 아직 힘이 있어 젊음이 느껴졌다.

나는 지금 파나셰스 국왕의 왕성에 와 있다.

며칠 후에 있게 될 리프리스 황왕과의 만남을 주선하기 위해서였다.

리프리스 황국과 파나셰스 왕국은 융합한 세계에서 유일하게 땅이 이어진 나라들이다.

앞쪽 세계에 있던 리프리스 황국의 북서부와 뒤쪽 세계의 파나셰스 왕국의 동부가 연결되어 버렸다.

겹친 토지는 극히 일부고(그래도 브륀힐드보다는 넓지만), 사람도 살지 않는 토지여서 그다지 큰 문제는 벌어지지 않으리라 예상된다.

그래도 그런 문제는 양국이 깔끔하게 논의해야 할 사안이라, 리프리스 황왕과 중신 몇 명이 며칠 후에 파나셰스 왕국을 찾아오기로 되어 있었다.

물론 내 전이 마법을 사용해서. 이번에는 그때를 위해 먼저 파나셰스 왕국을 찾아온 것이다.

　같이 온 일행은 코하쿠와 브륀힐드 기사단의 부단장인 니콜라 씨, 그리고 그 부하 몇 명이었다. 사실 이건 멋을 부렸다고 해야 할지, 겉모습을 그럴듯하게 갖추기 위한 허영에 불과하지만.

　"그대들에 관해선 아들인 로베르에게 들어서 아네. 듣자 하니, 거대한 고렘을 타고, 왕이면서도 비할 데 없이 강하며, 그럼에도 겸손함을 잊지 않고 세상을 위해, 사람을 위해 매일같이 세계를 돌아다니는 문무겸비, 천의무봉, 청렴결백한 분이라고 하더군."

　……대체 어디의 성인군자인지.

　나는 작은 파란색 고렘을 데리고 파나셰스 왕보다 한 계단 아래에서 대기하고 있는 호박 팬츠 왕자님을 째려보았다.

　"아버지, 그 말씀대로야! 나의 친구, 모치즈키 토야 님은 마음이 넓고, 한없이 다정하며, 민중을 깊게 생각하는 멋진 인물이지!"

　"그렇지 않아요, 로베르 왕자."

　이 자식. 아마 악의는 전혀 없겠지만 터무니없이 허들을 높여 놓네. 그리고 언제 너랑 내가 친구가 됐어?

　에르카 기사의 여동생인 노른이나 '홍묘'의 니아도 말했지만, 정말이지 짜증 나는 왕자님이다. 선의로 똘똘 뭉친 사람이라 더욱 성가시기 그지없다.

왕자님 등 뒤에 있던 파란색 '왕관' 블라우가 열심히 고개를 숙이지 않았다면, 자칫 '짜증 나' 라는 말이 입에서 튀어나올 뻔했다.

물론 말을 해 봐야 이 왕자님은 전혀 개의치 않을 듯하지만.

일단 리프리스와의 만남에 관한 논의를 자연스럽게 해치운 뒤, 나는 파나세스 왕에게도 양산형 스마트폰을 건네주었다.

현지 옛 뒤쪽 세계의 나라 중 이걸 가지고 있는 곳은 프라물라 왕국, 토리하란 신제국, 스트레인 왕국, 갈디오 제국, 이렇게 네 곳이었다.

개인을 포함시키면 '흑묘' 의 실루엣 씨도 있지만.

국왕이 가지고 있으면 서로 연락하기에 편하리라 생각해 건네주었지만, 파나세스 왕국은 섬나라여서 지금껏 그다지 다른 나라와 연락할 일이 많지 않았을지도 모른다. 다만, 이제는 리프리스와 땅이 연결되었으니 더 많이 필요해지지 않을까 한다.

국왕 폐하와 회의를 마치자 아니나 다를까 로베르 왕자도 이 스마트폰을 가지고 싶어 했다. 하지만 나는 솔직히 건네줘도 좋을지 망설였다.

이 녀석에게 건네주면 짜증 날 정도로 메시지를 왕창 보내지 않을까 조금 걱정이 되었다.

로베르는 블라우의 능력을 사용해 공간 전이가 가능하다. 그래서 나처럼 많은 곳을 날아 돌아다니는데, 그때마다 능력의 대가로 꼭 수면을 취해야 한다.

그러니 부모님으로서는 걱정이 될 만도 하다. 그때마다 연락 수단이 있으면 좋겠다고 파나셰스 왕은 몇 번이나 생각했다고 한다.

로베르 왕자는 늘그막에 얻은 아이여서 파나셰스 왕은 왕자를 아주 끔찍이 아끼는 듯했다.

그렇다고 해서 이기적인 바보 아들로 키우지는 않았다. 서로가 서로를 배려하는 좋은 부자 관계라는 사실은 나도 피부로 느낄 수 있었다.

이래선 건네줄 수밖에 없겠구나…….

"고마워! 이제 우리는 언제든 연락을 주고받을 수 있게 됐네?!"

"정말로 중요한 때 이외에는 메시지를 보내. 메시지도 요점만 간추려서 짧게."

표적이 분산되면 좋겠다고 생각해 노른과 니아의 아이디도 가르쳐 줄까도 했지만, 나중에 두 사람에게 얻어맞을 테니 그러지 말자.

"그러고 보니…….”

나는 이전부터 궁금했던 점을 눈앞의 파란색 고렘에게도 물어보기로 했다.

"블라우. 질문이 있는데 해도 될까?"

〈질문? 상관없다. 뭐지?〉

"하얀색 '왕관'을 알아?"

〈하얀색…… '아르부스' 말인가?〉

알고 있네. 이 파란색 고렘은 하얀색 '왕관'을 안다.

"기억나?"

〈나는 세계대전 이후로 그다지 오래 잠들지 않았다. 그래서 어느 정도 기억은 있다.〉

파란색 '왕관'인 블라우는 파나셰스 왕가 아니, 왕가가 되기 전부터 대대로 이어져 온 왕관이라고 한다.

그래서 다른 '왕관'만큼 오래 휴면 상태에 들어가지 않아 기억이 어느 정도는 남아 있는 듯했다.

찰칵.

"하얀색 '왕관'은 어떤 능력이 있었어? 그 힘을 사용하면 망가진 결계도 고칠 수 있을까?"

두 개의 세계가 하나가 되어 세계의 결계에는 상당한 부하가 걸렸으리라 생각한다.

이 결계가 만약 파괴되면 이쪽 세계는 바깥 세계의 침입에 완벽한 무방비 상태가 된다.

프레이즈들…… 이제는 사신 무리라고 불러야 하나. 그들뿐만 아니라 다른 위협도 있을지 모른다. 망가져도 상관없다고는 생각하기 힘들다.

〈왕관 능력의 자세한 내용은 말할 수 없다. 다른 왕관의 기밀 사항은 제작자가 발설하지 못하게 금지해 두었으니까.〉

으음. 그야 당연한가. 다른 왕관 보유자에게 약점을 들킬 수 있으니까. 제작자…… 크롬 란셰스라고 했던가? 그 사람이 다른 왕관에 관한 정보를 흘리지 못하게 왕관들에게 보안을 걸어 두었다는 거구나.

〈하얀색 왕관 '아르부스' 는 특수한 왕관. 검은색 왕관 '느와르' 의 짝이자 끝. 모든 것을 무(無)로 돌리는 어리석은 자.〉

모든 것을 무로……? 그 최종병기 같은 말은 뭐야? 내 이미지로는 백마도사처럼 복구 타입의 고렘이라고 생각했는데. 위험한 녀석인가?

찰칵.

"하얀색 왕관이 지금 어디 있는지 알아?"

〈소재 불명. 나는 검은색 왕관과 함께 있으리라 생각했었다.〉

그래? 그렇다면 느와르가 발견된 장소에 어떤 힌트가 있을지도 모르겠다. 나중에 에르카 기사에게 물어볼까.

찰칵.

"아까부터 뭘 찍는 거야……?"

"이거 굉장해! 봐. 너와 블라우가 비쳐 있잖아!"

"일단 찍기 전에 상대에게 허락을 받아. 그게 매너니까."

"그렇군! 그건 그래! 그럼 한 장 더 찍어도 될까?"

"싫어."

나는 카메라 어플리케이션에 푹 빠진 왕자님의 요청을 딱 잘라 거절했다. 이 녀석, 겉보기와는 달리 머리가 좋아서 설명서를 읽고 바로 기능을 익혔어.

셀카 사진을 메시지에 첨부해서 보낼 것만 같아서, 그건 주로 임금님이랑 하라고 못을 박아 두었다. 아들의 건강한 모습이 찍힌 사진을 받으면 그 임금님은 분명 기뻐할 테지.

그러자 왕자님은 고개를 흔들더니 진지한 말투로 말했다.

"토야, 한 가지 부탁이 있는데."

"……들기야 하겠지만, 부탁이 뭔가에 따라서는 못 할 수도 있어."

대기 화면으로 쓰게 같이 사진을 찍자는 말은 하지 마? 때릴지도 모르니까. 이 왕자님은 다른 사람과의 거리감을 파악하지 못하는 듯해서 무섭다.

"사실은 스트레인 왕국에 내 약혼자가 있는데, 그분 몫으로 이걸 하나 더 받을 수 없을까?"

"스트레인 왕국에? 아~. 그러고 보니 여왕 폐하가 그런 말을 했었지."

여왕 폐하의 조카라고 했던가. 일단 한 나라의 왕족이니 수상한 인물은 아니겠지만, 만난 적도 없는 사람이니.

물론 이상하게 사용하면 바로 알 수 있게 만들어 두긴 했지만.

왕자님의 말로는 블라우의 왕관 능력으로 스트레인 왕국으로 가도 대가 탓에 그 후에는 거의 하루 종일 잠이 들어 그다지 이야기를 하지 못한다고 한다. 확실히 그래선 좀 안타깝다.

스트레인 왕국의 여왕 폐하나 그 딸인 베를리에타 왕녀에게는 이미 건네주기도 했으니, 공주의 사촌이라면 건네줘도 아마 문제가 없으리라 생각한다.

"그럼 직접 본인에게 건네주자. 【게이트】로 스트레인 왕도까지 연결할 테니까."

"아주 좋은 생각이야! 절친인 토야를 세레스에게 소개할 수 있으니 일석이조가 아닌가!"

약혼자는 세레스라고 하는구나. 그보다 함부로 절친으로 만들지 마. 동년배 남자 중에 아는 사람이 적다는 건 인정하지만.

생각해 보면 엔데도 그렇고 얘도 그렇고, 전부 개성이 너무 강하네……. 친구로 지내려면 피곤할 듯해…….

나는 【게이트】를 열고 로베르 왕자와 함께 스트레인 왕국의 왕도로 갔다.

"레스티아에 용이?"

〈응, 변경에 있는 그루스라는 마을이 습격당해서, 상당한 피해를 입었어. 굉장히 위험한 용인가 봐.〉

레스티아 왕국에 있는 라인하르트 형님에게 그런 전화를 받은 것은 마침 기사단 훈련장에서 힐다와 모의전을 끝낸 직후였다.

"다리가 네 개인가요?"

〈응. 다리가 네 개고 적동색 용이었다고 보고받았어.〉

"떠돌이 용인가……? 일단 용들에게는 인간을 습격하지 말라고 통보해 뒀는데요."

용은 내 소환수인 루리의 권속이다. 기본적으로 용들은 그 통솔하에 있지만, 와이번이나 육룡(陸龍) 등의 아룡은 거기에 포함되지 않았다.

그래서 레스티아에 나타난 용은 와이번이 아닌가 생각했는데, 다리가 네 개라면 그냥 평범한 용이다.

그렇다면 '떠돌이' 용일 가능성이 있다.

'떠돌이' 란 용들의 무리에서 벗어나 고독한 늑대처럼 생활하는 용을 말한다. 용인데 늑대라니 그게 뭔지.

그 녀석들은 다른 용들의 충고도 듣지 않고 제멋대로 행동한다. 그래서 용들도 떠돌이 용이 인간에게 사냥을 당해도 불평하지 않는다. 자업자득이라고 신경도 안 쓴다.

불평은 하지 않지만 용들이 이 '떠돌이' 를 사냥해 주지는 않기 때문에 내버려 두면 마을에 피해가 확산될 우려가 있다.

그래서 신속히 토벌할 필요가 있다.

"알겠습니다. 그 용을 찾아 쓰러뜨리면 되는 거지요?"

〈그래. 아니지. 아니, 아닌 건 아니지만, 이 용은 레스티아에서 쓰러뜨리고 싶어. 아무래도 토벌까지 다른 나라의 왕에게 맡겨서는 한심하니까. 브륀힐드 공왕 폐하는 장소를 정확히 파악해 줬으면 해.〉

아, 그쪽이야? 역시 자국을 엉망으로 만든 용을 다른 나라의 임금님이 쓰러뜨려서는 체면이 말이 아닌가.

"잠깐만요……. 어~. 〈검색. 적동색 용〉."

〈검색 중……. 검색 완료.〉

스마트폰에서 귀를 떼고 검색 화면으로 조사해 보니, 분명히 레스티아 변경 근처에서 반응이 있었다. 아마 이거겠지.

나는 그 지도의 스크린샷을 찍어 메시지에 첨부하여 라인하르트 형님에게 보냈다.

〈고마워. 덕분에 살았어. 또 연락할게.〉

용을 퇴치해야 한다는 생각이 앞섰는지 라인하르트 형님은 그 말만 하고 전화를 끊었다. 괜찮을까? 적동 계열의 용은 꽤 상위종이었을 텐데. 대수해의 성역을 지키는 고룡도 적룡이었고.

"오라버니에게 무슨 일 있나요?"

옆에서 나와 라인하르트 형님의 전화가 끝나길 기다리던 힐다가 그렇게 말을 걸었다. 용이니 뭐니 하는 이야기를 했으니 당연히 걱정될 수밖에. 자신의 오빠이니까.

나는 전화 내용을 간추려서 힐다에게 말해 주었다.

"그런가요. 용이……. 오라버니는 용 퇴치를 동경했으니 어쩔 수 없을지도 몰라요."

"동경?"

"아시다시피 저희 할아버지는 금색 랭크 모험자로 '드래곤 슬레이어'라는 칭호를 가지고 계세요. 또 아버지도 젊었을 적에 마수 그리핀을 토벌해 '그리핀 킬러'라는 명칭을 가지고 계시고요. 오라버니도 그런 일화를 만들고 싶으신 게 아닐까 해요."

그렇구나. 기사 왕국의 수장으로서는 용 토벌이란 용맹을 떨칠 수 있는 둘도 없는 기회란 건가.

'드래곤 슬레이어'라는 칭호는 모험자 길드의 규정에 따라 5명 이내의 파티 멤버로 용 종류를 토벌하면 주어진다.

하지만 이건 모험자 길드에서 그렇다는 말이고, 그 이외라면 일단 용을 쓰러뜨리면 '용 킬러'나 '드래곤 슬레이어'란

칭호를 자칭해도 이상할 것은 없다.

물론 그 증거가 될 만한 토벌된 용과 토벌했다고 증언해 줄 사람이 필요하기도 하고, 수백 명이 힘을 합쳐 쓰러뜨렸다면 세상 사람들은 그렇게 불러 주지 않지만.

선선대의 국왕인 갸렌 씨는 길드에서 '드래곤 슬레이어' 라는 칭호를 받았다. 만약 라인하르트 형님이 이 용을 퇴치하면 국민에게 '드래곤 슬레이어' 라는 칭호를 듣게 된다.

"그런데 조금 불안해요. 오라버니는 대인전(對人戰)은 특기지만, 마수 같은 야생 동물을 상대로 싸우는 데는 익숙하지 않으니……. 만에 하나의 일이 벌어지지 말아야야 할 텐데요……."

음~. 원래는 국왕 자신이 토벌하러 가는 일 자체가 말이 안된다. ……내가 이런 말을 해 봐야 설득력이 없지만.

힐다가 걱정을 하는 그 마음도 이해가 된다. 만약 라인하르트 형님에게 무슨 일이 생기면 레스티아는 나라가 기울어 버릴지도 모른다. 그렇다고 우리가 도와주긴 또 그렇다. 그렇다면.

"……몰래 상황을 보러 갈까?"

"네!"

기쁘게 힐다가 고개를 끄덕였다. 이렇게 해서 '몰래 레스티아 기사단의 용 퇴치를 엿보러 가는 투어' 에 참가할 두 명이 결정되었다.

◇ ◇ ◇

3일 후. 레스티아 기사단의 토벌대가 겨우 용이 있는 산에 도착했다고 코교쿠가 알려왔다.

나는 곧장 힐다에게 그 사실을 알리고, 함께 【게이트】를 이용해 레스티아의 남쪽에 있는 파르테산(山)으로 전이했다. 그리고 레스티아 기사단을 지켜보던 코교쿠와 합류한 다음 야영을 하는 토벌대에서 꽤 멀리 떨어진 장소에 숨었다.

"당장은 특별히 문제없어 보이네요."

코교쿠의 권속인 작은 새의 눈을 통해 스마트폰에 비치는 레스티아 기사단의 무사한 모습을 확인한 힐다는 안도의 숨을 내쉬었다.

용을 만나기 전에 다른 강력한 마수와 싸워 전력이 소모되면 뼈아프니까.

"그런데 목표인 용은 어디에 있나요?"

"잠깐만. 음, 여기네. 여기서 북서쪽으로 가면 나오는 바위 밭 근처. ⋯⋯⋯⋯어라?"

나는 지도 화면을 가만히 바라보았다. 지도에는 용을 표시하는 핀이 꽂혀 있었지만, 뭔가 위화감이⋯⋯.

설마 하는 생각에 나는 화면에 손가락 두 개를 대고 지도를 확대했다.

지도를 확대하자, 하나라고 생각했던 핀이 살짝 어긋나 핀 두 개로 변했다.

"큰일이야……! 용은 한 마리가 아니었어. 두 마리야……!"

"네?!"

깜짝 놀란 힐다가 내가 가지고 있던 스마트폰을 들여다보았다. 확대한 지도에는 분명히 핀이 두 개였다. 이런. 이전의 미스릴 골렘 때와 마찬가지인가.

제아무리 레스티아 기사단이라고는 해도 두 마리를 동시에 상대하기는 힘들다. 어떻게 하지?

"……한 마리를 다른 방향으로 유도해 우리가 쓰러뜨리는 수밖에 없나."

"이쪽은 오라버니 일행만으로도 괜찮을까요?"

"아마 괜찮을 거야. 쉽게 당하지는 않을 거야. 하늘을 날고 있으니 일단 유인해 떨어뜨리는 데 시간이 걸리겠지만."

용과 싸울 때 제일 고생스러운 부분이 그거다. 강력한 마법사가 있으면 바람 마법으로 날개를 찢어 떨어뜨리는 것도 가능하지만, 레스티아 기사단에는 그렇게까지 강한 마법사는 아마 없을 것이다.

그렇다면 활 같은 걸로 공격할 수밖에 없는데, 이게 또 어려운 점이다. 어설프게 공격해 용이 '위험하다', '큰일이다' 라고 생각하게 되면, 그냥 날아서 도망가 버리니까.

철두철미하게 도발해서 운 좋게 지상으로 내려오게 해야 하는데 그게 무척 힘들다. 물론 화살로 날개에 대미지를 입혀 떨어뜨릴 수 있다면 그게 가장 좋은 방법이지만.

아무튼 한 마리는 우리가 상대하자. 일단 이곳을 벗어날까. 레스티아 사람들에게 들키면 몰래 온 의미가 없어지니까.

우리는 빙 돌아 용이 있는 장소를 향해 갔다.

스마트폰으로 장소를 확인하면서 산속으로 나아가다가 우리는 고지대가 된 바위밭 위에서 용 두 마리가 먹이를 먹고 있는 모습과 맞닥뜨렸다.

저건 멧돼지 마수인가? 두 마리가 사이좋게 먹고 있었다. 양쪽 모두 적동색 비늘의 용이었지만, 한쪽의 몸집이 조금 작았고 뿔도 작았다. 수컷과 암컷인가? 암수 한 쌍이 같이 움직이는 용인지도 모른다.

〈상위룡이긴 하지만 아직 젊은 축에 속하는군요. ……다 먹으면 또 인간 마을을 습격하러 가자는 말을 하고 있습니다. 재미있었다고 하면서요. 루리가 이곳에 없어서 다행입니다. 틀림없이 숯으로 만들었을 테니까요. 저 두 마리 모두.〉

코교쿠가 용의 대화를 번역해 주었다. 그래…… 그 녀석은 화나면 무서우니까…….

내가 노발대발한 루리의 파이어 브레스를 떠올리는데 힐다가 작게 손을 들었다.

"저어, 토야 님. 하나 부탁이 있는데…… 저 용 한 마리를 저혼자 쓰러뜨리게 해 주실 수 없을까요?"

"어? 혼자서?"

힐다가 얼굴을 붉히며 그런 말을 꺼냈다. 어째서?

"좀 부끄러운 이야기이긴 하지만 저도 어렸을 때부터 용 퇴치를 동경했거든요……."

"뭐?"

"용 토벌은 기사의 명예. 이런 기회를 놓칠 수 없어요! 부디, 부디 저에게 기회를 주세요!"

"으응, 그럼 그렇게 해……."

이런. 오빠만 그런 게 아니라 여동생도 혼자 용 퇴치를 동경했었나 보다.

물론 그 마음을 모르지는 않겠지만…….

"그, 그럼 한 마리만 행동을 못 하게 만들게. 힐다는 어느 쪽과 싸우고 싶어?"

"큰 쪽이요!"

망설임이 없네. 그렇다면 레스티아 쪽이 작은 암컷인가.

아니, 그러는 편이 좋을지도 모른다. 힐다는 이래 봬도 검의 신인 모로하 누나에게 가르침을 받은 몸이다. 용 따위에게 질 리가 없다. 따지자면 레스티아 기사단 쪽이 더 불안하다.

아무튼 좋아. 일단 저 작은 용을 가둬 둘까.

"【프리즌】."

〈크캬악?!〉

갑자기 결계에 갇힌 더 작은 용이 안에서 날뛰었다. 그래 봐야 소용없어. 아무리 몸통 박치기를 해도 그건 못 부숴.

"레스티아류 검술, 일식(一式) 풍진(風刃)!"

〈크악!〉

힐다가 검 끝으로 날린 바람의 칼날이 더 큰 쪽의 용을 습격했다.

거리가 멀었기 때문인지 용은 목덜미를 가볍게 베었을 뿐이었지만 힐다를 적으로 인식하게 만들기는 충분했다.

〈크아아아아아아아아아!〉

"덤비세요!"

힐다가 용을 끌어들이듯이 바위밭의 트인 공간으로 유도했다. 그러자 날개를 펄럭이면서 수컷 용은 힐다를 쫓아갔다.

이윽고 싸우기 편한 장소에 도착하자 힐다는 검을 다잡고 뒤돌아 정면으로 용과 대치했다.

힐다를 내려다보던 용이 입을 크게 벌렸다. 음? 파이어 브레스인가?

〈크르아아아아아아아아아아아아아!〉

"앗……!"

나는 불꽃을 토해 내지 않을까 했는데, 용은 물대포 같은 물줄기를 토해 냈다.

힐다기 재빨리 움직여 그 공격을 피하자, 그 물줄기를 맞은 지면이 푸스스스, 하는 소리를 내며 흰 연기를 내뿜었다. 자세히 보니 바위 사이에 피어난 잡초가 다 녹아 버렸다. 저건 강력한 산(酸)이구나. 애시드 브레스를 뿜는 용인가?!

성가신 용이랑 싸우게 됐네. 힐다가 가지고 있는 검은 내가 프레이즈의 파편으로 만든 정재다. 엄청나게 강도도 높아 쉽게 부서지지 않고 매우 날카롭다. 그렇지만 저 산을 받아내고도 멀쩡하냐고 하면……. 그건 실험해 본 적이 없어서 알 수 없다. 아주 쉽게 녹지는 않을 거라 생각하지만…….

〈크갸아아하!〉

"큭……!"

어차피 액체를 검으로 받아낼 수는 없다. 토해 낸 애시드 브레스를 힐다로서는 피할 수밖에 없다.

몇 번인가 애시드 브레스가 상공에서 쏟아진 이후, 힐다는 수세에서 공세로 전환했다. 힐다는 애시드 브레스를 이리저리 피하며 용의 바로 앞까지 파고들었다.

"레스티아류 검술, 일식 풍진!"

〈크르아아아!〉

다시 날린 힐다의 바람의 칼날이 용의 날갯죽지를 벴다. 좋았어!

무심코 승리 포즈를 취한 내 눈앞에서 적동색 용이 균형을 잃고 지면으로 떨어졌다.

일단은 지면으로 떨어뜨린다. 그건 드래곤 퇴치의 정석이다. 물론 떨어뜨렸다고 쓰러뜨릴 수 있는 건 아니지만.

〈크아아아아!〉

적동색 용이 이번에는 산을 뭉친 물공을 세 발 연속으로 발사했다. 물로 된 총알처럼 단숨에 뱉어낸 브레스와 짧게 연사할 수 있는 브레스를 나눠서 사용할 수 있는 듯했다.

힐다는 그 공격을 어렵지 않게 피하면서 재빨리 용에게 다가갔다.

"레스티아류 검술, 삼식(三式) 참철(斬鐵)!"

뛰어오른 힐다가 용의 날개를 중간 정도에서 잘라 떨어뜨렸다. 이제는 완벽히 날아서 도망칠 수 없게 되었다.

〈크가아악!〉

착지하려는 힐다를 향해 용이 날카로운 발톱 공격을 날렸다. 공중에서는 도망칠 곳이 없다. 아마 그걸 예상한 공격이었을 테지만…….

"레스티아류 검술, 이식(二式) 난무(亂舞)!"

〈그아아아아아?!〉

종횡무진 번뜩이는 검의 빛이 내뻗은 용의 손을 너덜너덜하게 베었다. 용이 피투성이가 된 손을 뒤로 빼는 사이에 힐다는 지면에 착지해 재빨리 그 자리에서 멀어졌다.

그리고 곧장 힐다는 뒤쪽으로 돌아가 용의 꼬리 끝을 잘라냈다. 아픔을 견디지 못하고 용이 굵은 꼬리를 휘둘렀지만, 조금 전까지의 기세는 더는 찾아볼 수 없었다. 확실히 약해졌다.

〈크아아아아아아!〉

용이 입에서 애시드 브레스를 기세 좋게 내뱉었다. 으억, 이쪽으로 오잖아?!

"토야 님?!"

"앗. 【텔레포트】!"

나는 순간 이동으로 그 자리를 떠났다.

위험했어! 완전 넋을 놓고 있다니. 조금 당황했다. 완전히 구경꾼 모드였으니까.

"감히 토야 님을!"

아니, 그 녀석은 날 노리진 않았던 것 같은데…….

분노에 불탄 힐다가 용을 향해 빠르게 다가갔다. 용은 접근을 허용하지 않으려고 애시드탄을 연속으로 날렸지만, 힐다는 그 공격을 좌우로 화려하게 피했다.

그리고 정면에서 용을 향해 점프해 뛰어든 힐다의 검이 그 가슴을 도려냈다.

"레스티아류 검술, 오식(五拭) 나선(螺旋)!"

회전력을 더한 그 검 끝은 용의 심장을 꿰뚫었다.

〈커억, 후우……!〉

"끝났습니다."

몸이 앞으로 기운 채, 비틀거리며 한 걸음 앞으로 나선 용의 목을 힐다는 정검을 번뜩이며 베어 버렸다. 쿠, 쿠웅……. 목을 잃은 용은 거대한 몸은 힘없이 그 자리에서 쓰러졌다.

끝났나. 의외로 쉽게 처리했네.

나는 검을 칼집에 넣은 힐다에게 다가갔다.

"수고했어. 용을 쓰러뜨렸네."

"네! 해냈어요!"

아쉽게도 모험자 길드의 의뢰 중이 아니었지만. 목격자도 나밖에 없으니, 이래서는 드래곤 슬레이어라는 칭호를 받긴 어려울지도 모른다.

아니, 이래 봬도 나는 금색 랭크 모험자다. 내 증언과 이 용의 시체가 있으면 가능하지 않을까? 길드 마스터인 레리샤 씨에게 열심히 부탁해 볼까.

"앗, 토야 님. 또 한 마리를……."

"맞아. 깜빡했네."

나는 【스토리지】에 쓰러뜨린 용을 넣어 놓고, 다른 한 마리를 가뒀던 장소로 돌아갔다.

용은 여전히 프리즌 안에서 날뛰고 있는 듯했다. 응. 딱 적당히 체력이 소모됐어.

"일단 어드바이스를 해 둘까……."

나는 품에서 스마트폰을 꺼내 레스티아 국왕 폐하에게 전화를 걸었다.

"여보세요. 안녕하세요, 토야입니다. 아니요, 지도를 확인해 보니 용은 그곳에서 북서쪽에 있는 모양이에요. 앗, 그리고 루리한테 물어봤는데 아무래도 이 용은 애시드 브레스를 내뿜는다네요. 네, 그럼 조심하세요."

브륀힐드에서 전화를 건 척을 하며 전화를 끊었다. 설마 바로 근처에 있을 거라고는 생각 못 하겠지?

자, 이제는 저 용을 레스티아 기사단 쪽으로 유도해야겠어.

"좋아. 갈까?"

"네!"

나는 힐다에게 【레비테이션】을 걸고, 【플라이】를 사용해 힐다와 같이 【프리즌】에 갇혀 있는 용에게로 날아갔다.

레스티아 기사단에게 모습을 들켜서는 안 되니, 힐다와 나에게는 【미라주】를 걸어 참수리 환영처럼 보이게 만들었다.

좋아 【프리즌】을 해제하자.

〈크르아아아아아아아!〉

"시끄러워."

〈크허억?!〉

나는 포효하는 적동룡의 뺨을 때려 넘어뜨렸다. 제삼자가 보면 참수리가 용의 뺨을 친 모습으로 보일 테지.

"자, 가자~."

〈크르가오가르라아아아아아아!〉

분노로 뭐라고 하는지 모를 소리를 지르는 적동룡이 하늘을 나는 우리를 쫓아왔다.

너무 빨리 날아 거리가 벌어지지 않도록 조심하면서 우리는 레스티아 기사단이 있는 쪽으로 용을 유도했다.

이윽고 바위밭의 트인 지대로 진군하던 레스티아 기사단의 모습을 발견한 우리는 용에게만 주목하는 기사단의 눈을 피해

숲속으로 뛰어들고는 【인비저블】 마법으로 모습을 감추었다.

기사단은 갑자기 날아온 용에게만 주목할 뿐, 어디론가 사라진 참수리는 아무도 신경 쓰지 않는 듯했다.

"궁병대, 쏴라!"

레스티아 기사단이 쏜 화살이 비처럼 쏟아졌다. 그런 혼란을 틈타 나는 바람 마법으로 적동룡의 날개 힘줄을 잘랐다.

〈크각?!〉

공중에서 균형을 잃은 용이 지면으로 떨어졌다. 저 상태로는 이제 하늘을 날아 도망가기 힘들겠지.

자, 내가 손을 써 주는 건 여기까지 이제부터는 레스티아 기사단과 라인하르트 형님의 싸움을 지켜보자.

"레스티아류 검술, 육식(六式) 굉뢰(轟雷)!"

〈컥……!〉

라인하르트 형님의 정검이 용의 정수리를 꿰뚫었다.

잠시 경직되어 있던 적동색 용은 목을 지면에 털썩 부딪치더니, 그 자리에서 숨이 끊어졌다.

"해냈……다? 해냈어! 용을 쓰러뜨렸다!"

용의 머리 위에서 검을 들어 올린 라인하르트 형님의 목소리에 함께 싸운 레스티아 기사단 모두가 크게 환성을 질렀다.

너무 기뻐 껑충 뛰는 사람, 지쳐서 털썩 주저앉는 사람, 감격에 겨워 우는 사람 등, 반응이 각양각색이었다.

용 토벌은 기사의 명예. 그렇지만 용과 싸울 기회는 거의 없는 데다, 이기기는 더욱 힘들다.

그걸 해낸 이 사람들의 마음속 기쁨은 이루 헤아릴 수 없으리라. 저런 반응을 보이는 것도 당연하다. 운이 좋게도 한 명의 희생자도 없었다. 크고 작은 부상은 있었지만 사망자는 제로다.

라인하르트 형님은 용의 머리 위에서 내려와 쓰러진 용을 보더니 스마트폰을 꺼내 사진을 찍었다. 용을 퇴치한 기사에게는 참 어울리지 않는 모습이지만, 그 마음만은 이해가 된다.

바로 나와 힐다의 스마트폰에 메시지가 와서 보니 조금 전에 찍은 용의 사진과 '해냈습니다!' 라는 짧은 글이 적혀 있었다.

나도 곧장 '축하합니다' 라고 축하 메시지를 보냈다.

"바로 근처에 있는데 메일을 보내려니 조금 이상한 느낌이네. ……앗, 힐다?!"

돌아보니 힐다가 메시지를 보면서 눈물을 뚝뚝 떨어뜨렸다. 순간적으로 깜짝 놀란 나를 향해 힐다는 눈물과 콧물로 범벅이 된 얼굴로 고개를 돌렸다.

"오, 오라버니가, 오라버니가 용을, 용을 퇴치……. 정말 잘

됐어, 정말 잘됐어요……!"

나는 감격에 겨워 크게 울음을 터뜨릴 듯한 힐다를 무심코 꼭 껴안았다. 바로 코앞에 본인이 있다. 크게 울어선 우리가 이곳에 있다는 사실을 들키고 만다.

"【게이트】!"

나는 【게이트】를 열어 라인하르트 형님의 눈앞으로 전이했다. 아예 직접 축하하러 왔다는 형식이 제일 간편하고 좋다!

"힐다?!"

"오라버니이!"

힐다가 라인하르트 형님에게 곧장 달려들었다.

"축하해요, 축하합니다……!"

"……고마워, 힐다."

계속 우는 여동생의 머리를 쓰다듬어 주는 라인하르트 형님.

그곳에는 늠름한 기사 공주의 모습이 아니라, 오빠의 위업을 축하하는 평범한 여동생의 모습이 있었다.

힐다는 라인하르트 형님이 어렸을 때부터 얼마나 용과 싸워 승리하길 꿈꿔 왔는지 잘 알고 있다. 그렇기에 자신이 용을 퇴치한 일보다도 오빠가 용을 퇴치해 몇 배나 더 기쁜 듯했다.

"용의 피로 더러워지잖아. 이제 그만 떨어지는 편이 좋겠어."

"네…….."

오빠가 타이르자 힐다가 겨우 몸을 뗐다. 아직도 눈물범벅이 된 힐다에게 내가 손수건을 건네자, 힐다는 그걸로 눈물을 닦았다.

그 모습을 쓴웃음을 지으며 바라보다가 라인하르트 형님이 나에게 말을 걸었다.

"공왕 폐하, 부탁이 있습니다만……."

"이 용 말이죠? 옮길게요. 그리고 겸사겸사 여러분도 레스티아의 왕도까지 모시겠습니다."

"감사합니다."

나는 쓰러진 용을 【스토리지】에 넣고, 【게이트】를 열어 레스티아 기사단 모두를 레스티아 왕성의 안뜰로 전이시켰다.

【스토리지】에서 힐다가 쓰러뜨린 녀석을 잘못 꺼내지 않도록 조심하면서 나는 용을 꺼냈다.

안뜰 한가운데에 쿠웅 하고 내려놓자, 모여 있던 성안의 사람들이 환성을 질렀다.

이윽고 그곳으로 힐다와 라인하르트 형님의 부모님인 선대 국왕 폐하와 왕비 전하, 선선대 국왕인 갸렌 할아버지도 찾아왔다.

"허허허. 라인하르트여. 성공했구나."

"네, 할아버지."

찰딱찰딱, 쓰러뜨린 용을 두드리면서 갸렌 씨가 만족스럽다는 듯이 고개를 끄덕였다.

"적동색…… 상위종이구나. 혹시 공왕 폐하가 도와주셨는가?"

"아니요. 저는 옮기는 일을 도왔을 뿐입니다. 용은 레스티아 여러분들이 쓰러뜨렸어요."

"그런가요……. 잘했구나, 라인하르트."

선왕 폐하가 라인하르트 형님의 어깨를 두드려 주었다. 그 얼굴에는 아들을 자랑스러워하는 아버지의 미소가 떠올라 있었다.

"아니요. 저만의 힘은 아니고……. 모두의 힘이 있었기에 가능한 승리였습니다."

"그래. 그 마음을 잊지 말아라. 너는 기사로서 한 단계 더 높은 곳으로 도약한 거야."

"네!"

으으음. 훈훈한 장면이지만 옆에 있는 여동생은 혼자서 그것보다도 큰 용을 쓰러뜨렸어요……. 물론 분위기상 그런 말을 하진 않겠지만!

그 후에는 성문 앞에 쓰러뜨린 드래곤을 전시해, 레스티아 국왕과 기사단들의 용감한 싸움이 왕도의 백성들에게 널리 전해졌다.

사람들은 모두 레스티아 국왕과 기사단 일행을 칭찬했고, 레스티아 왕도는 열광적인 환호로 뒤덮였다. 완전히 축제처럼 들뜬 분위기다.

나는 몇 마리나 사냥을 한 탓에 감각이 마비되어 있었지만, 용을, 그것도 상위종을 쓰러뜨렸다는 사실은 이만큼 화제가 되어 사람들의 입에 오르내릴 일이었다.

　결국 라인하르트 형님은 이것으로 '드래곤 슬레이어'라는 칭호를 자처할 수 있게 되었다. 용을 쓰러뜨렸을 때 살짝 내가 도와주긴 했지만 그 이외에는 모두 라인하르트 형님과 레스티아 기사단의 실력이다.

　"국왕 폐하와 기사단이 용을 쓰러뜨렸다!"

　"드래곤 슬레이어다!"

　"레스티아 국왕 폐하 만세!"

　성문 위에 서서 환성을 지르는 국민에게 손을 계속 흔드는 라인하르트 형님을 힐다는 부드럽게 미소 지으며 바라보았다.

　"힐다도 '드래곤 슬레이어'의 칭호를 길드에서 받을래?"

　힐다가 쓰러뜨린 용은 내 【스토리지】 안에 있다. 그 증거와 내 증언이 있으면 아마 받을 수 있을 것이다. 새삼스럽지만 동영상을 찍어 둘 걸 하는 후회가 밀려왔다.

　"……아니요. 저는 그 모습을 토야 님이 기억해 주신다면 지금은 그것만으로도 만족해요. 저는 오라버니가 용을 토벌하는 모습을 보고 싶었을 뿐으로…… 그 꿈은 이미 이루어졌어요."

　"그렇구나."

　맞다. 힐다는 그런 아이다. 항상 누군가를 위해 열심히 노력하고, 자신보다도 다른 사람을 먼저 생각한다. 난 그런 힐다가 자랑스러웠다.

　"그럼 하다못해 기념으로 힐다가 사냥한 용으로 뭐라도 만들까? 갑옷이라든가 방패라든가.”

“앗, 그렇다면 목을 박제하고 싶어요. 방에 장식하고 싶거든요.”

“뭐……?”

목을 박제해서 장식해? 물론 헌팅 트로피라고 해서 사슴이나 곰처럼 자신이 사냥한 사냥감의 목을 박제해 벽에 걸어 놓는 문화는 이쪽 세계에도 있지만…… 용의 목을?

“못 할 건 없지만…… 공간을 굉장히 많이 차지할걸?”

“괜찮아요. 전 방안에 물건을 많이 두지 않는 편이라서요.”

약혼자 모두는 각자 자기만의 방이 있다. 국왕의 약혼자이기도 하니 꽤 큰 방을 쓴다. 그리고 역시 개인의 방이라 각자의 개성이 배어 나온다.

예를 들면 린제의 방에는 봉제 인형과 의류가 가득하고, 야에의 방에는 일본식 다다미가 깔려 있고 낮은 밥상이 놓여 있다.

힐다의 방은 벽에 검과 창이 걸려 있고, 방의 구석에는 갑옷과 투구 등이 장식되어 있지만 전체적으로는 상당히 조촐해서 용의 헌팅 트로피를 장식할 공간은 충분히 나올 듯했다.

그게 가능은 한데, 그건 좀 그렇지 않나? 하는 생각이 들었다.

벽에서 용의 목이 뻗어 나와 있는 방이라니, 나라면 자려고 해도 마음이 진정되지 않을 것 같았다. 밤에 일어날 때마다 흠칫 놀라지 않을까.

“아무튼, 한번 해 볼게…….”

"부탁드립니다."

기분이 매우 좋은 힐다 옆에서 나는 혼자 '정말 괜찮나……?' 하고 생각하며 계속 고개를 갸웃할 수밖에 없었다.

◇ ◇ ◇

"우오오오오……! 대, 대단하구먼. 정말로 살아 있는 것 같으이."

벽에서 튀어나온 용의 목을 보고 스우가 감탄했다. 적동색 드래곤이 힐다 방의 벽에서 마치 이쪽을 내려다보는 듯했다.

바빌론 박사의 손을 빌려 간신히 용의 목을 박제하기는 했지만 역시 잘 어울린다고는 보기 힘들었다.

"아, 아하하……. 박력이 넘쳐요……."

"이, 이런 것도 나름, 괜찮지, 않을까요……?"

유미나와 린제가 조금 얼굴을 실룩이며 박제된 목을 올려다보았다. 다른 약혼자들도 비슷하게 평범한 감상을 내놓았지만 개중에는 몇몇 눈을 반짝이는 사람도 있었다.

"크으으! 참으로 멋집니다! 소인도 가지고 싶습니다!"

"좀 부러운걸……? 그렇지만 내 방에는 안 어울릴 것 같아."

야에와 에르제가 용의 목을 바라보면서 각자의 감상을 말했다. 두 사람은 긍정적 의견이다. 어렴풋이 그럴 것 같았지만.

에르제의 방에는 귀여운 물건이 꽤 많아서 용의 목은 방의 분위기와 확실히 맞지 않는다. 하지만 야에의 일본풍 방에도 이 용의 목은 안 어울리지 않을까?

"토야 님! 토야 님! 소인도 용을 사냥하고 싶습니다!"

"앗, 나도!"

야에의 말을 듣자마자 에르제도 동참했다. 아니, 너희는 몇 마리인가 이미 사냥했잖아? '드래곤 슬레이어' 칭호도 가지고 있고.

"이런 걸 가지고 싶습니다! 소인도 박제를 방에 장식하겠습니다!"

"난 방이 아니라 입구에 장식할 용을 사냥할게!"

어? 성 입구에다 장식한다고? 이걸……? 내빈 여러분이 깜짝 놀라잖아…….

"아니, 굳이 사냥하지 않아도【스토리지】에 이전에 사냥한 용이 몇 마리인가 있는데……."

"차암, 무슨 소릴! 뭘 모르네!"

"그게 아니라! 자신이 사냥한 용을 장식하고 싶습니다!"

그러십니까.

안 되겠어. 또 용을 토벌하러 가야 하는 건가. 귀찮네…….

두 사람의 성화에 시달리는 내 옆에서 힐다는 생글생글 미소를 짓고 있었다.

리프리스 황국과 파나셰스 왕국의 대화는 문제없이 진행되었다. 국경선도 원만히 확정 지었고, 서로 우호적으로 교류하기로 결정했다.

앞쪽 세계였던 나라에는 고렘이 존재하지 않고, 뒤쪽 세계였던 나라에는 마법이 일반적이지 않다.

그런 인식의 차이를 국가 단위로 좁히기 위해서는 국가가 앞장설 필요가 있다.

양국은 우호의 증거로 파나셰스 왕국은 리프리스 황국에 고렘 몇 대와 마도서 몇 권을 보내고, 리프리스 황국은 파나셰스 왕국에 고렘 기사와 마법사를 기술 지도원으로 파견하기로 결정했다.

서로의 문화를 받아들여 서로의 이해를 더욱 높였으면 하는 바람이다.

그리고 아이젠가르드에 잠입한 아누비스와 바스테트에게서 들어온 정보인데.

역시 일반인에게는 '신마독'이 영향을 미치지 않는 듯, 평범한 생활을 영위하고 있다고 한다.

지금 있는 마을은…… 아이젠가르드 동부의 항구 마을인데, 그곳에는 황금 괴물이 다른 마을을 멸망시켰다든가, 마공국의 고렘 기사단이 토벌을 위해 나섰다든가 하는 소문이 퍼져 있는 듯했다.

바스테트 일행은 빠르면 내일, 항구 마을을 떠나 그보다도 더 큰 마을로 가 볼 예정이라고 한다.

나는 고렘들의 보고를 받는 김에 파란색 왕관인 블라우에게 들었던 하얀색 왕관에 관해 에르카 기사에게 물어보았다.

"느와르는 우연히 발견했어. 보통 왕관급이 되면 유적이나 연구 기관의 터에서 발견하게 되는데, 그 아이는 채굴장에서 발견했거든."

"채굴장?"

"마광석을 채굴하는 곳이야. 게다가 벌써 몇십 년이나 사용되지 않던 폐광으로, 나는 우연히 발견했어. 예전에 채굴용 고렘으로 쓰다가 버린 건가 싶었는데 목 부분에 왕관 시리즈 ^{크라운} 문장이 있어서, 바로 '왕관'이라고 알게 됐지."

에르카 기사는 바로 느와르를 회수해 복원을 시작했지만 당시의 실력으로는 꽤 많은 시간이 걸렸다고 한다. 1년에 걸쳐 복원은 완료했지만, 느와르는 에르카 기사를 마스터로 받아들이지 않았다.

"'왕관'은 마스터가 될 사람을 선별해. 나에게는 그럴 만한 적성이 없었다는 거겠지. 여행을 떠난 사이에 연구소에 몰래 들어온 여동생이 그 '왕관' 의 마스터가 될 줄은 몰랐어."

에르카 기사는 쓴웃음을 지으며 책상 위의 커피를 마셨다.

'왕관' 은 어떤 기준으로 마스터를 고르는 걸까? 검은색, 빨간색, 파란색, 보라색······.

으음. 모두 성격에 조금씩 문제가 있다는 것밖에는······.

파란색 왕관은 대대로 파나셰스 왕가에 전해져 왔다고 하고, 빨간색 왕관의 선대 마스터는 니아의 아버지다. 유전이나 혈통일 가능성도 있는 건가?

"그리고 보니 느와르를 발견했을 때, 조금 이상했어."

"이상했다고?"

"응. 보통 고대 기체 고렘을 발견할 때는 흙에서 파내거나 유적 안에서 휴면 중이었다든가, 그런 상태거든. 그런데 느와르는 갱도에 버려져 있었어. 아무리 폐광이지만 옛날에는 일하던 사람이 있었을 거잖아? 그렇다면······."

"누군가가 폐광이 된 이후에 버렸든가, 스스로 그곳으로 들어가 기능이 정지됐든가······."

"누군가가 그곳에서 기능 정지로 몰아갔을······ 가능성도 없지는 않아."

느와르는 하얀색 왕관과 함께 있을 거라고 생각했다······고 블라우는 말했다. 설마 느와르를 기능 정지로 몰고 간 존재가 하얀색 왕관인 아르부스인가?

검색 마법으로 검색해도 반응이 없단 말이지. 겉모습은 느와르나 루주와 크게 다르지 않을 테고, 색은 아마 흰색일 테니, 보면 단번에 알 수 있지 않나?

어떤 방해 요소가 있는 건지, 아니면 이미 존재하지 않는 건지.

음. 모르는 걸 고민해도 소용없잖아. 마음을 새롭게 다잡자.

바빌론에서 브륀힐드의 왕성으로 돌아가 보니 거실 소파에 앉아 린이 팔짱을 끼고 뭔가를 고민하고 있었다. 그 옆에서 폴라도 팔짱을 끼고 있는데, 넌 아무 생각도 없잖아? 아마도.

"왜 그래?"

"잠깐, 우리 세계와 저편 세계의 사람들의 마력량과 적성에 관해 생각 중이었어."

내 약혼자는 또 뭔가 어려운 생각을 하고 계시는구나……. 나는 린의 이야기를 들으려고 바로 옆에 걸터앉았다.

"아마 지금까지 긴 시간 이어져 온 진화의 차이 때문이겠지만, 저편 사람들은 마력량이 그다지 높지 않나 봐. 아마 적성자도 적겠지. 마력을 조작하는 감각은 날카로운 듯하지만, 이건 아마 일상적으로 마도구를 사용하고 있기 때문일지도 몰라."

그래. 이쪽은 촛불이 일반적이지만, 저편에서는 마광석을 사용한 네온도 있으니까. 그 광량의 조정은 마력을 조작해서 하는 모양이었다.

"그렇다면 저쪽 편 사람들은 마법을 사용하기에 적합하지 않다는 건가?"

"으~음. 꼭 그렇지는 않아. 실제로 '홍묘' 사람들이나 '흑묘'의 지배인은 사용할 수 있었잖아?"

니아 일행이야 그렇지만, 실루엣 씨는 소환수 호출을 내가 도와줬었다.

"단, 이것도 이쪽과 저쪽 편 사람들이 교류하고 지내며 세대가 바뀌면 아마 또 다른 변화가 생길 거야. 우리 손자의 손자의 손자 세대가 되어야 할지도 모르지만."

"아주 길게 봐야 하는 얘기네."

"어머, 그런가? 적어도 신, 그리고 신의 권속인 우리에게는 눈 깜빡할 시간일지도 몰라."

린이 내 손을 잡았다. 린은 요정족으로, 장수종이다. 원래 오랜 시간을 살아온 린에게는 애초에 그 정도의 감각에 불과할지 모른다.

"손자의 손자의 손자라. 전혀 상상이 안 돼."

"어차피 나와 너의 아이는 요정족으로 태어날 테니, 마찬가지로 수명은 길 거야."

마족인 사쿠라도 그렇지만 요정족과 인간 사이에서 태어난 아이는 혼혈 엘프처럼 두 부모의 특성을 나눠 받지 않는다. 반드시 요정족으로 태어난다.

게다가 요정족은 남자의 출생률이 낮아, 80퍼센트에서 90퍼센트의 확률로 여자아이가 태어난다고 한다.

이전에 하느님에게 들은 대로라면 우리의 아이는 신의 아이…… 반신(半神)으로 태어난다는 모양이다. 당연히 수명도 길다. 그렇지만 기껏해야 평범한 인간의 두 배 정도로, 그다음 세대인 손자는 다른 인간과 수명의 차이가 없어진다고 한다.

그러니 장수종인 린과 사쿠라의 아이가 가장 오래 살 가능성이 높다.

"오래도록 함께 지내게 될 것 같네."

"한 가지 걱정되는 점이 있어……. 우리 딸이 나보다 성장해서 어른이 되면, 가족 셋이 나란히 섰을 때, 나보다 딸이 더 당신의 아내처럼 보일 가능성이……."

뭔가 중얼거리는 린. 물론 그럴 가능성도…… 있나?

린의 외모는 11~12세 정도로, 지금은 간신히 스우보다 언니처럼 보인다. 하지만 성장이 멈춘 린과는 달리 스우도 곧 린을 추월한다.

나를 포함한 다른 약혼자들도 어른이 되어 딱 적당한 시점에 노화가 멈춘다고 하지만, 린은 이미 종족 특성상 어른이다. 더는 커지지 않는다. 린은 그걸 신경 쓰고 있었다.

"그렇게 걱정하지 않아도 돼. 린은 린이잖아. 당당하게 내 옆에 있으면 되는 거야."

"그런 문제는 아니지만……. 그래, 좋아. 아직 태어나지도 않은 딸을 질투하는 것도 바보 같은 일이니까."

키득하고 웃더니 린은 기지개를 켜더니 내 목에 팔을 두르며 키스했다. 나도 작고 가녀린 린을 껴안았다.

"결국, 내가 딸에게 질투하지 않도록 네가 날 사랑해 주면 되는 거야."

"힘낼게……. 이런 대답도 좀 이상한가?"

"토야는 평범한 사람의 아홉 배나 더 바쁠 테니, 조금 깎아 줄 수는 있어."

그건 고마운 일이다. 아내인가 딸인가. 누굴 더 좋아하냐는 그런 이야기가 아니라, 딸을 사랑하는 마음과 부부가 서로 사랑하는 마음은 다른 거라고 생각하니까. 응?

"……그러고 보니, 새삼스럽지만 린의 부모님이나 형제는?"

"정말 새삼스러운걸?"

키득키득 웃는 요정 소녀.

아니아니. 요정족의 족장이라고 하니, 어렴풋이 '장로'의 이미지가 떠올라 이미 부모님을 여의지 않았을까 생각했었다.

"형제자매는 없어. 원래 장수종은 아이가 잘 생기지 않고, 요정족은 탐구심이 강해서 부부라고 해도 각자 백 년 단위로 따로 행동하기도 하거든. 그래서 대부분은 한 명만 낳아."

그런데도 어떻게 멸종하지 않았는지. 그런 생각도 들었지만 윗세대가 잘 죽지 않으니 오히려 그래서 균형이 유지된다고 도 할 수 있나……?

"그럼 부모님은?"

"어느 정도 나이가 들면 모두는 아니지만 몇몇 요정족은

'요정계'로 가. 그곳에서 생애를 마칠 준비를 하는 거지."

'요정계'란 대수해 입구에 있는 이계의 나라로, 정령계와 비슷한 장소라고 한다. 나이가 든 요정족은 그곳에서 마지막 수백 년을 느긋하게 지내며 생애를 마친다는 모양이다.

"우리 부모님은 이미 '요정계'로 여행을 떠났어. 아마 살아 있기야 하겠지만, 이제 이쪽 세계로 돌아오진 않을 거야."

"그 말은……."

"네가 신경 쓸 일은 아니야. 이미 부모님과는 몇백 년 전에 작별 인사를 마쳤으니까. 게다가 나한테는 이미 새로운 가족이 있거든?"

슬픔이 전혀 느껴지지 않는 모습으로 린은 웃었다. 요정족에게 있어 그건 아주 당연한 일인 듯했다.

"……린의 부모님을 만나보고 싶었는데."

"어머. 사실은 나도 네 부모님에게 인사하고 싶었는걸."

'이공간 전이'를 더 적절히 사용할 수 있게 되면, 원래 있던 세계로 전이할 수 있을지도 모른다. 하지만 그 세계에서 나는 이미 죽은 존재다. 아빠나 엄마에게 린을 만나게 해 주고 싶어도 유령처럼 행동하며 머리맡에 서서 보여 주는 정도일까? 아니지. 자칫하면 두 사람 모두 심장마비에 걸려 부모님도 유령이 될지도 모른다. 꿈속에 나타나 보여 주는 정도로만 하자.

이것만큼은 어쩔 수 없다.

어딘가 모르게 숙연해진 분위기를 부수듯이 내 스마트폰이 진동했다. 기사단장인 레인 씨한테서 연락이다. 무슨 일이 있었나?

"네, 여보세요?"

〈레인입니다. 폐하, 성문 앞에 폐하의 친구라고 하는 인물이 와 있는데…….〉

"친구?"

누구지? 옷 가게를 운영하는 자낙 씨나 '은월'의 미카 누나라면 레인 씨도 알 텐데, 엔데인가?

〈저어…… 뭐라고 하면 좋을까요. 실례지만 옷차림이 너무 수상해서……. 작은 왕관 같은 것도 쓰고 있고, 자신을 왕자라고 소개하고 있습니다…….〉

"아~. 지금 갈게요. 거기서 기다리라고 해 주세요."

옷차림이 수상한 왕자라면 그 녀석밖에 없다. 그 녀석, 말도 없이 전이해 왔구나. 이런 때야말로 전화를 해서 연락을 해야지. 그렇게 생각했는데, 미리 메시지를 보내긴 했었구나. 눈치를 못 챘어.

내가 '중요하지 않으면 메시지'라고 한 말을 기억해 준 모양이다. 그렇지만 '그쪽으로 갈게~'라고 딱 한 줄만 메시지를 보내고 겨우 3분 만에 오는 행동은 이해를 못 하겠네.

"전에 말한 그 왕자님?"

"응. 전이 능력이 있는 녀석이 이렇게 성가시단 걸 처음으로 알게 됐어. 나도 반성 중이야."

나는 상대의 사정을 꼭 확인하고 가는데 말이지. 가능한 한. 될 수 있는 한. 비상시에는 꼭 그렇지도 않지만.

"린도 갈래? 소개할게."

"그럴까? 조금 흥미도 있으니까. 가자, 폴라."

우리를 방해하지 않으려는 듯이 소파에서 빈둥거리던 폴라가 벌떡 일어서 내 오른쪽 다리에 달라붙었다.

린을 껴안고 【텔레포트】를 발동하자, 순식간에 우리는 성문 앞의 레인 씨가 있는 곳으로 이동했다.

역시 눈앞에는 짧은 망토에 호박 팬츠, 흰 타이츠를 입은 금색 단발 왕자님인 로베르가 서 있었다.

"여어, 토야! 내가 왔어!"

"내가 왔어는 무슨!"

원래는 이쯤에서 정수리에 촙을 한 방 날려 주고 싶었지만, 동행자가 있어 최대한 참기로 했다.

동행자 중 한 명은 작은 파란색 고렘으로, 말할 것도 없이 로베르의 파트너인 파란색 '왕관' 블라우였다. 이 녀석이 없으면 공간 왜곡을 이용한 전이 능력을 사용할 수 없으니, 당연히 있을 수밖에 없다.

그리고 로베르 옆에 아름다운 드레스를 입고 나란히 선 소녀. 황갈색 롱헤어 소녀는 생글거리는 미소를 지으며 로베르를 반짝거리는 눈으로 바라보았다.

소녀는 로베르의 약혼자인 세레스티아 투엔테 에르난데스.

얼마 전, 스마트폰을 건네주러 로베르와 스트레인 왕국을 방문했을 때 알게 되었다. 스트레인 왕국 여왕 폐하의 조카로, 틀림없는 왕족이다.

소녀…… 세레스는 로베르의 패션 센스를 포함한 모든 것을 받아들여 줄 정도로, 어떻게 보면 로베르와 천생연분인 약혼자다.

솔직히 왜 이런 아이가 이 녀석을 좋아하지? (실례) 하고 생각했지만, 세레스는 진심으로 로베르를 좋아하는 듯했다. 사람의 기호는 십인십색……이라고 하니.

"안녕하세요, 토야 님. 지난번에는 이 멋진 선물을 주셔서 감사합니다. 매일 로베르 님과 이야기를 할 수 있어 꿈만 같답니다."

"마음에 드셨다니 다행입니다."

내가 건네준 양산형 스마트폰을 쥐고 세레스가 생글생글 미소 지었다.

두 사람의 등 뒤에는 각국의 경호로 보이는 기사가 각각 두 명씩 총 네 명이 서 있었는데 그와는 별도로 또 한 사람, 소년이 서 있었다.

나이는 나나 로베르와 크게 차이가 나 보이지 않았다.

회색 단발에 보기 드문 금색 눈. 조금 뾰족한 귀와 적갈색 피부에 떠오른 비늘 모양. 머리카락에서 뻗어 나온 뿔 두 개와 굵은 꼬리…….

"당신은…… 용인족?"

린이 소년을 보고 말했다. 원래 수인국 미스미드의 궁정 마술사였던 린이라 소년의 종족이 신경 쓰이는 듯했다.

"용인족? 우리는 드래고뉴트. 용의 힘을 이어받은 자랑스러운 무왕의 후예다!"

드래고뉴트. 저편에서는 용인족을 그렇게 부르나? 모험자인 소니아 씨와 똑같이 보이는데.

"오늘은 토야와 이 아이를 만나게 해 주려고 온 거야! 이 아이는."

거기까지 말을 하다가 로베르는 갑자기 얼굴부터 지면에 꽈다~앙! 하고 쓰러지더니 "쿠우우울……." 하고 코를 골며 자기 시작했다. 왕관 능력의 대가인가.

그 모습을 처음 보는 린, 폴라, 레인 씨가 깜짝 놀라 나를 바라보았다.

"아~. 괜찮아. 걱정 안 해도 돼. 평소 그대로의 모습이니까."

곧장 블라우가 번쩍 로베르를 짊어졌다. 그리고 세레스가 주머니에서 손수건을 꺼내 로베르의 얼굴에 묻은 흙을 닦았다. 다들 행동이 물 흐르듯이 자연스러워.

"죄송합니다. 침대가 있는 방을 빌려주실 수 있을까요? 4시간 정도면 눈을 뜰 거예요."

꽤 많이 자네……. 방이야 기꺼이 빌려줄 수 있으니 나는 레인 씨에게 안내를 부탁했다.

로베르와 블라우, 그리고 그 뒤를 따르는 기사 두 명이 떠나자, 흠흠, 하고 작게 헛기침을 한 다음 세레스가 용인족……아니, 드래고뉴트라고 했지? 그 소년을 소개해 주었다.

"로베르 님을 대신해 소개하겠습니다. 이 아이는 잔베르트 갈 라제. 라제 무왕국의 제2왕자입니다."

세레스가 소개하자 잔베르트라는 소년은 가볍게 고개를 숙였다.

왕자가 왕자를 데리고 왔네.

라제 무왕국.

스트레인 왕국의 서쪽, 아이젠가르드의 북쪽에 있는 왕국. 예절을 중시하고 무(武)를 숭상하는 다민족 국가다.

이쪽 나라를 예를 들면 미스미드 왕국과 형태가 비슷하다. 수인을 비롯해 다양한 종족이 섞여서 생활하지만, 그중에서도 국민들의 의식이 별나다.

'무왕국'이라고 자처하는 데서도 알 수 있듯이 그곳의 국민은 강함을 원한다. 단순한 강함이 아니다. 마음의 강함도 요구된다고 한다.

알기 쉽게 말하면 몸도 마음도 강한 터프가이가 존경받는다.

일단 강해야만 한다. 그다음 상대를 배려하는 마음을 가져야 한다. '건전한 신체에 건강한 정신이 깃든다'를 그대로 따라가는 사람들이다.

고렘을 제외하면 최강의 국가라고 불린다는 모양이다.

'터프하지 않으면 살 수 없고 부드럽지 않으면 살 자격이 없다'라는 건가? *어딘가의 *탐정도 아니고.

그건 그렇고. 그런 나라의 제2 왕자가 우리를 찾아온 이유. 그것은.

"이 나라에서 가장 강한 자와 진심으로 싸우게 해 줬으면 한다. 아버지에게는 허락을 받았다."

"자자자, 잠깐만. 진심으로 싸우면 죽잖아? 눈 깜짝할 사이에 죽어!"

우리 나라에서 가장 강한 사람이라면 당연히 모로하 누나나 타케루 삼촌이다.

그 두 사람과 진심으로 싸우겠다니……. 역시 그런 자살 행위는 막아야만 한다.

그런데 라제 무왕국의 제2 왕자 잔베르트 갈 라제는 내 말을 듣고 기분이 상했는지 조금 발끈한 말투로 대답했다.

"실례지만 이래 봬도 나는 라제 무왕국의 제2 왕자. 틀림없이 우리 나라에서는 다섯 손가락 안에 들어간다. 그런 내가 그

---

*레이먼드 챈들러의 필립 말로

렇게까지 뒤처질 리는 없다. 자신이 없어 거절하고 싶다면 확실히 그렇게 말해 줬으면 한다."

으~음. 그런 의미가 아니었는데. 어쩌면 좋지?

"싸우고 싶다니 싸우게 해 주지? 상대가 먼저 꺼낸 말이니 져도 불평은 안 하지 않을까?"

옆에 서 있던 린의 말을 듣고 또 잔베르트의 관자놀이가 움찔거렸다. 린도 참. 알면서 도발한 거 아냐?

"잔베르트 왕자는 주로 어떤 무술을 쓰는데?"

"전반적으로 다. 굳이 말하자면 격투술일까."

그렇다면 타케루 삼촌이 좋을까? 일단 '무신'이니. 적임이려나?

"한 번 더 말하지만, 그만둘 생각은 없어?"

"없다! 강한 자와 싸워, 자신의 무를 갈고 닦을 수 있다면 그보다 더한 기쁨은 없을 테지!"

사납게 웃으며 잔베르트 왕자가 단언했다. 그 이전에 싸움이 되기는 할까……?

"핫핫핫! 아주 패기가 넘치는 소년이군. 좋다. 상대해 주지!"

성의 북쪽에 있는 훈련장에서 타케루 삼촌이 크게 웃었다.

훈련장 옆에 서 있는 나, 에르제, 엔데는 어색한 웃음을 지을 수밖에 없었다. 심판으로 나선 모로하 누나는 히죽거리며 재미있겠다는 듯이 웃고 있고, 잔베르트 왕자를 부추긴 린은 이쪽 일에는 별로 관심 없다는 듯이 벤치에 앉아 책을 읽었다. 발밑의 폴라는 무척 기대하는 듯했지만.

참고로 로베르 왕자의 약혼자인 세레스는 시합에 전혀 흥미가 없는지, 얼른 로베르가 있는 방으로 가 버렸다.

아무래도 익숙한 일인지, 잠든 로베르의 얼굴을 바라보는 게 그 무엇보다도 기쁘다고 한다. 이상한 취미야……. 아니, 상대도 이상한 취미가 있으니 천생연분 커플일지도 모른다.

"얼마나 버틸 거라 생각해?"

"글쎄……. 스승님이 어떻게 상대해 주느냐에 달리지 않았을까?"

"역시 진심으로 상대하지야 않겠지만……."

타케루 삼촌이 질 거라고는 전혀 생각하지 않는 우리가 그런 대화를 하자, 라제 제2 왕자가 화가 났다는 듯이 우리를 쏘아보았다. 아무래도 귀는 아주 좋은가 보네.

"라제류 무투술, 잔베르트 갈 라제! 정정당당히 승부하겠다!"

"좋다! 내 이름은 모치즈키 타케루! 간다, 소년!"

"준비됐어? 그럼, 시작!"

심판인 모로하 누나가 팔을 아래로 휘두른 다음 순간, 쿠웅! 하는 소리와 함께 타케루 삼촌의 팔꿈치에 가슴을 맞은 잔베르트 왕자가 지면에 튕기며 헌신짝처럼 날아가 버렸다.

"""으, 으악—————————?!"""

나, 에르제, 엔데의 목소리가 훈련장에 울려 퍼졌다. 뭐 하는 거야?! 대체 뭐 하는 거냐고요!! 이 아저씨는?!

우리가 다급히 잔베르트 왕자의 곁으로 달려가 보니 입에서 거품을 물고 흰자위를 드러내고 있었다.

"이봐요, 죽일 셈이에요?!"

"핫핫핫. 죽일 셈이었다면 완벽히 심장을 파냈겠지. 적당히 죽지 않을 만큼 아슬아슬하게 힘 조절을 했으니 괜찮아. 살짝 심장이 멎었을지도 모르지만, 가벼운 회복 마법을 걸어 주면 눈을 뜰 테지."

허어어어억!! 회복 마법을 반드시 써야 하는 상태라면 죽을지도 모르는 상태라는 말이잖아!

일단 그냥 내버려 둘 수 없어서 내가 【큐어힐】을 걸자, 잔베르트는 곧장 의식을 되찾았다.

"헉?! 나, 나는 대체……!"

"타케루 삼촌에게 맞아 쓰러졌어. 기억 안 나?"

"그, 그럴 수가……! 나를 한 방에……?!"

지면에 양손과 양다리를 대고, 믿을 수 없다는 듯이 그렇게 외치는 제2 왕자.

"시시하네. 좀 더 상대해 줘도 됐잖아?"

"그 정도도 못 막아선 그다지 다를 게 없을 테지. 네 기대에는 부응하기 힘들어."

"하, 한 번 더! 한 번 더 대결하게 해 줘!"

타케루 삼촌, 모로하 누나가 나누는 신들의 대화에 무서운 줄 모르고 끼어드는 잔베르트.

"흐음. 한 번 더라. 무슨 생각이라도 있나? 없다면 똑같은 일이 반복될 뿐이다만?"

"우리 드래고뉴트의 진짜 힘을 끌어내겠다! 그러면 절대 쉽게 지지 않을 테니까!"

"호오. 드래고뉴트의 진짜 힘이라. 재미있군. 그럼 한 번 더 상대해 주지!"

본인들이 원하니, 다시 승부를 하기로 했다. 그냥 포기하지 참…….

"하아아아아아아아아아아앗!"

"오?"

자세를 잡은 잔베르트의 몸에서 뭔가 흔들리는 '기' 비슷한 것이 피어올랐다.

그리고 몸의 근육이 울퉁불퉁해지고, 온몸의 살결에 비늘 같은 모양이 떠올랐다.

"투기법인가?"

"투기법이네."

엔데와 에르제가 조금 놀라워하며 말했다. 투기법이라면 그건가? 마력을 몸의 일부와 융합해 상황에 맞게 몸의 특성을 변화시킨다는 전투 기술.

용인족인 소니아 씨가 사용한 '발경' 도 그 응용이었다고 하니, 비슷한 종족인 드래고뉴트인 잔베르트가 사용할 수 있다 해도 전혀 이상하지 않다.

"무투룡으로 변한 나에게는 이제 조금 전 같은 공격은 통하지 않는다! 힘도 속도도 육체의 강도도 몇 배나 높였으니까!"

사납게 웃음을 흘리며 잔베르트가 외쳤다.

"그럼, 시작!"

모로하 누나의 목소리와 동시에 또 쿠웅! 그런 소리가 나며 잔베르트가 지면에 튕겨 헌신짝처럼 맥없이 늘어져서 날아가 버렸다.

"""또————————————?!"""

하나도 안 변했잖아! 조금 전이랑 똑같은 동영상을 반복 재생했을 뿐이야!!

우리는 또 달려가 조금 전처럼 입에 거품을 물고 흰자위를 드러낸 잔베르트에게 【큐어힐】을 걸어 주었다.

"헉?! 나, 나는 대체……!"

"또 타케루 삼촌에게 한 방에 나가떨어졌어. 아까랑 똑같아."

"마, 말도 안 돼……! 무투룡으로 변한 나를 한 방에……?!"

또다시 지면에 엎드려 신음하는 제2 왕자. 이것까지 아까랑 똑같아.

"큭……. 내 패배다!"

"그러네."

너무 완벽한 패배라 뭐라 해 줄 말도 없었다. '아쉬웠어' 라든가, '꽤 하는걸' 이라는 말조차 거짓말이 된다.

이럴 때는 싸워 본 당사자에게 물어보면 된다. 어른이니까 '감각은 괜찮았다' 라든가, '발전 가능성이 보인다' 같은 위로의 말은 해 줄 수 있잖아?

"저어……. 이 아이는, 어땠나요?"

"거론할 가치도 없군!"

딱 잘라서! 그야 그렇지. 아무것도 안 했으니까. 이 녀석. 정확하게는 타케루 삼촌이 뭘 해 보지도 못하게 한 거지만.

고개를 든 잔베르트는 지면에 엎드린 모습을 유지한 채, 타케루 삼촌까지 가더니 그대로 넙죽 몸을 굽혔다.

"저, 저의 완패입니다! 그 강력함, 그야말로 무신이라 불릴 만합니다! 저는 발끝에조차 미치지 못합니다……! 부, 부탁입니다! 저를 제자로 받아주십시오!"

"거절한다!"

또 딱 잘라서! 그럴 생각이 없어도 생각하는 척 정도는 해 줘야지! 충격받았잖아!

"엔데랑 에르제는 제자로 받아들였으면서 왜 애는 안 되나요?"

"엔데는 내가 발견한 제자고, 에르제는 토야의 권속이잖나. 무엇보다 이 두 사람과 비교하면 이 녀석은 터무니없이 수준이 낮아. 아기에게 곱셈을 가르쳐 봐야 알 리가 없지."

"그럴 수가! 이 녀석들보다 제가 더 아래라는 건가요?!"

엔데와 에르제를 가리키며 잔베르트 왕자가 소리쳤다. 동년배로 보이는 두 사람이 타케루 삼촌의 제자인데 자신은 될 수 없다는 소리를 받아들일 수 없다는 투였다.

"상대의 수준을 가늠하지 못하는 단계여선 상대할 가치도 없지. 겉모습으로 판단했다간 나중에 호되게 당할 거다."

아니요. 나중이 아니라 지금 호되게 당했는데요.

그래도 받아들이기 어려웠는지 잔베르트 왕자는 찌릿, 하고 엔데와 에르제에게 적의에 찬 시선을 내던졌다. 얘가 진짜. 그건 번지수를 잘못 짚은 거지. 제자가 되지 못한 이유는 저 두 사람 탓이 아냐.

"그, 그럼! 저 둘 중 한 명에게 이기면 제자로 받아주세요!"

"상관없다만?"

"좋아! 약속입니다?!"

타케루 삼촌이 망설임 없이 대답하자 우우~ 하고, 두 사람이 진심으로 성가시다는 듯이 말했다. 그 마음은 잘 알아.

"참고로 엔데도 에르제도 봐줬다간 내일 수행 메뉴는 하드코어다."

""켁!""

타케루 삼촌의 말을 듣고 두 사람 모두 얼굴이 창백해졌다. 대체 평소에 어떤 훈련을 하고 있기에…….

"대신에 저 녀석을 더 빨리 쓰러뜨린 사람은 내일 오후에 휴식을 줄 수도 있다."

""이얏호!!!""

타케루 삼촌의 말을 듣고 두 사람 모두 얼굴에 기쁨이 넘쳤다. 그러니까, 평소에 대체 어떤 훈련을 하고 있냐고…….

이후, 타케루 삼촌이 했던 것과 완전히 똑같은 광경을 두 번이나 더 보게 되었다. 이렇게 된 이상 더는 할 말이 없었다. 회복 마법을 사용하는 일조차도 단순한 노동이 되어 버렸다.

덧붙이자면 반나절의 휴가를 얻은 사람은 엔데였다. 이럴 때는 좀 힘을 빼고 해야지. 이 자식! 에르제가 가엾잖아.

잔베르트가 마지막에는 나한테도 대결을 요구했는데, 그때는 정말 귀찮아져서 모두와 마찬가지로 헌신짝처럼 멀리 날렸다.

이쯤에서야 나는 겨우 이 제2 왕자가 바보라는 사실을 깨달았다.

"이럴 수가……. 내가…… 용의 후예인 드래고뉴트가 평범한 인간에게……. 이 나라 사람들은 이상해……."

새파란 얼굴로 여전히 땅에 엎드린 채 뭔가 중얼거리는 잔베르트. 정확하게는 '평범한 인간' 은 한 명도 없지만.

"먼저 그 드래고뉴트니 평범한 인간이니 하는 생각은 버려라. 긍지와 교만을 착각하지 마라. 수행을 다 끝내 보면 그런 개념은 쓰레기에 불과하다고 깨달을 거다."

타케루 삼촌의 말을 듣고 고개를 드는 무왕국의 왕자. 너무 많이 날아가서 옷이 너덜너덜하네. 회복 마법으로는 옷까지 회복되지 않으니까.

"상대의 수준도 가늠하지 못한 채 자신의 강함을 자랑할 때, 그 녀석의 내면엔 틀림없이 연약함이 깃들어 있다. 지금 네가 그런 상태다. 그런 녀석은 쉽게 무너지지. 쉽게 꺾어 버릴 수 있는 거다."

"으⋯⋯."

"하지만 자신의 약함을 인정하고 그 약함을 진지하게 고민하며, 그 마음을 잊지 않게 새기고 기어 올라온 녀석은 강하지. 너는 그런 기회를 얻었다. 살릴지 허무하게 날릴지는 네가 어떻게 하느냐에 달렸다."

"서, 선생님!"

왜 그런지는 모르겠는데 감동에 몸을 떠네. 이 바보 왕자님. 그 아저씨의 말을 너무 진심으로 받아들이지 않는 편이 좋아.

신족은 그 능력이 워낙 출중하기 때문인지 대부분은 엉성한 데가 있다. 별생각 없이 대충 얘기했을 가능성이 아주 크다.

"그러고 보니 결국 넌 뭘 하러 온 거야? 오로지 싸우기 위해 여기에 온 건 아니지?"

"앗. 아, 아버지의 서간을 가지고 왔었지. 이, 이겁니다."

에르제가 딴지를 걸자 잔베르트가 품에서 구깃구깃해진 서간을 꺼냈다. 이봐. 그걸 먼저 줬어야지.

서간을 펼쳐서 읽어 보니, 브륀힐드에서 열리는 세계회의에 라제 무왕국도 참석하겠다는 무왕의 의사 표명과 조금 우쭐해 있는 제2 왕자의 코를 가능하면 납작하게 해 달라는 내용이었다.

납작한 정도가 아니라 함몰될 때까지 얻어맞은 느낌이 들지만요.

국왕 본인이 이렇게 말했으니 문제는 없겠지. 그런데 스파르타식 왕가네. 일단 강해져라! 그런 가풍이겠지만.

"자신이 얼마나 약했는지 잘 알았습니다. 선생님이 하신 말씀을 가슴에 새기고 내일부터 더욱 단련을 계속하겠습니다. 지도해 주셔서 감사합니다!"

"그래. 제자로는 받아주지 않겠지만, 자신이 충분히 강해졌다고 생각되면 와라. 그 교만을 다시 꺾어 주마."

악마냐.

그건 천 길 골짜기에서 떠밀린 사자의 새끼가 녹초가 되어 기어 올라왔는데 미소를 지으며 또 천 길 골짜기로 떨어뜨리는 일 아닌가?

타케루 삼촌은 거기에 돌까지 집어던지는 거 같기도 한데.

일단 라제 무왕국도 세계회의에 참석해 준다고 한다. 회의라기보다는 파티지만, 그게 뭐 대수일까. 문제없다.

부디 무왕이라 불리는 그 임금님이 이 왕자 같은 바보가 아니길 바란다.

◇ ◇ ◇

"그래그래, 착하구나. 천천히 먹으렴."

"야옹~."

"머엉!"

술집 겸 숙박업소의 여주인이 부드러운 표정을 지었다. 밤의 장막이 내려온 가게 앞에서 손님들이 남긴 음식을 길고양이와 들개에게 주던 여주인은 새로 묵을 손님이 와서 가게 안으로 돌아갔다.

검은 고양이와 검은 개는 아이젠가르드의 제2 도시라고 불리는 마공 도시 스틸에 침입했다.

술집과 숙박업소에서는 다양한 정보가 오간다. 가게 안에서 먹이를 먹으면서도 두 척후형 고렘의 청각은 그 정보를 그냥 흘려듣지 않았다. 원래 둘 다 먹이를 먹을 필요는 없지만.

〈누님. 우리는 이런 걸 굳이 안 먹어도 되지 않나요?〉

〈친절을 모른 척할 수는 없잖아. 사람에게 친근한 면을 보여 줘야 정보를 더 얻기 쉬워져.〉

〈예~이.〉

그런가요? 라고 하며 아누비스는 남은 먹이를 와구와구 다 먹어 치웠다. 이런 음식은 몸속의 마황로가 동력원인 에테르로 바꿔 주기 때문에 전혀 소용없지는 않았다.

둘은 음식을 열심히 먹는 모습을 연출하면서도 술집 안의 소문 이야기를 들으려고 귀를 쫑긋 세우고 있었다.

〈토남 마을이 황금 짐승에게 습격당했대.〉

〈정말로? 마공 기사단은 뭘 하는 거야?〉

〈크게 당했다나 봐. 황금 짐승에게 습격당한 마을이 이걸로 몇 개째지?〉

〈몰라. '마류성'의 날부터 이상한 점이 너무 많아.〉

황금 짐승이란 아마 변이종을 말한다. 몇몇 마을이 이미 습격을 받은 듯했다.

〈그 외에도 황금 해골이 매일 밤 가도를 행진한다는 소문도…….〉

〈그게 뭐야. 어디로 가는데?〉

〈아무래도 남쪽이라는 모양이야.〉

〈남쪽……. 아이젠부르크인가?〉

이곳의 남쪽에는 이 나라의 수도인 공도 아이젠부르크가 있다. 거대한 악마형 고렘, 헤카톤케이르가 날뛰었던 탓에 공도는 계속해서 쇠퇴하고 있다.

물론 이유는 그것뿐만은 아니고, 거의 독재적인 1인 체재의 국왕이었던 마공왕이 사망했는데 그 후계자가 없었던 것도 원인 중 하나였다.

전적으로 의지했던 지도자를 잃은 나라가 항상 그렇듯, 후계자 분쟁이 발발했고, 귀족들은 권력 다툼에 날을 지새며 국민을 그냥 방치해 버렸다.

헤카톤케이르에 집을 잃고, 직장을 잃고, 가족을 잃은 사람들에게 귀족들은 누구 하나 손을 내밀지 않았고, 그 결과, 국민들은 분노와 절망을 가슴에 품은 채 도시를 버렸다.

매일 같이 도시를 떠나는 국민이 늘어 지금은 수도라고 부르기에도 민망한 상태인 듯했다.

〈마공 폐하의 저주인가.〉

〈그만둬. 불길하게.〉

〈어느 쪽이든 이 나라는 이제 글렀어. 갈디오나 스트레인으로 도망쳐야 돼. 지금은 아직 배가 드나들지만 언제 끊길지 몰라. 이 나라는 고립된 거야.〉

실제로 아이젠가르드에서 도망치는 사람들도 늘어났다.

사람들의 불안이 소문을 과장시켰고, 그게 더욱 큰 불안을 불러 이 나라에는 어두운 그림자가 드리워졌다.

〈남쪽으로 간다는 해골이 신경 쓰이는걸?〉

〈그럼 다음은 그쪽으로 가는 건가요?〉

인간은 들을 수 없는 목소리로 검은 고양이와 검은 개가 대화를 나누었다.

〈그게 정말이라면 틀림없이 변이종과 연관되어 있을 테니까. 조사를 안 할 수는 없어. 가자.〉

〈옛스!〉

바스테트와 아누비스는 토도도돗, 하고 함께 걸어 마을 외곽으로 나갔다. 그 모습에 관심을 가지는 사람은 아무도 없었다.

밤의 어둠으로 들어가자, 바스테트가 아누비스의 등에 훌쩍 올라탔다.

아누비스가 예사롭지 않은 속도로 달리기 시작했다. 그대로 두 마리는 밤의 어둠 속으로 사라졌다.

여담이지만 이 일은 '컴컴한 밤을 질주하는 그림자' 라는 형태로 소문이 퍼져, 두 마리는 모르는 사이에 아이젠가르드 사람들의 불안을 증폭시키는 요소가 되기도 했다.

◇ ◇ ◇

"잘 모르겠지만 원만하게 마무리됐다는 거지?!"

공간 전이의 대가로 우리 성의 침대에서 계속 잠을 자던 로베르가 눈을 뜬 시점은 라제 무왕국의 잔베르트 왕자가 엔데와 에르제에 이어 야에, 힐다, 루에게 완패한 두 시간 후였다.

이렇게까지 연패하면 라제 무왕국은 별로 대단할 것 없는 나라 같지만, 이런 경우엔 내 약혼자들이 비상식적인 거겠지……? 엘더 드래곤 정도는 혼자서 쉽게 쓰러뜨릴 수 있는 수준이 됐으니.

이렇게 말하긴 뭐하지만, 아마 우리 나라의 기사들도 절반 정도는 이 왕자에게 이길 수 있지 않을까, 그런 예감이 들었다. 매일 모로하 누나의 훈련을 받고 있는 녀석들이니까.

뽀각뽀각 마음에 꺾인 잔베르트 왕자지만 굉장히 풀이 죽지 않았을까 하는 내 예상과는 달리, 오히려 기분이 고조되어 마지막에는 오히려 패배를 즐기는 수준으로 보이기까지 했다.

마지막에는.

"자신이 얼마나 약한지 뼈저리게 느꼈습니다. 이제는 더 위를 향해서 정진하겠습니다!"

그리 말하며 유난히 상쾌한 표정을 지었다.

본인이 그렇게 생각해 준다면 뭐라 할 말은 없다.

만족한 모습의 잔베르트 왕자에게 라제 무왕국 국왕에게 전달할 친서를 건네주자, 잔베르트 일행은 다시 블라우의 공간 전이를 이용해 돌아갔다.

로베르는 그쪽에 가면 또 폭잠을 자겠지? 모순되지만, 참 편리하면서도 불편한 능력이다.

우리도 성으로 돌아가려고 했을 때, 스마트폰이 울렸다.

이그리트 왕국의 레판 국왕 폐하의 연락이다. 무슨 일이지? 또 그 거대 오징어인 텐터클러가 나타났나?

"네, 여보세요."

"오오, 브륀힐드 공왕! 미안하네. 바로 이쪽으로 와 줄 수 없을까?"

"무슨 일이신가요?"

"남서쪽 바다에서 정체를 알 수 없는 배가 이쪽으로 오고 있는 듯해. 루프로 상공에서 정찰해 보니, 아무리 봐도 무장선인 듯하네."

루프란 이그리트에서 부리는 커다란 새를 말한다. 무장선……군함인가? 아니면 해적?

남서쪽……. 새로운 세계의 지도를 불러서 확인해 보았다. 설마 이 '마인국 헬가이아' 가?

두 개의 세계가 겹쳐진다는 사실을 알게 된 이후로 나는 나름대로 뒤쪽 세계에 존재하는 나라들의 정보를 모았다. 특히 '흑묘' 의 실루엣 씨와 협력 관계를 맺은 이후로는 더욱 자세한 정보를 모을 수 있었다. 그래서 '마인국 헬가이아' 에 관해서도 어느 정도는 안다.

마인국 헬가이아. '마인(魔人)' 이라고 불리는 아인족이 사는 섬나라.

이 경우 '마인' 이란 이쪽의 '마족' 과 비슷하다. 워울프나

알라우네, 뱀파이어, 오거 등, 인간의 형태에 가까운 종족, 이른바 아인이라고 불리는 종족 중에서도 마수에 가까운 종족이 마인에 해당한다.

의사소통이 불가능한 고블린이나 코볼트, 미노타우로스 등과는 달리 발전된 문화와 번듯한 교양을 지닌 자들이기는 하지만, 역시 이쪽의 마족과 마찬가지로 용모 등으로 인해 박해를 받아온 역사가 있다고 한다.

몇백 년 전에 '마인왕'을 자처하는 뱀파이어 한 명이 마인들의 나라인 헬가이아를 건국해, 마인들을 박해에서 보호하는 활동을 시작했다.

그게 마음에 들지 않았는지, 몇몇 나라들은 헬가이아를 멸망시키려고 전쟁을 벌였지만, 모두 마인왕이 물리쳐 현재는 아무도 손을 대지 않고 있다고 한다.

그래서 뒤쪽 세계에는 마인(마족)이라 불리는 사람들이 극단적으로 적다. 대부분의 마인이 헬가이아에 있기 때문이다. 실제로 나도 저쪽 세계에서는 마족과 비슷한 종족을 본 적이 없다.

헬가이아는 마왕국 제노아스보다 국토는 작지만, 이그리트와 마찬가지로 풍족한 남쪽 나라의 섬이라 마인들은 행복한 삶을 영위하고 있다고 들었다.

현재 이그리트 왕국으로 가고 있는 무장선은 그 헬가이아에서 보낸 군함일까?

하지만 헬가이아는 마왕국 제노아스와 마찬가지로 '싸움을 걸면 맞서 싸우지만, 먼저 싸움을 걸지 않는다' 라는 자세였을 텐데.

아무튼 그냥 내버려 둘 수는 없는 건가.

"미안하네. 아무래도 다른 세계의 나라가 상대이니, 부디 조정자인 공왕이 도와줬으면 해."

"그런 조정자가 된 기억은 없는데요……."

여전히 아름다운 이그리트의 해변에 서서 나는 '신안' 으로 증폭시킨 【롱센스】로 바다 저편을 바라보았다.

정말로 이쪽으로 오는 배가 보였다. 두 척인가. 검은 선체에 대포도 갖추고 있네. 이건 흑선 도래인가?

게다가 저 배는 돛도 있고 좌우에는 커다란 외륜(外輪)도 달려 있었다. 굴뚝은 없지만 저건 증기선인가? 아니, 증기가 나오지는 않으니 증기선은 아닌가.

고렘 기술을 사용한 배일지도 모른다.

돛에 문장(紋章)이 그려져 있는데, 헬가이아의 문장인가?

"꼭 공격하러 왔다고는 볼 수는 없는데, 어떻게 하실 건가요?"

"으음. 그런데 우리 국민이 겁에 질려 있으니, 일단 저쪽의 진의를 알고 싶네."

옆에 서 있던 이그리트 국왕이 그렇게 말했다. 몸에 독특한 문신이 그려진 이 건장한 남자는 네이티브 아메리칸 같은 민족의상을 입고 바다 저편을 노려보았다.

"일단 정박 지시를 내려 보면 어떨까요? 그 지시를 받고 정박하면 우리 이야기를 들을 생각은 있다는 말일 테니까요."

같이 이그리트로 따라온 힐다의 말대로 일단은 대화를 시도해 봐야 하겠지? 그 반응에 따라서 이쪽도 대응을 바꿀 필요가 있을 테니까.

"공격해 오면 어떻게 할 거야?"

"으~음. 공격해 오면 우리도 얌전히 있을 이유는 없지만 어떤 사정이 있는지 모르기도 하고, 헬가이아와 이그리트의 미래를 생각하면 죽이기보다는 붙잡는 방향으로 가야 할 것 같아."

"음. 나도 같은 생각이네. 침략 목적이라고 확실히 알게 되면 참을 필요가 없겠지만."

에르제의 질문을 받고 나와 이그리트 국왕은 각자 자신의 생각을 말했다.

내 정보에 따르면 헬가이아는 먼저 나서서 침략하지 않는 나라다. 아마 큰 문제는 없을 거라 생각하는데.

"일단 가서 이야기를 들어볼게."

나는 【플라이】를 발동해 해변에서 날아올랐다. 그리고 순식간에 배 두 척이 있는 곳의 상공에 도착한 뒤, 이번에는 무속성 마법인 【스피커】를 배 앞에 전개해 〈아, 아.〉 하고 말해 사람들의 주목을 끌었다.

〈그곳에 있는 두 척의 흑선에 고한다. 이 앞은 이그리트 왕국의 해역이다. 즉시 정박하고, 작은 배를 띄워 내항하는 이유를 설명할 사절을, 으억?!〉

이야기를 하는 도중에 상대가 선두의 대포를 쏘았다. 이게 뭐야. 우호적이라고는 도저히 말할 수 없는 태도인데? 하늘을 나는 수상한 사람이라고 생각했는지도 모르지만, 갑자기 이러면 안 되지!

〈이번 공격은 못 본 척 하겠지만, 다음 공격은 선전포고로 간주하겠다. 일단 이야기를 들어줬으면 한다. 한 번 더 말한다. 즉시 정박하고, 지시에 따라 주길 바란다. 우리는 대화를.〉

아직 이야기하는 도중인데 갑판 위에서 나를 가리키며 소리를 지르는 녀석이 있었다. 저 녀석의 지시인지, 계속해서 퍼엉! 퍼엉! 하고 두 번, 또 대포가 발사되었다.

이 자식들. 대화할 생각은 없다는 건가. 이건 완벽한 공격 행위잖아. 갑판에서 〈쏴서 떨어뜨려라!〉, 〈산산조각을 내라!〉라고 떠드는 녀석들이 있기도 하고.

붙잡기 전에 조~금 공포에 떨게 해 줄까……?

"【어둠이여 오너라, 나는 원한다. 심해의 패자, 크라켄】."

흑선의 등 뒤에 거대한 그림자 두 개가 나타났다. 구불구불한 많은 촉수가 배 두 척으로 기어 올라가자, 선원들은 공포로 큰소리를 지르며 이리저리 도망치기 시작했다.

선체 뒤쪽에 들러붙은 크라켄은 배의 움직임을 완전히 봉쇄했다. 일단 배는 부수지 말라고 텔레파시로 명령해 두었다. 하지만 이게 끝이 아냐.

"【어둠이여 오너라, 나는 원한다. 심연의 병사, 머포크】."

이번엔 삼지창을 들고 온몸이 비늘로 덮인 반(半)인어들이 바다에서 기어 올라와 배 안으로 밀려들었다.

머포크는 바다에서 사는 마물인데, 짧은 시간이라면 육지 위에서도 활동할 수 있고, 바닷속만큼은 아니지만 전투력도 높다.

"으아아아악?!"

"우와아아아아아아?!"

습격하는 머포크를 보고 선원들이 검을 뽑아 맞섰지만, 그 단단한 비늘을 꿰뚫지 못해 잇달아 전투 불능 상태가 되었다.

마찬가지로 죽이지 말고 붙잡으라고 명령해 두었다. 머포크들은 익숙한 솜씨로 선원을 배에 있던 로프로 묶었다.

이윽고 완전히 배 위를 제압한 뒤, 나는 한 가지 묘한 사실을 깨달았다.

올라탄 선원들 중에 아인이 한 명도 없다는 사실이었다. 헬가이아의 군함이 아니라, 해적이었던 건가?

배 위에 내려선 뒤, 선원들에게 명령했던 남자를 머포크에게 데려오게 했다.

수염을 기른 거한으로 해적 같다고 생각하면 해적처럼 보이기도 했다.

"네가 이 배의 선장인가? 왜 정박 지시를 무시했지?"

"너, 넌 누구냐?! 마인왕의 추격자냐?!"

"마인왕?"

마인왕이면 그, 마인국 헬가이아의 임금님이겠지? 추격자라면 이 녀석들은 쫓기고 있는 건가?

자세한 사항을 물어보려고 했을 때, 머포크 중 한 마리가 나를 선창으로 이어지는 문에서 손짓하며 부르는 모습이 보였다. 코하쿠 일행과는 달리 말을 할 수 없는 소환수는 이럴 때 불편하네. 의사소통은 가능하니 문제는 없지만.

갑판을 다른 머포크에게 맡기고 선창으로 가 보니 그곳에는 2미터 크기의 철로 된 우리가 있었는데, 그 안에는 은색 쇠사슬에 묶인 여성 세 명이 있었다.

그중 두 명은 메이드 같은 옷을 입은 갈색 피부를 지닌 여성이었다. 다크엘프……인가?

남은 한 명은 긴 은발에 붉은 눈동자, 투명할 만큼 흰 피부에 조금 뾰족한 귀를 지녔다. 우리 나라의 기사단에도 있으니 단번에 알아봤다. 이 사람은 뱀파이어다.

나이는 20대 초반으로 보이지만 뱀파이어는 장수종이라 겉

모습은 별로 참고가 되지 않는다는 사실을 나는 잘 알았다.

입고 있는 옷도 다른 두 사람과는 달리 값비싸게 맞춰 입은 듯한 드레스였다. 아마 귀족인가 보다.

"⋯⋯당신은 누구신가요? 저들의 동료는 아닌 것 같은데요."

뱀파이어 여성은 그렇게 말하며 날카롭게 나를 노려보았다. 하지만 옆에 있는 머포크를 보고 겁을 먹은 듯한 눈빛도 섞여 있었다. 이런 반인어를 데리고 나타나면 놀라는 것도 당연한가? 수상함 대폭발이다.

"저는 모치즈키 토야. 브륀힐드 공국이라는 나라의 국왕입니다. 당신은요?"

"브륀힐드⋯⋯? 들어본 적 없는 나라인데요⋯⋯."

"작은 나라라서요. 보아하니 뱀파이어이신 듯한데, 마인국 헬가이아에서 온 분인가요?"

"⋯⋯네. 저는 크로디아 미라 헬가이아. 마인왕 알포드 큐라 헬가이아의 아내입니다."

⋯⋯⋯⋯⋯뭐라고?

"그렇다면 이 녀석들은 헬가이아에 표류한 해적으로, 감옥에서 탈출할 때 왕비님을 납치해 도망쳤다는 건가요?"

"네……. 인간이라는 존재가 어떤 사람들인지 호기심이 동해서 지하 감옥에 가 보았을 때 도망친 이자들과 마주치는 바람에……."

그건 참 뭐라고 해야 할지…….

이그리트의 성에서 헬가이아 왕비라고 하는 크로디아 씨에게 사정을 물어보니, 아무래도 해적의 도주에 말려든 모양이었다.

뒤쪽 세계에서도 앞쪽 세계와 마찬가지로 마족(이 사람들은 마인족이라고 부르는 듯하지만, 귀찮으니 마족이라고 부르자)은 마수에 가까운 그 용모 탓에 사람들이 두려워했다.

그 해적들로서는 어쩌면 악마에 나라에 표류했다고 생각했을지도 모른다.

도망치지 않으면 잡아먹힌다고까지 생각했던 걸까. 워타이거나 워울프, 오거를 보면 그렇게 생각하는 것도 어쩔 수 없으려나? 얘기해 보면 다들 착한 녀석들이지만.

"그럼 저 배는 해적선인가요?"

"아니요. 저자들이 탔던 배는 너덜너덜해서 사용할 수 없었다고 들었습니다. 저 흑선은 우리 나라의 왕이자 남편인 마인왕이 취미로 만든 물건으로……. 설마 그 사람도 강탈당하리라고는 꿈에도 생각지 않았을 겁니다."

취미라. 취미로 군함을 만들다니 그렇게 한가한가?

아무튼 뱀파이어니 시간이야 남아돌겠지만.

수백 년 전, 박대당하던 마족을 구하고자 헬가이아를 건국해 보호 활동을 시작한 마인왕이 바로 이 사람의 남편이겠지?

　잘 생각해 보니, 다른 나라에서 박해당하는 마족을 데리고 오려면 군함이 필요했을지도 모른다.

　"이제 우리는 어떻게 되는 건가요?"

　"그야 물론 어떻게든 연락을 해서 무사히 귀국하실 수 있게 도와드리겠습니다. 피해자 아니십니까. 아무쪼록 편히 지내십시오."

　소파에 앉아 있던 이그리트 국왕이 의문에 대답하자, 크로디아 씨는 작게 고개를 숙였다.

　"배려해 주셔서 감사합니다, 이그리트 국왕 폐하. 헬가이아에서 그다지 멀지 않은 곳에 이런 왕국이 있었을 줄은 몰랐지만, 이런 친절을 베푸시니 헬가이아의 국민도 감사할 겁니다. 실례지만 제가 인간이라는 종족을 조금 잘못 본 듯해 부끄러울 따름입니다……."

　"인간은 마족…… 마인족 여러분과 비교하면 매우 약하고 여린 종족입니다. 그래서 지혜나 지식을 최대한 활용하려고 하지요. 그게 공포나 편견과 상호작용을 일으켜 저 교활하고 비겁한 해적 같은 사람들도 만들어 내지만……. 모두가 그런 녀석들은 아니라는 점을 알아주셨으면 합니다."

　"그렇군요……."

　두 사람 모두 이그리트와 헬가이아는 헬가이아가 다른 나라와 교류하고 싶다고 생각하지 않는 이상, 급속히 가까워질 필요는 없다는 생각에 공감하는 듯했다. 적대적인 관계가 아니라면 억지로 이웃과 사이좋게 지내려고 할 필요도 없겠지.

상대가 그런 태도의 나라라면 그걸 존중해야 한다. 이그리트 국왕은 그렇게 말했다.

나로서는 마왕국 제노아스처럼 조금이라도 좋으니 다른 나라와 교류해 줬으면 했지만, 역시 억지로 재촉하는 건 좋지 않다. 이그리트 국왕도 사실은 그렇겠지만 이것만큼은 상대의 의지에 달린 문제니까.

"그럼 왕비 전하와 시녀 여러분 그리고 해적들을 어떻게 헬가이아로 돌려보내야 할 지인데…….'

힐끔. 이그리트 국왕이 나를 바라보았다. 네네, 알고 있습니다.

"【텔레포트】로 제가 헬가이아로 간 다음 【게이트】를 열겠습니다. 그게 안전할 테니까요."

왕비님 일행과 함께 【텔레포트】를 해도 되지만, 처음 가는 장소라 자칫 잘못하면 지붕 위라든가 마굿간처럼 터무니없는 장소로 가게 될 수도 있다.

"고맙네. 토야."

"저어…… 그게 무슨 말씀이신지…….'

"브륀힐드 공왕 폐하는 전이 마법을 사용할 수 있습니다. 헬가이아까지 순식간에 이동할 수 있지요."

"그런 게 가능한가요?"

헬가이아 왕비가 놀라워하며 나를 바라보았다.

뒤쪽 세계는 마법이 별로 발달하지 않았으니 놀라도 이상하지 않은가. 그중에서도 헬가이아는 더욱 폐쇄적인 나라이니까.

"그럼 바로……."

"폐하!"

응접실의 문이 열리더니, 이그리트 국왕의 측근인 전사장 토토라가 뛰어들어 왔다.

이 토토라 전사장은 일찍이 거대한 루프 새에 올라타 브륀힐드를 방문했던 청년이다.

"왜 이렇게 소란스러운가. 두 분에게 실례가 아니냐."

"네! 긴급 사태이니 부디 용서해 주십시오!"

"긴급 사태? 무슨 일이지?"

"남서쪽 바다에 새로운 흑선 네 척이 나타났습니다! 이쪽을 향해 곧바로 오는 중입니다!"

"뭐라고??"

이그리트 국왕이 벌떡 일어섰다. 또 흑선이? 해적들의 동료……가 아니겠지? 그렇다면…….

해안에 【게이트】를 연결해 이그리트 국왕과 헬가이아 왕비

등과 함께 해변으로 가 보니, 수평선 위로 네 개의 그림자가
선명히 보였다.

아직 멀리 있지만 이쪽 여울에 떠 있는 흑선 두 척과 같은 배
로 보였다.

"아마 해적을 쫓아온 헬가이아의 배가 아닐까?"

"그렇겠죠. 헬가이아로 날아갈 필요가 없어진 건가?"

이그리트 국왕과 내가 그렇게 말하자, 옆에 있던 헬가이아
왕비는 기쁘게 겹친 양손을 가슴에 올렸다.

해안에 있던 에르제와 힐다, 야에가 이쪽으로 걸어왔다.

"조금 전과 같은 상황인데, 또 정박 지시를 내리실 건가요?"

"응, 그래야겠지. 여긴 외국이라고 가르쳐 줘야 해. 무인도
라고 생각하면 안 되니까."

힐다에게 대답하면서도 나는 가볍게 한숨을 내쉬었다. 왜냐
하면 또 내가 가야 할 테니까.

아니, 루프 새로 토토라 전사장이 가도 될 테지만, 조금 전과
마찬가지로 포격을 당할 수도 있다.

"말이 통하는 상대가 타고 있었으면 합니다만."

"내 말이. 무턱대고 쏘는 것만큼은 참아 줬으면 해."

다시 【플라이】를 사용해 나는 흑선 네 척이 있는 곳까지 날
아갔다. 그리고 아까보다 거리가 조금 먼 곳에서 【스피커】를
전개했다.

〈흑선 승무원들에게 알린다. 여기서부터는 이그리트 왕국

의 해역이다. 즉시 정박하라. 제군이 마인국 헬가이아의 사람들이라면 얌전히 말을 따라 주길 바란다. 당신들의 왕비 전하도 그걸 바라고 계신다.〉

자, 어떻게 나올까…….

잠시 네 척 모두 항행을 계속했지만, 선두에 있던 한 척이 외륜을 멈추고 속도를 떨어뜨리기 시작했다. 그 배를 따라 다른 세 척도 천천히 속도를 줄이며 배를 멈췄다. 말을 따라 주는 거지?

나도 천천히 하늘을 떠돌며 흑선으로 가까이 다가갔다.

선두에 있던 흑선의 갑판에서는 창백한 피부에 은발인 남자가 검은 망토를 나부끼며 나를 응시하고 있었다. 어? 저 사람은 뱀파이어네. 설마…… 저 사람이 마인왕인가?

내가 조용히 갑판에 내려서자 배에 있던 마족들이 방심할 수 없는 상대라는 듯이 나를 둘러쌌다. 일단 무기는 뽑지 않은 듯해서 나도 전투 태세는 잡지 않았다.

"이름을 밝혀라. 나는 마인국 헬가이아의 국왕, 알포드 큐라 헬가이아. 자랑스러운 뱀파이어 로드다."

오, 역시 그렇구나. 뱀파이어 로드라.

그러고 보니 제노아스의 마왕 폐하 아래에는 사천왕이 있는데, 그중 한 명이 뱀파이어 로드였다. 겉보기에는 20대였지만 몇백 살 정도겠지?

"처음 뵙겠습니다, 마인왕. 저는 브륀힐드 공국의 국왕인 모치즈키 토야입니다. 잘 부탁합니다."

내 말을 듣고 주변의 갤러리들이 웅성거렸다.

"국왕이라고?"

"이 어린애가 저 섬의 왕이란 말인가?"

"아니, 조금 전에는 이그리트 국왕이라고 했다. 어떻게 된 거지?"

"말도 안 돼. 국왕이 굳이 나서서 이런 곳에 올 리는……."

무슨 소린지. 당신네들 임금님도 이런 곳까지 훌쩍 떠나왔으면서.

"브륀힐드의 왕이라고 했나. 내 아내는 무사하겠지……?"

으응? 날 노려보고 있네? 이 마인왕, 나한테 위압감을 내뿜고 있지 않나요?

어? 혹시 오해를 하고 있나? 혹시 우리의 명령으로 해적들이 왕비님을 납치했다고 생각하는 거 아냐?

"잠깐만요. 뭔가 착각하신 듯해서 말씀드리는데, 일단 왕비 전하를 납치한 녀석들과 우리는 관계없습니다. 다음으로, 왕비 전하와 시녀 여러분들은 무사히 구출되어 이그리트 왕성에서 후대를 받고 계십니다. 이곳에 제가 온 이유는 왕비 전하를 여러분들에게 보내드리기 위해서예요."

내가 그렇게 말하자 노려보던 마인왕이 놀랐다는 듯이 눈을 동그랗게 떴다.

"……그런가? 그 녀석들이 표류해 왔을 때, 자신들에게 손을 대면 인간 나라가 가만히 있지 않을 거라 말을 해서, 나는 그만 지하 감옥에서 도망한 것도 왕비를 납치한 것도 인간 나라가 배후에서 조종했다고 생각했는데……."

아니에요. 해적이 지하 감옥에서 도망칠 수 있었던 이유는 알아서 잔꾀를 잘 냈기 때문이고, 왕비님은 흥미가 생겨 지하 감옥으로 갔다가 말려들었을 뿐이니까요.

일단은 바로 왕비님을 만나게 해 줘야 이야기가 순조로울 듯해, 나는 【게이트】를 열어 배의 갑판과 이그리트의 해안을 연결했다.

"크로디아!"

"여보!"

【게이트】를 빠져나간 헬가이아 국왕이 해변에 서 있던 왕비를 향해 달려가더니 몸을 꼭 껴안았다. 오오~. 뜨겁네, 뜨거워.

"무사한가? 다친 데는 없고?"

"네. 저쪽의 브륀힐드 공왕 폐하가 해적들에게서 구해 주셨고, 또 여기 있는 이그리트 국왕 폐하는 후대를 베풀어 주셨어요."

걱정스럽게 들여다보는 남편에게 아내가 미소를 지으며 대답했다. 그 말을 듣고 마인왕의 시선이 겨우 이그리트 국왕 쪽으로 이동했다.

"이그리트 국왕이란 그대인가?"

"그렇다. 이그리트 왕국의 국왕 레판 레트라라고 하지. 이웃 국가의 왕이여, 우리 나라에 잘 왔네."

"인사 고맙네. 왕비를 구해 주었으니 뭐라 감사의 말을 하면 좋을지 모르겠군. 정식으로 감사를 표하겠네."

"그 말은 나의 친구인 브륀힐드 공왕 폐하에게 하게. 크로디아 왕비 전하를 홀로 해적 사이에서 구출한 사람은 다름 아닌 공왕 폐하이니까."

마인왕이 놀랐다는 듯이 다시 나를 바라보았다. 정확하게는 혼자서가 아니라 크라켄 두 마리와 많은 머포크를 사용했지만.

"이그리트 국왕……. 하나 묻고 싶은데……."

"뭐든 물어보게."

"이 해역에 이런 섬이 있다는 소리는 지금까지 들어본 적이 없네. 대체 이 이그리트라는 나라는……."

"하하하. 그와 관련해서도 공왕 폐하에게 물어보는 게 좋을 테지. 공왕 폐하는 삼라만상을 조종하는 대마법사이자, 세계의 정세에 정통한 식자이며, 나라들의 분쟁을 진정시키고 우호를 안겨주는 조정자이기도 하니까. 마인왕의 의문에도 대답해 줄 거네."

앗, 방금 나한테 다 떠넘긴 거지?! 물론 세계에서 무슨 일이 벌어지는지 내가 가장 잘 아는 사람이겠지만!

당연히 설명은 하겠지만, 과연 믿어 줄지 어떨지.

나는 스마트폰을 꺼내 지도를 공중에 투영했다.

"이건 현재의 세계지도입니다. 얼마 전에 유성우가 떨어진 날에 두 개의 서로 다른 세계가 하나로 합쳐졌습니다. 왼편이 마인왕 폐하의 세계이고, 오른편이 저와 이그리트 국왕 폐하가 있던 세계입니다."

"이럴 수가……! 좌우가 반전되었을 뿐, 거의 같은 형태가 아닌가! 그, 그럼 이 섬이 헬가아아라면, 이 반전된 섬이……."

"이 섬이 이그리트 왕국입니다."

그리고 나는 마인왕에게 현재 세계에서 무슨 일이 벌어지고 있는지를 알려 주었다.

다행인지 불행인지 헬가이아에는 아직 변이종이 나타나지 않았다고 하니, 그 위협은 말로 설명을 해 주어도 두 사람은 아마 잘 이해가 되지 않으리라고 생각한다.

그래서 변이종과 우리가 싸우는 모습이 담긴 동영상을 보여 주었다. 그러자 그 무시무시한 괴물이 실제로 존재하고, 언젠가 헬가이아에도 나타날지 모른다는 사실을 잘 이해해 준 듯했다.

"……그렇군. 그래서 브륀힐드 공왕은 세계의 왕들이 대화할 수 있는 장소를 만들려고 하는 것인가?"

"그렇게 대단한 건 아니에요. 단지 서로 이해하고 사이가 좋아질 수 있도록, 친교를 다질 수 있는 자리를 마련하고 있을 뿐이죠."

양 세계의 세계회의에 관해서도 이야기해 봤지만, 마인왕은 고민이 되는지 생각에 잠겼다.

"하나 묻고 싶다만. 그쪽 세계에서 우리…… 마인족들은 어떤 취급을 받고 있지?"

"음……. 안타깝게도 그 외모 탓에 편견을 가진 사람도 아직 많습니다. 하지만 대부분의 나라에서는 부당한 대우를 금지하고 있고, 크게 환영하는 나라도 있어요. 이곳에 있는 마왕국 제노아스는 여러분의 헬가이아와 마찬가지로 마인족의 나라입니다."

"오오……. 그럼 노예로 학대당하는 일은……."

"범죄를 저지른 자라면 범죄 노예가 되어 광산으로 보내지기도 하지만, 대부분의 나라에서 노예 제도는 금지되어 있으니 없습니다."

"그런가……."

앞쪽 세계에서 노예를 개인적인 소유물로 인정하는 나라는 천제국 유론과 산드라 왕국, 이렇게 두 개뿐이었다. 그 이외의 나라에서는 범죄 노예만을 인정해 노동력으로 활용하는 나라도 있었지만, 그것마저도 인정하지 않는 나라도 있었다.

유론과 산드라가 사라진 지금은 노예가 불법이지만, 그래도 나쁜 풍습이 남아 있어 노예 밀거래가 이루어지기도 한다. 물론 발견하면 일망타진하고 있지만.

"헬가이아는 원래 인간에게 학대받던 자들이 모여서 만든 나라다. 인간과 손을 잡으라고 해도, 쉽게 받아들이지 못하는 자들도 많이 있지."

그렇겠지. 제노아스도 비슷한 상황이었으니 마음은 이해한다. 쇄국은 그만뒀지만 아직도 교역은 근근이 이루어지고 있을 뿐이기도 하고.

"다만 그래서는 헬가이아에게 미래는 없다. 변두리에 홀로 남겨져서는 천천히 멸망해 갈 뿐이지. 왕으로서는 어떻게든 이 상황을 바꾸고 싶어."

"그렇다면 먼저 이곳, 이그리트 왕국과 국교를 맺으면 어떨까요? 친선대사가 서로의 나라를 찾아가 상호 이해를 돈독히 하면 양국의 발전에 도움이 되리라 생각하는데요."

내가 그렇게 말하자 이그리트 국왕이 마인왕 쪽으로 한 걸음 다가가 말했다.

"그래. 이그리트로서는 새로운 이웃 국가를 크게 환대하고 싶은데, 어떤가?"

"……좋다. 일단 이웃 국가를 아는 것부터 시작하려고 하니, 잘 부탁하네."

이그리트 국왕이 내민 손을 마인왕이 꽉 잡았다. 간신히 긍정적인 방향으로 나아갈 듯해.

물론 나도 두 나라가 우호 관계를 쌓아 나갈 수 있도록 가능한 한 협력할 생각이다. 그런 의견을 전하자, 마인왕은 왕비님과 얼굴을 마주 보며 작게 웃었다.

"그럼 고맙지. 요즘 우리 나라 근해에서 거대한 텐터클러가 나타나 어업을 할 수 없다고 어부들이 아우성이야. 뭔가 좋은 방법 없을까?"

나와 이그리트 국왕은 무심코 서로 시선을 교환하며 뭐라 말할 수 없는 표정을 지었다.

그쪽 바다에서도 날뛰고 있었구나, 그 거대 오징어가…….

그날, '양쪽 세계의 합동 세계회의'가 열렸다.

'양쪽 세계의 합동 세계회의' 주최국은 브륀힐드이지만, 사실 하는 일은 기본적인 회의장 제공과 변이종 대비와 협력을 요청하는 정도에 불과하다.

또 다른 나라가 서로 다투고 있다면, 우리의 힘으로 어떻게 해 볼 수 있을 상황이면 해결에 협력한다. 브륀힐드의 입장은 대충 그런 정도였다.

서방 동맹일 때부터 그랬지만, 회의라기보다는 파티에 가깝다. 매번 모일 때마다 이런 분위기라서 그냥 정착되어 버렸다.

회의장 이곳저곳에서는 선 채로 담소를 나누며 일반 대화를 하듯 국가 간의 논의를 했다.

이번에는 뒤쪽 세계에 있는 나라의 대표자도 불러서, 대화 상대는 부족함이 없었다.

참고로 뒤쪽 세계에서 초대한 나라는.

프리물라 왕국.
토리하란 신제국.
스트레인 왕국.
성왕국 아렌트.
갈디오 제국.
라제 무왕국.
파나셰스 왕국.

이렇게 일곱 국가다.

마인국 헬가이아의 마인왕에게도 타진해 봤지만 이번에는 그냥 넘어가기로 했다. 이제 막 이그리트와 교류하기 시작한 참이기도 해서, 이런 자리에 바로 나오고 싶지는 않다는 모양이다.

프리물라, 토리하란, 스트레인, 파나셰스의 국왕은 이전에 만난 적이 있지만 아렌트, 갈디오, 라제, 이 세 나라의 임금님과는 처음 만난다.

갈디오 제국에서 참가한 사람은 젊은 새 황제인 란스렛 리그 갈디오. 아이젠가르드와의 충돌로 루크레시온 왕자가 황위 계승권을 포기해서 차세대 황제로 특별히 뽑힌 인물이다.

조금 전에 인사를 했는데 성실해 보이는 순수한 청년이었다. 나를 수행했던 유미나가 마안으로 확인해 봐도 정말 올곧고 마음씨가 착한 사람이었다고 한다.

같은 세대의 젊은 왕이라 그런지 지금은 레스티아 기사왕, 리니에 왕국의 클라우드와 환담을 나누는 중이었다. 사이가 좋아졌으면 한다.

다음으로 성왕국 아렌트의 성왕, 갈라우드 제스 아렌트.

60에 가까운 나이지만 전혀 쇠약해 보이지 않을 만큼 건장했다. 험악한 얼굴에 흰 수염. 우리 나라의 바바 할아버지와 좋은 승부가 될 듯하다.

'성왕(聖王)'이라고 해서 나는 그만 얼굴이 가는 훈남을 상상했는데. 이쪽에도 뭐, 근육 빵빵한 거한이면서 마법 왕국의 임금님이라는 언밸런스한 분이 계시지만.

성왕국 아렌트는 정령의 인도를 받아 주변 부족을 통합한 용사가 건국한 나라라고 한다.

그래서 정령 신앙이 깊어, '정령(精靈)'이 아니라 '성령(聖靈)'이라고 부르는 관습이 있다는 모양이다.

내가 정령 마법을 사용한다고 가르쳐 주자, 처음에는 소환 마법과 똑같은 줄 알았는지, '성령님을 부리다니!' 하며 화를 냈다.

하지만 정령 마법이란 마음의 교류를 통해 정령에게 협력을 구하는 마법이라고 설명해 주자, 순순히 나에게 사과해 주었다.

마침 정령을 불러낼 수 있는 사람이 회의장에 있어서 이셴의 시라히메 님을 소개한 다음, 시라히메 님이 계약한 정령인(시라히메 님의 어머니이기도 하지만) 눈의 정령을 불러 달라고 부탁했다.

처음으로 정령을 직접 본 성왕은 그 자리에서 엎드려 눈의 정령을 숭배하기 시작했다. 그러자 눈의 정령은 부끄러웠는지 얼굴을 새빨갛게 물들이며 정령계로 돌아가 버렸다.

나중에 정령 마법의 초급 마도서를 제공하겠다고 약속하자, 이번에는 내 손을 붙들고 호들갑스럽게 고마워했다. 손이 아파…….

이 사람이야 아직은 평범한 쪽이다. 문제는…….

"모치즈키 타케루 님과 일전을 겨루고 싶군."

"아니, 그러니까…….."

눈을 반짝이며 나에게 바짝 다가온 사람은 라제 무왕국의 국왕. 무왕, 김렛 갈 라제였다.

얼마 전에 우리 나라에 왔다가 흠씬 맞기만 했던 잔베르트 왕자의 아버지다. 당연히 용인족…… 드래고뉴트다.

아들보다 더욱 뇌가 근육으로 가득 찬 듯한 근육 빵빵한 아저씨였다. 밖으로 노출된 목과 팔에서 여러 상처가 언뜻언뜻 보였다.

공교롭게도 타케루 삼촌은 엔데와 에르제, 두 제자를 데리고 수행을 떠났다. 저녁이 되면 돌아오겠지만 가능하면 한 나라의 국왕이 단번에 저 멀리 날아가 버리는 광경은 보고 싶지 않았다.

"아들이 싸우다가 어떻게 되었는지 듣지 못하셨나요?"

"듣고 뭐고, 순식간에 얻어맞아 날아갔다고 들었네. 그 이후로 아들은 오만함이 사라져 진지하게 수행에 열중하게 되었지. 그대들에게는 진심으로 감사한다네. 그러니 그 은인과 일전을 벌이고 싶네."

"아니, 논리가 이상해요."

왜 그렇게 되는 거지? 온갖 말도 안 되는 논리를 동원해 그냥 싸우고 싶을 뿐이잖아. 이 아저씨는. 논리의 전개 과정이 너무 억지스러워.

모로하 누나나 카리나 누나라면 있지만 결과는 어차피 똑같다.

어떻게 할까 고민하는데, 이상한 방향에서 도와주는 사람이 나타났다.

"뭐하면 내가 상대해 줄까. 이국의 무왕이여."

"음?"

회의가 끝난 뒤의 환담회 때, 그렇게 말하며 우리에게 접근한 사람은 미스미드 수왕 폐하였다. 또 성가신 짓을……. 앗, 뒤쪽의 미스미드 전사단 사람들이 손으로 얼굴을 가리고 있어.

"그대는 미스미드 왕국의……."

"그래. 나도 강한 자와 싸우길 좋아해서 말이지. 당신과는 마음껏 싸울 수 있을 것 같네만, 어떤가?"

아니아니아니. 임금님끼리 치고받다니, 좀 그렇잖아요? 이제부터 사이좋게 지내자고 얘기를 하는 중에.

"장소는 있는가?"

"기사단 훈련장이 뒤쪽에 있네. 그쪽에서 어떤가?"

"그렇군. 좋지. 싸우세."

무왕은 히죽 웃으며 수왕과 함께 방을 나가려고 했다.

"잠깐만요, 진짜로 하게요?!"

"걱정하지 말게, 토야. 져도 원망은 하지 않을 거고, 이곳 훈련장에서는 죽는 일이 없잖나."

"물론 그렇게 만들기야 했지만요⋯⋯."

우리의 훈련장은 어떤 사고로 인해 치명상이 될 듯한 부상을 입으면, 곧장 그 사람에게 【메가힐】, 【리커버리】, 【리프레시】가 발동되도록 만들어 두었다.

왜 그렇게 만들었나 하면 모로하 누나가 너무 무리하게 훈련을 시키지 않을까 걱정되었기 때문이다. 가끔 레스티아 기사왕과도 대결을 하며 훈련을 시키고 있으니까. 역시 대책을 세우지 않으면 불안하다.

⋯⋯잘 생각해 보니 레스티아 기사왕에게 모로하 누나가 폭력을 휘두르는 시점에 평범함과는 거리가 머네⋯⋯. 그럼 저 두 사람이 싸워도 문제없는 건가?

음~. 그렇게 고민하는데 스트레인 왕국의 여왕 폐하가 내

어깨를 두드렸다.

"괜찮아요. 라제 무왕은 싸우는 상대에게 경의를 표하고, 국가의 정무에 사적인 감정을 투영하는 짓을 아주 싫어하는 분이니까요."

아무리 그런 말을 해도 여전히 불안해서 나는 야에와 힐다도 같이 보냈다. 그리고 무슨 일이 있으면 억지로라도 말리라고 부탁했다.

두 사람의 뒤를 라제와 미스미드의 호위들이 한숨을 쉬면서 우르르르 따라갔다. 나라의 임금님이 근육 뇌라 부하들이 고생하네……. 정말 안됐습니다.

"혹시 아이젠가르드에서 스트레인 왕국으로 난민이 오지는 않았나요?"

잠시 환담하던 스트레인 여왕 폐하에게 유미나가 질문을 던졌다. 아, 그건 나도 궁금했다. 최근, 그 나라를 단념하고 다른 나라로 도망친 사람들이 많아졌으니까.

"갈디오 정도는 아니지만, 이쪽에도 얼마 정도 흘러들어 왔습니다. 하지만 낯선 땅에서 생활 기반을 다시 쌓기는 보통 힘든 일이 아니지요. 음식이 궁해 산적이나 도적이 되는 자도 생기지 않을까 우려하는 사람도 있습니다."

안타깝지만 그럴 가능성이 크다.

바스테트와 아누비스의 보고에 따르면 아이젠가르드에서는 괴이한 일이 잇달아 벌어지고 있다고 한다.

불안해서 도망치는 그 마음은 잘 알겠지만 바다를 건너 타국에서 도적으로 살아가서는 그냥 민폐일 뿐이다.

난민 문제는 어느 시대든 참 고민되는 문제다. 지금은 그렇게 심하지 않지만 앞으로는 어떻게 될지 알 수 없으니.

"대체 아이젠가르드에서 무슨 일이 벌어지고 있는 걸까요?"

"지금은 조사 중입니다. 어지간한 일이 아닌 이상, 아이젠가르드로 건너가는 일은 추천하지 않습니다. 경계를 강화하면 할수록 좋은 상황이에요."

"아이젠가르드가 공격해 온다는 말씀인가요?"

"아이젠가르드일지 어디일지는 모르지만요."

틀림없이 변이종으로 변한 지배종이 몰래 활동하고 있으리라 생각한다. 내가 파악한 사람은 사신을 끌어들였다고 생각되는 유라, 엔데의 이야기에 등장했던 레트와 루트 남매, 이렇게 세 명이지만 그 외에도 누군가가 있을지도 모른다. 프레이즈의 왕인 메르와 같이 있는 네이에게 물어볼까? 원래는 그 녀석들의 동료였으니까.

"그쪽 세계…… 아니지. 이제는 대륙인가. 혹시 그쪽 대륙에 떠도는 흉흉한 소문은 들어본 적 없으신가요?"

"흉흉한 소문 말인가요……. 그거라면…… 빙국 자드니아와 염국 다우반의 싸움이 격렬해지고 있다는 이야기를 들었습니다."

자드니아와 다우반? 어~. 성왕국 아렌트의 북쪽에 있는 나라들이지? 틀림없어. 별로 사이가 좋지 않다는 얘기는 들었지만…….

"그 나라들은 견원지간에 가까워서요……. 자드니아가 오른쪽이라고 말하면 다우반은 왼쪽이라고 말하고, 다우반이 무장형 고렘을 도입하면 자드니아도 질 수 없다며 도입하는 등, 서로 경쟁한답니다. 마치 그게 전통이라는 듯이 싸우고 있지요."

견원지간이라. 지구에도 그런 나라들이 있었다.

"자드니아는 눈으로 뒤덮인 나라이지만 다우반은 사막 지대로, 이웃 국가인데 환경이 정반대입니다. 두 나라에는 각각 그 원인이 상대방에게 있다는 이야기가 전해져 내려온다고 합니다."

"전해져 내려와요? 확실한 원인은 모르나요?"

"거기까지는 모릅니다. 단지 뭔가를 훔쳐 갔다는 이야기라더군요."

"훔쳐요? 누가요?"

"양쪽 모두요."

그게 뭐야. 자세히 이야기를 들어보니 양국 모두 상대 국가를 도둑이라 부른다고 한다. 잘 이해가 안 되네.

두 나라와 이웃한 아렌트의 성왕이 더 자세히 알고 있다고 해서 이야기를 들어보기로 했다.

"아, 그 이야기인가. 서로 도둑맞은 물건 탓에 자드니아는 얼음 여신의 분노를 샀고, 다우반은 불꽃 마신의 저주를 받았다는 내용이 고문서에 실려 있다고 하더군. 우리는 '신에게 바치는 공물을 상대국에게 빼앗겼다' 라고 해석하고 있는데……."

그러니까…… 사드니아는 얼음 여신에게 바치는 공물을, 다우반은 불꽃 마신에게 바치는 공물을 상대국에게 도둑맞아, 공물이 없어 화가 난 여신과 마신이 그 나라에 저주를 건 탓에, 극한의 땅과 작렬하는 땅으로 변해 버렸다는 이야기인가?

음……. 일단 그건 신이 아니야. 아마도. 세계신님조차도 이 두 개의 세계를 거의 방치했다고 하니까.

라밋슈 교국의 사례도 있으니. 정령의 짓인가?

"뭘 그렇게 깊이 생각하지? 설마 자드니아와 다우반을 화해시킬 생각인가? 아무리 【조정자】라고는 하지만 그건 많이 힘들 텐데. 그 나라들은 기본적으로 우리가 하는 이야기를 듣지 않거든."

말없이 생각하던 나에게 성왕이 말을 걸었다. 그러니까, 대체 그 【조정자】는 대체 뭐죠?!

"프리물라와 토리하란, 갈디오와 아이젠가르드의 전쟁을 막은 사람은 자네라고 들었다만?"

"아니요. 그건 어쩌다 보니 그런 흐름이 됐다고 해야 할까요."

그 이야기를 듣고 옆에 있던 프리물라 국왕이 말했다.

"토야가 갑자기 토리하란 총대장을 납치했을 때는 놀랐지.

……혹시 자드니아와 다우반의 왕도 납치할 생각인가?"

"아뇨아뇨아뇨. 꼭 사람을 유괴범처럼 그렇게 말하지 마세요. 방해꾼이 없는 곳에서 임금님끼리 이야기를 하면 좋겠다고는 생각했지만요."

"글쎄. 서로 치고받으며 싸울지도 몰라."

으음. 그럼 곤란하지. 구속해서 양쪽 모두 움직이지 못하게 만들까. ……점점 더 유괴범 같아지네.

개인 간의 싸움이라면 마음대로 하라고 놔두겠지만, 그렇게 내버려 둬서 피해를 보는 사람들은 다름 아닌 국민이니까.

"두 나라의 국민도 서로를 미워하며, 상대를 도둑이라고 부르나요?"

"아니, 귀족만큼은 아니지. 다툼이 끝나 더는 징병되지 않으면 기뻐하는 사람이 더 많을 거야. 듣자 하니, 격년으로 병사로 차출된다고 하니까. 아주 견디기 힘들겠지. 국경 부근에는 아무도 살지 못할 만큼 전쟁이 일어날 때마다 그 토지를 서로 뺏고 빼앗으며 쟁탈전으로 벌인다고 하더군."

서로가 상대국의 기후를 버티지 못해 결국에는 포기하고 도망친다고 한다. 그게 뭐야.

"우리 아렌트로서는 그 덕분에 이쪽으로 화살이 돌아오지 않아 고맙다고도 할 수 있지만 말이야."

그러니까 두 나라 중 한쪽이 성왕국 아렌트를 향해 진군하면, 그 틈을 노려 상대국이 자국을 침공할 수도 있다고 생각한다는 말이구나.

마찬가지 이유로 두 나라와 인접한 파나셰스 왕국이나 젬 왕국에도 그 화살이 돌아온 적은 없다고 한다.

그렇게 생각해 보면, 이대로 두 나라가 계속 싸워 주는 편이 세계 평화를 위해서라고 생각할 수도 있겠네.

그렇지만 같이 웃고 있는 리니에 국왕과 파르프 소년왕을 시야의 끝으로 보게 된 나는 바로 그런 생각을 부정했다.

리니에와 파르프는 오랫동안 작은 다툼을 이어왔다. 그건 일찍이 리니에를 장악하고 있던 재상 왈덕이나 가짜 왕자인 자분 탓도 있지만, 지금은 두 나라가 좋은 관계를 쌓아 가고 있다.

파르프의 공주이자 파르프 소년왕의 누나인 뤼시엔느 왕녀는 리니에 국왕 클라우드와 약혼까지 했다.

과거에 다툼이 있었던 나라라도 사이가 좋아질 수 있다는 사실은 저 두 사람이 증명했다.

하긴, 저 두 나라는 타이밍 좋게 나라의 수장이 바뀌었기 때문이기도 하지만.

일단 지금은 조용히 지켜보자. 너무 함부로 개입해도 안 좋고, 지금은 다른 일이 있어 빠듯하기도 하니까.

그런 생각을 하는데 품 안에 있던 스마트폰이 울렸다. 길드 마스터인 레리샤 씨다.

아, 그러고 보니 뒤쪽 세계 나라들에도 모험자 길드 설립 허가를 받아 달라고 부탁을 받았지? 회의가 끝난 뒤에 열리는 파티 시간에 말을 꺼낼 생각이었는데. 이미 파티가 열린 분위기지만.

나는 겸연쩍게 전화를 받았다.

"네, 여보세요."

〈레리샤입니다. 변이종 출현 징후가 관측되었습니다.〉

"……앗. 장소는요?"

〈그게……. 아무래도 바다 위인 듯합니다. 리프리스와 리니에, 그리고 파나셰스, 이 세 나라 사이에 있는 해상, 아니, 해저일지도 모르지만, 그 지점에서 공간의 비틀림이 관측되었습니다.〉

바다에서……? 지금까지와는 다른 출현 패턴이다. 이게 프레이즈라면 인간을 습격하니 어느 정도 유도하거나 움직임을 예측할 수 있겠지만 변이종은 다르다.

그 녀석들은 목적에 따라 움직이는 거 같다. 그게 지배종의 명령인지, 사신의 의도인지는 알 수 없다. 그걸 알 수 없는 이상 상대가 어떻게 나오는지 살펴볼 수밖에 없는 건가.

바다라면 즉시 사람들에게 위험이 미치지 않을 테니, 그게 유일한 다행이었다.

"예상 출현 숫자와 시간은요?"

〈약 1만. 유론을 습격한 숫자에 가까워 보입니다. 예상 출현 시간은 약 30시간 후입니다.〉

그때와 비슷하다라……. 그게 전부 변이종. 이쪽도 그때와는 달리 모두 전용기가 있고, 나도 레긴레이브가 있다. 게다가 양산한 중기사도 있고, 두 기밖에 없긴 하지만 신형 오버기어도 있다.

그뿐만 아니라 협력해 주는 마음 든든한 나라들이 이렇게 많다. 대체 뭘 불안해할 필요가 있을까.

나는 변이종 출현 사실을 각국 대표에게 설명하고, 각 나라의 기사단에서 선발된 멤버를 준비해 달라고 부탁했다.

변이종이나 사신이 마음대로 날뛰게 두지는 않겠어. 여기는 우리의 세계이니까.

한 나라당 흑기사(나이트 바론) 2기, 중기사(슈발리에) 18기, 총 20기의 프레임 기어를 빌려주었다.

참가국은 앞쪽 세계…… 동방 대륙의 거의 대부분 나라였다. 그 숫자는 브륀힐드를 제외하고 18개국. (대수해의 부족은 제외. 그 사람들은 자신의 육체 그대로 싸우는 행동을 자랑스러워한다. 그래서 프레임 기어에는 타지 않는다.)

이 18개국의 각 20기, 총 360기와 브륀힐드에서 50기, 그에 더해 내 레긴레이브와 유미나 일행의 전용기(발큐리아) 9기를 포함해, 합계 420기의 프레임 기어로 우리는 변이종에 대항할 생각이었다.

유론 대습격 때는 200기 체재였다. 이번에는 그때의 두 배다. 게다가 우리의 신형기도 있다. 그때보다 유리해야 하겠지만, 이번에는 프레이즈가 아니라 변이종이었다. 방심할 수 없다.

그와는 별도로 노른과 니아의 오버 기어 2기와 억지로 엔데의 용기사(드라군)도 데리고 왔다.

철저하게 준비한 상태로 싸움에 임하는 셈이다. 문제는…….

"역시 출현 장소가 바다라는 점이구나."

'연구소'의 모니터에 비친 지도를 보면서 바빌론 박사가 팔짱을 끼었다.

"프레임 기어의 방수 대책은 어때?"

"토야의 레긴레이브나 저 아이들의 전용기…… 그리고 오버 기아 2기와 엔데의 용기사. 여기까지는 괜찮아. 물속에 잠수해도 침수되지 않지. 움직임은 둔해지지만. 그런데 다른 프레임 기어는 기본적으로 콕핏이 밀폐식이 아니라서 위험해. 허리 정도까지는 바다에 잠겨도 상관없지만, 그 이상 잠기면 콕핏 안이 침수되지. 조종자의 목숨을 보장할 수 없어."

최악의 경우 익사할지도 모른다는 말인가.

물론 긴급 전이 장치가 있으니 그전에 탈출할 수 있다. 하지만 정신을 잃고 바다에서 쓰러지기라도 하면 도망치지 못하고 물에 빠지는 일도 충분히 있을 수 있다. 역시 싸운다면 지상이 더 안전하다.

"변이종의 행동은 읽을 수가 없으니……. 출현하면 검색 마법으로 포착하면서 상대가 가려는 곳에서 미리 잠복…… 해야 하는 건가?"

"바다가 아니라 하늘을 나는 녀석도 있을 테니, 그쪽도 생각해 둬야 해."

공중에 출현한 적에 대항할 수 있는 기체는 하늘을 나는 내 레긴레이브, 린제의 헬름비게, 장거리 공격이 가능한 유미나의 브륀힐데, 린의 그림게르데, 사쿠라의 로스바이세, 그리고 포격 유닛으로 바꾼 루의 발트라우테인가. 간신히 상대할 수는 있을 듯한데.

박사 일행에게 프레임 기어의 조정을 부탁하고, 나는 브륀힐드의 성으로 돌아갔다. 마침 테라스에 카렌 누나가 있어서 궁금했던 점을 물어봤다.

"변이종이 '신마독'을 사용하지 않을지 걱정된다고?"

"네. 그걸 흩뿌리면 저나 약혼자들이 도저히 전투할 수 없을 테니까요."

"아, 그거라면 괜찮아. '신마독'은 대지에 흡수되어 정착되어야 신에게 독이 되는 늪지대를 그 주변 일대에 만들 수 있거든. 전에도 말했지만, 이 독은 흐르는 물과 궁합이 나빠서 바다에서는 아무리 흩뿌려도 해저에 흡수되기 전에 산산이 흩어져 사라질 뿐이야. 게다가 '신마독'은 쉽게 만들 수 있는 물질도 아니고."

그런가? 그럼 유성우로 그 독은 마지막인 걸까?

"원래 '신마독'은 신의 영혼을 제물로 만들어. 그리고 아마 그 사신이 제물로 삼은 건······."

"……흡수한 종속신인가."

원래 자신이 만들어 낸 사신에 육체를 흡수당한 것도 모자라, 영혼은 '신마독'을 만드는 제물이 되었다. 그 니트신은. 너무 절망적이네. 자업자득이긴 하지만.

그렇다면 아이젠가르드를 뒤덮은 '신마독'은 그 니트신의 저주란 말인가. 쳇, 죽어서도 피해만 끼치는 녀석이네. 역귀냐.

"그래도 '신마독'을 어떻게든 해야 사신을 쓰러뜨리러 갈 수 있을 텐데……. 생각난 대책이라도 있어요?"

"농경신…… 코스케 삼촌이 '신마독'을 흡수해 무해한 마소로 바꾸는 신종(神種) 식물을 만들고 시도 중이야. ……생각처럼 잘되지는 않는 모양이지만."

"어려운가요?"

"그거야 그렇지. 말하자면 농경신의 권속을 완전히 새로 만들어 내는 거니까. 정령 탄생보다도 큰일일걸?"

그랬구나. 어쩐지 요즘 코스케 삼촌이 안 보이더라니……. 다음에 뭔가 맛있는 거라도 보내주자.

그런 생각을 하는데 품 안의 스마트폰이 울렸다. 응? 엔데인가?

"여보세요?"

〈토야야? 미안. 조금 하고 싶은 말이 있는데 이쪽으로 와 줄 수 있을까?〉

"집에 있어?"

〈응. 집에 있어.〉

엔데와 메르, 그리고 네이, 리세 자매 등, 프레이즈 연합은 성 아랫마을의 단독 주택에 산다. 그곳은 바로 근처라 나는 걸어가기로 했다.

그전에 테라스에서 보이는 북쪽 훈련장에 들렀다. 분명 오늘은 로제타가 오버 기어의 최종 조정을 하는 날이다.

성의 북쪽에 있는 대훈련장에서는 검은색과 붉은색 기계 짐승이 '엎드려' 자세로 대기하고 있었다. 노른과 니아의 오버 기어다.

그런데 그 두 기 앞에서 어쩐 일인지 잔뜩 들떠 있는 수상한 호박 팬츠 왕자 한 명이 보였다.

"왜 네가 여기에 있어……?"

"앗, 토야! 이거 굉장해! 설마 '왕관'의 힘을 이렇게 사용할 수 있다니!"

로베르는 반짝거리는 눈으로 오버 기어 두 기를 올려다보았다.

이 녀석, 블라우의 전이 능력으로 또 여기까지 왔구나…….
신출귀몰한 사람은 카렌 누나 한 명이면 충분한데.

"니아! 노른! 나도 저거에 태워줘! 자아! 어서어서어서!"

"시끄러워. 이 잠탱이 왕자가!"

"잠꼬대는 자면서 해!"

두 사람에게 빠르게 다가갔던 로베르는 니아에게 아이언 클로를, 노른에게는 로킥을 당하고 있었다. 이 짜증스러움은 여전하다. 평소 그대로라고도 말할 수 있지만.

　　"오버 기어는 타는 고렘에 맞춰서 만들어서, 마스터 이외에는 움직일 수 없어. 즉, 너는 타도 안 움직여."

　　"어?! 정말?!"

　　"원래 '왕관' 고렘 전용으로 만들었으니까. 노른의 '레오느와르'와 니아의 '티거 루주'는 동형(同型)인 기체지만 고렘의 호환성은 없어. 여분으로 기본 프레임 한 기를 더 만들어두기는 했지만 '왕관'이 아니면 의미가…….."

　　그런 말까지 하다가, 나는 흠칫해서 손으로 입을 막았지만 이미 늦었다. 반짝이는 눈으로 이쪽을 보는 로베르의 시선이 나를 덮쳤다. 우엑. 뜨거운 열이 담긴 남자의 시선은 전혀 기쁘지 않거든요?

　　"그렇다면 '왕관'인 블라우 전용인 기체도 만들 수 있다는 거네?! 즉, 내가 탈 수 있는 기체를! 굉장해! 막 두근거려!"

　　"아니, 잠깐만. 그렇게 쉬운 일은 아니라서…….!"

　　"성가시니 얼른 만들어 주는 게 좋을걸? 네가 '만들어 줄게'라고 말할 때까지 매일 얼쩡거릴 테니까. 이 촌팅이 왕자는."

　　진짜로?

　　노른의 말에는 지금까지의 경험에 근거한 무게감이 실려 있었다. 오버 기어를 정비하던 로제타를 올려다보니, 못 말린다는 듯이 작게 한숨을 내쉬었다.

"베이스는 같으니, 기체 자체는 못 만들 것도 없어요. 고렘에 맞춘 조정은 처음부터 다시 시작해야 하니, 그쪽은 시간이 더 걸리지만요."

"노른은 사자, 니아는 호랑이구나? 나는 뭘로 할까. 사슴이 우아하겠어! 아니, 두 사람 모두 고양이니까 개…… 원숭이나 여우도 괜찮을까? 두 사람 모두 어떻게 생각해?"

"맹렬하게 어찌 되든 상관없지. 바보는 말과 사슴도 구별하지 못하니, 말이나 사슴중에 대충 골라도 되지 않아?"

"곰이 좋지 않을까? 이대로 평생 겨울잠을 자면 되니까."

니아와 노른의 차가운 목소리를 들어도 전혀 타격이 없는지 로베르는 즐겁게 말을 걸었다. 이 왕자는 멘탈이 진짜 강철이네.

"어느 쪽이든 이번 싸움에는 맞출 수 없어. 그러니 너는 서방 대륙의 왕자님들과 함께 견학해."

"으으음……. 어쩔 수 없지. 다음까지는 잘 부탁해. 그런데 내가 없어도 될까? 노른과 니아만으로는 너무 걱정되는데!"

"앙? 지금 싸움 걸어? 응?"

"네가 걱정할 필요는 전혀 없거든?!"

다시 니아에게 아이론 클로를, 노른에게 로킥을 얻어맞은 로베르. 아니, 방금 그건 진심으로 걱정하는 것 같았는데. 말투가 좀…….

두 사람에게 공격을 받고도 전혀 풀 죽지 않은 왕마조히스트 왕자. 앗, 계속 얘네들 상대를 하고 있어선 안 되잖아. 나는 로베르 일행과 헤어져 서둘러 성 아랫마을로 갔다.

　마을 외곽의 꽤 커다란 정원이 딸린 집을 찾아가 보니 내가 준 마도구를 써서 인간 모습으로 위장한 메르가 맞이해 주었다.

　"토야 씨. 어서 와요. 오랜만이네요."

　프레이즈의 '왕'이라고는 도저히 생각하기 힘들었다. 앞치마를 두른 모습이 꼭 새댁 같았다. 갑자기 엔데를 마구 때리고 싶어졌어.

　그보다, 넓지만 쓸데없는 물건은 놓여 있지 않은 간소한 집 안으로 들어가 보니 엔데와 리세, 네이, 이렇게 세 사람이 날 기다리고 있었다.

　빈손으로 들어가기 뭐해서 나는 【스토리지】에 들어가 있던 쿠키 세트를 리세에게 방문 선물이라며 건네주었다.

　"여기까지 불러서 미안해. 조금 상의할 일이 있어서 불렀어."

　"뭔데? 내일 전투와 관련된 일이야?"

　내준 차를 마시면서 나는 엔데에게 물었다. 엔데는 용기사^{드 라 군}를 타고 참가하기로 되어 있었다. 무슨 문제라도 있는 걸까?

　"응, 그것도 포함된 이야기야. 일단 메르네 같은 프레이즈 지배종은 원래 동포였던 변이종의 존재를 어렴풋이 지각할 수 있어. 이른바 공간의 틈새에서 녀석들이 이쪽으로 건너올 때의 기척이 느껴지는 거지. 길드에 있는 감지판처럼 자세한

숫자나 시간까지는 모르지만. 그래도 메르네가 더 뛰어난 부분도 있어."

"뛰어난 부분?"

"식별하는 힘이야. 내일 변이종이 출현하는데, 틀림없이 상급종이 나타나. 그뿐만이 아냐. 변이한 지배종도 있다는 모양이야."

"뭐……?!"

변이한 지배종……. 프레이즈들은 유라가 이끄는 사신 쪽과 네이가 이끄는 메르 쪽으로 분열되었다. 결과, 대부분의 프레이즈가 사신 쪽으로 흡수되어 양식이 되었고, 네이는 리세를 의지해 이쪽으로 와서 메르와 재회, 우리 편이 되었다.

"만약 그 변이한 지배종이 레트와 루트 남매라면, 우리에게 맡겨줬으면 해. 그 녀석들에게 빚을 갚고 싶거든."

"레트와 루트라면, 뭐냐. 널 흠씬 때려서 울며 도망치게 했다는……."

"울긴 누가! 도망친 건 사실이지만 안 울었거든?!"

"그랬나? 그런데 그 후에 다른 세계에서 신기의 쌍검을 훔쳐, 타케루 삼촌에게 기억을 잃을 정도로 흠씬 얻어맞은 것도 모자라, 토리하란 원로원 의장에게 마구 이용당했잖아……."

"아~! 아~! 안 · 들 · 리 · 거 · 든~?!"

엔데가 귀를 막고 소리치자 옆에 있던 네이의 철권이 날아왔다.

"시끄러워!"

"크억?!"

얻어맞아 소파에 축 늘어진 엔데.

"레트와 루트에게는 나도 빚이 있다. 부디 허락해 주면 안 될까?"

"상관없어. 그럼 고맙지."

네이가 작게 고개를 숙였다. 이 녀석도 브륀힐드에 와서 성격이 둥글둥글해졌어. 전에는 건드리면 손이 베일 것 같은 살기를 두르고 있었는데. 메르 일행 덕분이구나.

네이의 목적은 메르를 만나는 거였으니, 당연하다면 당연한 일이긴 하다.

"맞아. 나도 물어보고 싶은 게 있었는데, 저쪽 편의 지배종은 몇 명이나 있어?"

"내가 있을 때는 유라, 레트루트 남매 그리고 기라뿐이었어. 하지만 그 이후로 늘었을 가능성도 충분해."

"그게 무슨 말이야?"

나는 네이의 설명을 듣고 한쪽 눈썹을 치켜세웠다. 기라는 내가 쓰러뜨렸으니 이제 세 명밖에 안 남은 거 아닌가?

"우리는 '왕'인 메르 님을 쫓아 이 세계로 왔지. 하지만 고향인 '결정계'에서 유라의 소환에 호응한 녀석이 없다고는 말할 수 없어. 그 녀석은 결정계에 있을 때부터 메르 님의 힘을 노리고 '왕'이 되려고 획책했거든. 유라를 따르는 지배종이 몇 명인가 있어도 이상하지 않아."

쳇. 그 지배종들도 변이종으로 변하면……. 아니, 틀림없이 그렇게 됐을 테고, 이번에 습격하는 지배종은 그 녀석들일 가능성도 있다.

엔데 일행의 목적인 레트와 루트가 아니면, 그쪽은 모로하 누나와 카리나 누나, 타케루 삼촌에게 맡길까. 말 그대로 신에게 의지하는 셈이다. 어디까지나 겉으로는 새로운 신 후보인 나의 보조 역할로 부탁하는 거지만.

"이건 근본적인 이야기인데, 너, 변이종으로 변한 지배종에게 이길 수 있겠어?"

"너무 그렇게 무시하지 마. 이래 봬도 무신의 제자로 그 지옥 같은 훈련을 견뎌 왔으니까. ……내가 몇 번 죽은 줄 알아? 모르지? 하하하, 무(武)의 경지는 무아의 경지. 허심탄회, 명경지수야. 하하하하하하."

뭔가가 떠올랐는지 엔데의 눈에서 빛이 사라지고 메마른 웃음이 흘러나왔다. 이 녀석, 내일 괜찮을까?

"정신 차려, 엔데뮤온."

"헉. ……아, 괜찮아. 메르. 조금 괴로운 기억이 떠올랐을 뿐이야."

메르가 흔들자 제정신을 되찾은 엔데. 타케루 삼촌, 너무 심한 거 아닌가? 엔데와 같이 제자가 된 에르제가 조금 걱정되기 시작했다.

"잘 먹었습니다."

……아까부터 한마디도 하지 않는다 싶었는데, 내가 건네준 쿠키를 리세가 전부 먹어 치웠다. 참 한결같구나.

내일 정말 괜찮을까……? 아니, 괜찮겠지. 요격 준비는 완벽해. 이제는 그놈들을 깨부수면 그만이다.

든든한(?) 새 동료들도 있다. 당연히 괜찮을 거야.

아마도, 틀림없이.

"왔다."

공중에 펼친 지도 화면에 잇달아 핀이 떨어졌다. 상급종은 결계를 빠져나오는 데 시간이 걸리니 대부분이 하급, 중급종 이겠지.

지배종도 출현하기까지는 시간이 걸리겠지. 그때까지 이 대군을 처치하고 싶은데…….

〈좀 조바심이 나는걸. 얼른 이쪽으로 오면 될 텐데.〉

레긴레이브의 콕핏에 있는 통신기에서 에르제의 잔뜩 곤두선 목소리가 들려왔다. 그 마음은 물론 이해가 된다.

'신안'을 두른 【롱센스】로 출현 장소를 눈으로 확인해 봤지만, 역시 비행형 변이종이 보일 뿐, 다른 변이종의 모습은 보이지 않았다.

지도 화면을 보아하니 역시 해저를 이동하는 듯했다.

〈똑바로 남서쪽으로 진군하네요. 유미나 씨의 생각이 맞은 걸까요?〉

"응. 아마도."

힐다의 말대로 출현하기 전에 사실은 유미나가 말했었다. 어쩌면 나타난 변이종들은 아이젠가르드로 가지 않을까…… 하고.

그 예상대로 나타난 변이종은 아이젠가르드 방향으로 나아가기 시작했다. 즉, 파나세스 왕국 쪽으로.

이미 파나세스의 임금님에게는 전투 허가를 받아두었다.

우리의 싸움은 소환한 발키리 촬영대의 활약으로 브륀힐드의 회의실에 놓아둔 거대 모니터에도 비치고 있었다.

앞쪽 세계, 뒤쪽 세계…… 동방 대륙, 서방 대륙의 국가 수뇌진도 이 싸움을 그곳에서 보는 중이다. 당연히 파나세스 국왕도.

파나세스 왕국의 해안에 주르륵 늘어선 프레임 기어는 420기.

그 모두가 조용한 바다를 노려보며 적이 오길 기다렸다.

평소라면 【유성우】^{미티어레인}라도 날려줬겠지만, 자칫하면 쓰나미가 발생할 수도 있다. 그래서 지나친 걱정일지도 모르지만 이번에는 참기로 했다.

〈토야 씨, 저희가 먼저 공중의 변이종만이라도 처리하면, 어떨, 까요?〉

"음……. 그게 좋을까?"

나는 이미 비행 형태가 되어 공중에 떠 있는 린제의 파란 헬름비게를 올려다보았다.

기본적인 비행 능력을 갖춘 기체는 나의 레긴레이브와 린제의 헬름비게뿐이다.

일전에 로제타가 전용기 발큐리아용 비행 유닛을 개발한 덕에, 야에의 슈베르트라이테와 힐다의 지그루네가 그걸 사용한 적이 있긴 하다. 하지만 기체와 조종자에게 너무 부담이 커서 새로운 비행 유닛을 박사가 개발하고 있는데…… 이번 싸움에는 맞추지 못한 모양이었다. 오버 기어도 만들었으니까 어쩔 수 없나.

애초에 이런 바다에서 출현하지 않았다면 린의 그림게르데로 일제 사격을 하거나, 유미나의 브륀힐데로 저격, 사쿠라의 로스바이세로 고립파 공격을 하는 걸로 충분하기에 굳이 날 필요도 없었겠지만.

나는 레긴레이브를 공중에 띄워 헬름비게와 같은 높이에 정지시켰다.

"일단 브륀힐데의 사정거리 안에서 싸우자. 유미나, 지원 부탁해."

〈맡겨 주세요. 확실히 제압하겠습니다.〉

든든하다. 안심하고 등 뒤를 맡길 수 있겠어.

레긴레이브로 하늘을 날았다. 바다 위는 평온해 보이지만, 그 상공에는 천 에 가까운 비행형 변이종이 마치 찌르레기 무리처럼 이쪽으로 다가왔다.

"프라가라흐 기동. 형상 변화^{모드 체인지} 단검^{대 거}."

레긴레이브의 등에 있는 날개 같은 12장의 수정판이 순식간에 48개의 단검으로 형태를 바꾸고 위성처럼 주변을 떠돌았다.

"간다. 【유성검군^{그 라 디 우 스}】."

태양 빛을 받아 반짝이는 48개의 유성이 일제히 앞에 있던 비행형 변이종을 습격했다.

'신안' 으로 핵의 위치를 파악해 성검(星劍)으로 그곳을 확실히 꿰뚫었다. 종횡무진 하늘을 날아다니던 수정검은 그야말로 유성처럼 반짝임을 남기면서 잇달아 변이종을 용해해 바닷속으로 떨어뜨렸다.

여전히 이건 부담이 매우 컸다. 당연하다. 검을 48개나 동시에 조종하는 거니까. 【액셀】로 사고 가속을 사용해도 여전히 힘들다는 사실에는 변함이 없었다.

가끔 놓치고 만 녀석은 린제의 헬름비게가 꼼꼼하게 제압해 주었다. 비행 형태의 좌우 날개 부분에 장비된 기관포로^{리볼버 캐넌} 정탄(晶彈)을 쏘아서.

린의 그림게르데도 그렇지만, 우리 기체는 기본적으로 총알이 떨어지지 않는다. 바빌론에 있는 탄약 창고에서 직접 전이되어 장전되기 때문이다.

그렇더라도 다른 프레임 기어에까지 기관포^{리볼버 캐넌}를 달아 주면 장전이 늦어지고 총알이 떨어질 위험도 있어 장비하지 않았다. 같은 편을 맞힐 수도 있어 무섭기도 하니까.

가끔 해안에 있는 유미나의 지원 사격을 맞고 변이종이 추락했다. 백발백중. 멋지게 한 번의 발사로 변이종의 핵을 꿰뚫는 유미나.

'신안'도 사용하지 않는데 어떻게 아는 거지? 혹시 그 미래시의 힘으로 파악하는 건가? '여기를 노리면 맞는다'처럼 미래의 영상이 보일 때 쏜다든가?

그렇게 유미나와 린제의 지원도 있어 비행형 변이종은 절반까지 숫자가 줄었다.

콘솔의 레이더를 보는 한 해저의 변이종들은 질서정연하게 파나셰스 왕국의 해안으로 나아가는 중이었다.

이미 우리의 바로 밑을 통과했지만, 우리는 이대로 전투를 계속하기로 했다.

나는 다시【유성검군】을 발동해 비행형 변이종을 산산조각내고 녹였다. 어느새 비행형 변이종은 숫자가 4분의 1까지 줄어 있었다.

〈토야! 변이종이 상륙하기 시작했네!〉

스우의 통신을 듣고 해안 쪽으로 카메라를 돌리니, 야자집

게나 가재 같은 갑각류 변이종이 우르르르 바다에서 모습을 드러내며 해변으로 발을 들이는 중이었다.

울퉁불퉁하고 암금색으로 빛나는 광석 생물 같은 게나 갯강구가 프레임 기어를 향해 진군했다.

〈이제야 손님이 오셨구나. 그럼 환대를 해 줘야겠지?〉

린(과 폴라)이 탄 검은 기체인 그림게르데의 팔, 어깨, 가슴, 허리, 다리 부분의 각 장갑이 잇달아 전개되더니, 내부에 장착되어 있던 개틀링포와 정탄 미사일이 그 모습을 드러냈다.

〈다 날아가 버리렴!〉

비처럼 쏟아지는 정탄, 아니, 폭풍처럼 쏟아지는 정탄이 상륙한 변이종들을 덮쳤다. 1초 사이에 몇천 발이나 되는 공격을 받자 원형을 유지할 수 있는 변이종은 없었다.

〈꽤 하는구먼. 그럼 나도!〉

스우의 오르트린데 오버로드가 오른손을 치켜들었다. 잠깐만. 그건?!

〈캐넌 너클 스파이럴!〉

고속 회전한 로켓 펀치가 변이종들의 무리로 날아가 모두 휩쓸어 버렸다. 그리고 그건 그대로 해수면에 박혀 커다란 물보라와 더불어 모래보라(?)까지 주변 일대에 날아오르게 했다.

해저의 모래를 헤집으며 돌진한 오르트린데의 오른팔이 바다에서 물기둥과 함께 튀어나왔다. 완전히 힘에만 의지한 기술이다.

원래는 이런 하급, 중급종의 토벌은 스우의 기체에 어울리지 않는데.

〈좋아. 그럼 우리도.〉

〈네!〉

〈간다!〉

야에의 슈베르트라이테, 힐다의 지그루네, 에르제의 게르힐데가 해변을 달려 변이종을 향해 돌격하기 시작했다. 그에 호응하듯 각국의 프레임 기어도 각자의 무기를 들고 해변가로 달렸다.

〈지원하겠어요.〉

루의 발트라우테가 C유닛으로 변환되었다. 수많은 상황에 대처할 수 있는 발트라우테는 모두를 지원하는 역할로 옮겨 갔다.

오른쪽 어깨에 캐넌포를 장비한 C유닛은 장거리 공격이 가능해진다. 루는 정확하게 다른 사람이 놓친 적을 하나하나 제압했다.

그 뒤를 이어서 사쿠라가 탄 로스바이세에서 증폭된 가창 마법이 발동되었다.

이 곡은……. 왜 이 곡인지 사쿠라에게 물어봐야 답을 알 수 없을 테니 나는 일부러 그냥 넘어가기로 했다.

영국의 메이저 록밴드의 곡……. 아니, 정확하게는 그 보컬리스트의 곡이었다.

병으로 45세에 타계한 그 사람의 곡을 밴드 멤버가 어레인지한 곡이다. 물론 그 사람의 오리지널 버전도 있다.

'너를 사랑하기 위해 나는 태어났다' 라는 직설적인 가사와 힘찬 노랫소리가 듣는 사람의 영혼을 뒤흔드는 곡이다.

평소에는 투명한 사쿠라의 목소리가 이 곡의 보컬리스트처럼 강력하게 울려 퍼졌다.

그 노랫소리는 각 프레임 기어의 내부에 있는 에테르리퀴드를 활성화해 기본 성능을 일시적으로 크게 올려 주었다.

〈브륀힐드 공국 기사단, 돌격!〉

〈벨파스트 왕국 기사단, 뒤를 따라라!〉

〈뒤처지지 마라! 레굴루스 제국의 강력함을 보여 줘라!〉

사쿠라의 노래에 등을 떠밀리듯이 각 기사단이 변이종과의 전투를 시작했다.

해변가에서 어지럽게 날아다니는 철과 금. 기사단은 하급종을 발로 차고, 몇 기가 함께 중급종을 둘러쌌다.

핵이 부서진 변이종은 검은 연기를 내며 흐늘흐늘 녹았다.

새삼스럽지만 이러면 바다가 오염되지 않을까. 환경 파괴가 아닐지……. 유조선의 중유 누출 사고처럼 되는 게 아닐까? 그런 걱정을 했지만 바다는 오염되지 않았다. 괜찮아 보인다.

"오?"

해변에 무리를 지은 변이종들 사이를 기계 짐승 두 마리가 경쟁하듯이 달렸다.

그 기체가 만들어 내는 충격파로 주변의 변이종들은 근처에 다가가지도 못하고 잇달아 튕겨 나갔다. 그리고 주변에 뒹구는 변이종에게 다가가 기사단이 완벽히 숨통을 끊었다.

얼핏 보면 연계 작전처럼 보이지만, 저건 그냥 폭주하는 거잖아!!

"거기 오버기어 탄 두 사람, 아군에 부딪치지는 마."

〈야야. 내가 그런 실수를 할 리 없잖아. 맡겨 둬.〉

〈혼자 잘난 줄 알고 날뛰면 따끔한 맛을 볼걸? 앞뒤 생각도 안 하는 게 너의 전매특허니까.〉

〈뭐라고?!〉

해변에 멈춰 서 말싸움을 시작한 두 사람을 보고 나는 무심코 하늘을 바라보았다. 하지만 그곳에 구원의 여신이 나타났다.

〈니아…… 상황을 생각해서 행동하라고 항상 말했죠?〉

〈에스트?! 어, 어라?! 어째서 여기에?!〉

의적 '홍묘'의 부수령인 에스트 씨가 홍기사^{레드링크스}를 타고 니아의 등 뒤에 나타났다.

"이번에 홍묘 전체가 참가하지는 않았지만, 에스트 씨만큼은 우리 기사단에 편입했어. 네가 제멋대로 움직여서는 곤란하니까."

〈너무해!〉

〈뭐가 너무한가요. 혼자서 잘할 수 있을까 싶어 잠시 내버려

됐더니 이런 모습이라니. 역시 제가 고삐를 쥐고 있어야 하겠네요.〉

훌쩍 말에 걸터타듯이 에스트 씨의 홍기사^{레드링크스}가 니아의 티거 루주에 걸터탔다. 어? 고삐를 쥔다는 게 그런 말이었어?

〈자, 가죠. 으랴, 니아!〉

〈내가 무슨 말이야?!〉

〈말이면 차라리 귀엽기라도 하죠. 일은 철저하게 하세요. ──저녁밥 굶기 싫으시다면.〉

〈젠장!〉

홍기사^{레드링크스}를 태운 티거 루주가 해변가를 달렸다. 아주 그럴듯한데? 역시 오랫동안 콤비를 이뤄서 그런가?

싸움은 혼전으로 흘렀지만, 이쪽의 우세가 점점 선명해졌다. 유미나의 브륀힐데, 루의 발트라우테가 꼼꼼하게 익숙지 않은 나라의 기사단을 지원해 주고 있었다.

한창 싸움이 진행 중일 때, 전방에 있던 엔데의 용기사^{드라군}한테서 통신이 들어왔다.

〈토야. 상위종이 올 거야. 해안에 있는 메르 일행이 느낀 대로라면 아무래도 숫자는 세 마리인가 봐.〉

"아니……?!"

세 마리라고?!

전에도 두 마리 이상이 나타난 적이 있었다. 그때는 공작과 앵무조개, 이렇게 두 마리였던가? 분명히 프레이즈의 상급종에 변이종이 들러붙어 처음으로 상급종이 변이종으로 변했었지?

그런데 이번에는 처음부터 변이종이 된 녀석이 세 마리……. 게다가 그 뒤에는 지배종도 대기하고 있다라.

〈토야 오빠! 바다가……!〉

유미나의 목소리를 듣고 정면을 돌아보니, 마치 막자사발처럼 해변 근처의 바다가 크게 소용돌이치고 있었다. 하급종들의 출현 장소가 아니라, 이곳에서 나타나는 건가?!

소용돌이는 점점 더 커졌다. 마치 개미지옥 같다.

이윽고 그 중심에 있는 공간이 빠지직! 하고 균열이 갔다.

이어서 빠직! 빠직! 하고 좌우에도 총 세 개의 균열이 생기더니, 공간이 유리처럼 깨졌다. 그리고 소용돌이가 사라지고 흔들리는 바다 위에 그것이 나타났다.

"납셨나……!"

커다란 물기둥을 세우며 바다에 떨어져 위협하듯이 뒷다리로 일어선 한 마리째는 사슴벌레와 비슷했다. 크기는 상급종치고는 작았다.

그럼에도 그 크기는 몇십 층짜리 빌딩 수준이었지만. 저 황금 턱 사이에 끼이면 제아무리 프레임 기어라 하더라도 두 동강이 나겠다.

뒤이어서는 별 모양의 무언가가 나타났다. 저건…… 불가사리……인가? 바다에 둥실둥실 떠서 천천히 회전했다.

이쪽은 평범한 상급종 크기로, 100미터 이상은 되지 않을까? 야구장이 대충 이 정도 크기였던 걸로 기억한다.

그리고 마지막으로 공간을 찢고 출연한 상급종은―――

용.

머리가 두 개인 용이었다.

동양의 용이 아닌, 서양의 드래곤이었다. 하지만 날개가 없었다.

정수리에서 꼬리 끝까지 톱날 같은 돌기로 뒤덮여 있었고, 가슴에도 각이 진 뿔 같은 게 솟아나 있었다.

크기도 장난이 아니었다. 조금 전의 그 불가사리보다 1.5배나 더 컸다. 틀림없이 지금까지 봤던 상급종 중에서도 최대급이었다.

쌍두룡(雙頭龍) 변이종은 갈고리발톱이 달린 굵은 다리 네 개로 바다에 착수해 커다란 물보라를 일으켰다.

이때가 되어서야 비로소 나는 쌍두룡 각각의 머리 위에 누군가가 서 있는 모습을 발견했다.

몸의 결정 부분이 암금색인 지배종이 두 명. 머리는 매우 닮았지만 남성과 여성의 몸이었다. 키는 그다지 크지 않다. 남성, 여성이라기보다는 소년, 소녀라고 해야 더 잘 어울릴 듯한 느낌이다.

아주 닮은 지배종 두 사람. 혹시…….

〈토야……. 약속 기억하지……?〉

통신기에서 엔데의 목소리가 흘러나왔다.

"그럼 역시 저 지배종은……."

〈그래. 레트와 루트. 나랑 네이가 골탕을 먹었던 상대야.〉

다시 쌍두룡의 머리 위를 보니 쌍둥이 지배종은 우리를 똑바로 바라보며 웃고 있었다.

"관객이 가득하네, 루트. 어떻게 할까?"

"당연히 성대한 인사를 해 줘야지."

쌍두룡이 네 다리를 낮추더니, 목 두 개에 달려 있던 머리를 해안으로 돌렸다. 그리고 쩌억 두 개의 입을 벌리고 빛의 입자를 모으자, 쌍두룡의 온몸에서 파직파직 불꽃이 튀기 시작했다. 큰일이야!

다음 순간, 눈부신 섬광과 함께 쌍두룡의 두 개의 입에서 아주 굵은 하전입자포(荷電粒子砲)와 유사한 뭔가가 단숨에 발사되었다.

"【실드】!"

나는 '신기'로 강화한 방어 마법을 레긴레이브에서 펼쳤다.

원래는 보이지 않는 장벽이 무시무시한 빛을 두르고 발사된 두 개의 유사 하전입자포 앞을 가로막았다.

'신기'를 두른 장벽이 부서질 리는 없지만 상대도 사신의 권속이다. 역시 그에 걸맞은 힘을 가지고 있는 듯, 내가 만든 장벽이 삐걱거렸다.

하지만 간신히 버텨내 유사 하전입자포를 막는 데 성공했다. 그 후에【실드】는 부서져 버렸지만.

"갑자기 터무니없는 짓을 하다니, 이 자식……."

솔직히 말해 조금 놀랐다. 이 자식들이 진짜.

"야, 엔데. 저 둘은 다른 장소에 격리할 건데, 맡겨도 되지?"

〈그래. 우리가 어떻게든 처리할게.〉

"알았어. 나머진 맡길게. 프라가라흐, 형상 변화 정쇄."

레긴레이브 주변에 떠오른 48개의 단검이 각각 짧은 쇠사슬 형태가 되더니, 그게 잇달아 연결되어 하나의 긴 쇠사슬로 모양을 바꾸었다. 그리고 양쪽 끝에는 분동 같은 수정 구체가 달렸다.

신기를 담은 쇠사슬은 레긴레이브 주변을 돌면서 그 길이를 점점 늘렸다.

"가라. 저 성격 나쁜 지배종을 붙잡아 와.【정쇄구속】."

수정 쇠사슬이 엄청난 기세로 움직이며, 쌍두룡의 머리 위에 서 있던 지배종 두 사람을 향해 날아갔다. 그건 마치 수정 뱀처럼 물결치며 쌍둥이 지배종을 습격했다.

"뭐야, 이거?!"

"뭐지, 이거?!"

분동의 양 끝이 각각 레트와 루트를 붙잡아 딱 S자 형태를 그리듯이 두 사람을 빙글빙글 휘감았다.

오래는 못 버틴다. 나는 구속한 두 지배종을 곧장 근처 해변으로 쇠사슬과 함께 던졌다.

"이 자식⋯⋯!"

빠각. 두 사람을 구속한 쇠사슬에 균열이 갔다. 썩어도 같은 신기. 사신의 권속이 된 지배종이구나.

여기서 레긴레이브의 프라가라흐를 망가뜨릴 수는 없어서, 나는 구속을 풀고 두 사람을 해변에 내던졌다.

해변에 낙하했지만 큰 위험 없이 착지하는 레트와 루트.

하지만 이게 끝이 아냐.

"【프리즌】."

이번에는 감옥 마법으로 두 사람을 가두었다. 보통이라면 이【프리즌】은 무슨 일이 있어도 부서지지 않는다.

하지만 갇힌 상대가 변이종, 그것도 지배종이니 꼭 그렇다고는 볼 수 없었다. 온 힘을 다하면 파괴될 가능성도 있다.

────【프리즌】 파괴에 온 힘을 기울인다면, 말이지.

"이제는 마음대로 해. 우리는 상급종을 해치울게."

〈땡큐, 토야.〉

해변으로 모노톤 컬러의 용기사(드라군)가 고기동 모드가 되어 달려왔다. 그리고 그 손에는 메르를 비롯한 프레이즈 지배종 아가씨 세 명이 올라가 있었다.

정지한 용기사(드라군)에서 세 사람이 내려섰고 콕핏에서 엔데도 뛰어내렸다.

"뭐야. 누군가 했더니 패배자들과 도망친 이전 '왕' 이잖아."

"어머, 네이네. 그렇게 싫어하던 엔데뮤온 곁에 있다니 깜짝 놀랐어. 난 그만 결정계로 울면서 돌아갔을 거라 생각했는데."

그렇게 말하며 웃는 두 사람을 무시하고 엔데 일행이 【프리즌】 안으로 들어갔다. 변이종 이외에는 들어갈 수 있게 설정해 두었으니 그런 점은 문제없다.

"―――레트. 루트. 오랜만이네요."

메르가 그렇게 말하고, 네 사람 모두 쌍둥이 앞에 섰다.

관심이 가는 대결이긴 하지만, 이건 이제 엔데 일행에게 맡기자. 그 외에도 할 일이 산더미 같으니까.

쇠사슬 프라가라흐를 수정판으로 되돌린 나는 등에 다시 도킹시켰다.

우선 상급종 세 마리를 처리해야 한다.

〈토야 오빠, 상급종 대처는 어떻게 하실 건가요?〉

유미나의 통신을 듣고 나는 조금 생각한 다음 다른 모두에게 지시를 내렸다.

"스우는 오버로드로 사슴벌레를 상대해 줘. 사쿠라는 스우를 지원해 주고. 야에, 힐다, 에르제, 린제는 불사가리 형태를 맡아 줘. 린이랑 루, 유미나는 상황에 따라 기사단을 지원 사격하거나 상급종을 공격해 주고. 나는 저 쌍두룡을 해치울게. 각자 상대를 쓰러뜨리면 다른 사람들을 지원해 줘."

저 사슴벌레 상급종은 그다지 크지 않다. 기껏해야 70, 80미터 정도다. 스우가 탄 오르트린데 오버로드도 30미터 이상이다. 충분히 제압 가능하리라 생각한다.

조금 불안한 점이라면 저 불가사리 형태가 어떤 공격을 할지 알 수 없다는 점이지만, 저 네 사람이라면 어떻게든 물리칠 수 있을 것이다.

그리고 나는 저 쌍두룡을 빠르게 쓰러뜨리고 다른 사람들을 도와주러 가야 한다.

부탁해, 엔데. 지배종들을 이쪽으로 오지 못하게 막아 줘.

"좋아. 가자!"

나는 등 뒤의 프라가라흐를 다시 전개하며 쌍두룡을 향해 돌아섰다.

◇ ◇ ◇

"자아, 내 차례구나! 몸이 참 근질근질하구먼!"

스우는 오르트린데 오버로드의 콕핏에서 환희에 몸을 떨었다. 방어형이라서 지금까지는 스우가 싸움의 전면에 나선 경우가 거의 없었기 때문이다.

하지만 이번에는 토야가 공식적으로 지시를 내렸다. 사양하지 말고 적을 쓰러뜨리면 된다.

"토야는 너무 날 과보호해서 탈이야. 나도 토야의 색시 중 한 명인데. 상급 변이종 한두 마리 정도는 간단하고말고."

〈방심하지 마. 임금님은 스우의 그렇게 우쭐대는 성격을 걱정하는 거야.〉

"윽……. 바, 방금 그건 마음가짐을 말했을 뿐이야. 우쭐대긴 누가 우쭐댔다는 겐가!"

〈그럼 됐고.〉

콕핏 스피커에서 냉정한 사쿠라의 목소리가 날아들어 스우는 무심코 거칠게 소리치고 말았다.

방금 그 태도는 확실히 어린애 같아서 스우는 반성했다. 토야의 약혼자 중에서 스우는 가장 어리다. 그다음으로 어린 유미나나 루보다 두 살이 더 어리다.

겨우 두 살 차이인데 그 두 사람은 이미 어른 같은 대처가 가능하다. (스우가 그렇게 생각하고 있을 뿐 꼭 그렇지도 않지만.)

그게 또 스우를 초조하게 만들었다. 자신도 그 두 사람과 마찬가지로 어서 어엿한 레이디가 되고 싶었다.

요즘에는 어머니인 에렌에게 부탁해 재봉이나 예의범절, 댄스 등을 배우고 있다. 성과는 그다지 신통치 않지만…….

"아무튼 지금은 눈앞의 사슴벌레를 해치워야 해!"

스우는 본인 전용으로 커스터마이즈된 콕핏 안에서 조종간을 재빨리 조작해 마력을 흘리면서 손끝의 버튼으로 커맨드를 입력했다.

"캐넌 너클 스파이럴!"

들어 올린 오르트린데 오버로드의 오른팔, 그 팔꿈치 끝이

고속 회전하면서 발사되었다.

일직선으로 날아간 황금색 오른팔은 뒷다리로 일어선 암금색 사슴벌레에 작렬했다.

2초 정도 사슴벌레에 부딪치며 회전을 계속하던 오른팔이 포기한 듯이 튕겨 나오더니 날아서 본체로 귀환해 오른팔은 원래대로 돌아갔다.

사슴벌레의 가슴에는 커다란 균열이 갔지만, 그 균열은 서서히 재생되어 가슴은 원래대로 돌아갔다.

"으음. 일격에는 제압하지 못한 건가."

평범한 프레이즈는 핵을 파괴하면 그냥 쓰러진다. 그건 변이종도 마찬가지이지만, 변이종은 불투명해서 핵이 어디에 있는지 정확한 위치를 알기 힘들었다.

거기다 상급종이 되면 몸속에 핵을 몇 개나 가졌는지 알기 힘들어진다.

얼핏 봐서는 가느다란 다리나 무기로 사용하는 턱이 아니라, 몸체, 복부 어딘가에 있을 테지만…….

"핵이 어디 있는지 정확히 알기 힘들구먼……."

〈그건 나한테 맡겨 둬. 로스바이세는 지원형 프레임 기어. 그런 능력도 갖추고 있어.〉

"사쿠라? 뭘 하려는 겐가?"

사쿠라가 탄 하얀 프레임 기어, 로스바이세에서 다시 가창 마법이 발해졌다.

자동차형 타임머신에 올라타 과거로 떠난다는 오락 영화의 주제가인 그 곡은 '사랑의 힘'이라는 제목 그대로, 힘차게 울려 퍼지며 상급종을 습격했다.

대미지를 주지 않는 그 소리 파동과 빛의 파동은 위협하는 사슴벌레의 온몸에 침투해 그 안에 있는 핵의 위치를 포착했다.

〈핵은 모두 세 개. 머리에 하나, 가슴에 두 개. 흉부는 앞면과 뒷면에 세로로 각각 하나씩. 데이터를 보낼게.〉

"오."

스우의 왼편에 있는 서브 모니터에 눈앞의 상급종 사진이 비쳤다. 그 체내에는 빛나는 점 세 개가 있었다. 그게 핵의 위치다.

"이거라면 노리고 파괴할 수도 있겠구먼. 나머진 핵까지 공격이 닿기만 하면……."

스우가 화면을 노려보면서 으으음, 하고 고민했다. 두꺼운 상급종의 몸을 꿰뚫어 핵까지 도달하려면 상당한 파워가 필요했다.

사쿠라의 가창 마법으로 강화 지원을 받아도 그 정도의 파워를 낼 수 있을지 어떨지. 게다가 짧은 시간에 세 개를 모두 파괴하지 않으면 재생이 시작되어 또 처음부터 다시 해야 한다.

천운에 맡기고 오르트린데 오버로드의 다리 부분인 만능지저전차 '묠니르'의 드릴 부품을 팔에 도킹시킨 다음 '캐넌 너클 스파이럴'을 발사하면…….

〈이런 일도 있을 줄 알고!〉

"앗?! 뭐뭐뭐, 뭔가?!"

스피커에서 갑자기 목소리가 날아들어 스우가 시트 위에서 펄쩍 뛰었다. 방금 그 목소리는 프레임 기어의 정비 책임자이자, 바빌론의 '공방' 관리인인 하이로제타의 목소리였다.

〈오버로드용 전용 툴을 몰래 만들어 두었습니다! 지금 투하하겠습니다! 꾸욱!〉

수백 미터 상공에 대기하고 있던 바빌론에서 무기 하나가 투하되었다. 그건 스우가 탄 오르트린데 오버로드의 정면 해변에 땅을 크게 울리며 떨어졌다.

처음에는 쿠웅! 하고 묵직한 땅울림. 그다음 촤라라라라라락! 하는 금속음.

"이건……!"

황금색으로 빛나는 거대한 철구(철제는 아니지만)에 긴 쇠사슬이 달린 무기. 이 세계에서는 모닝스타라고도 불리는 그 무기는 오르트린데 오버로드용답게 아주아주 컸다.

〈대(對)상급종 전용 기가 그라비티 웨폰, 【골드해머】입니다!〉

해머는 해머라도 해머던지기용 해머잖아 같은 딴지는, 그런 지식이 없는 스우로서는 불가능했다.

〈【골드해머】는 회전을 시키면 【그라비티】와 【프리즌】을 생성하는 마중력이 해머 안쪽에 축적됩니다. 그리고 그걸로 상대를 때리면 단숨에 해방, 축적되었던 몇 겹이나 되는 초마중충격파가 표적을 완전히 가루로 만들어 파괴해 버립니다. 따라서 회전시키면 시킬수록 위력이 늘어나지만, 너무 많이 돌리면 그 힘에 오르트린데 오버로드 본체가 버티지 못하게 됩니다. 주의하시길.〉

로제타가 의기양양하게 설명한 내용을 스우는 전혀 이해하지 못했지만 아무튼 굉장한 무기라는 사실은 잘 알았다.

오르트린데 오버로드의 손이 해변에 떨어진 【골드해머】의 핸들을 쥐었다. 달려 있는 체인의 길이는 가슴 근처까지. 한 손으로 들어 보니 문제없이 철구 부분을 들어 올릴 수 있었다. 아직은 무게가 평범한 듯했다.

이대로도 충분히 무기로 활용할 만하다. 하지만 상급종을 쓰러뜨리려면 이 정도로는 부족했다.

"좋아! 여자의 배짱을 보여 주겠네. 해 보는 거야!"

오르트린데 오버로드가 손에 든 【골드해머】를 천천히 돌리기 시작했다. 처음에는 가볍게 진자처럼 앞뒤로 흔들고, 점점 기세를 높여 갔다.

이윽고 해머는 종으로 회전했고, 황금 공은 웅웅거리는 소리를 내면서 해변의 모래를 공중으로 튀어 오르게 했다.

그대로 기세를 유지하며, 스우는 종 회전을 횡 회전으로 이행했다. 황금 공에서는 불꽃이 튀었고, 엄청난 힘이 오르트린데 오버로드의 양팔에 부하를 주기 시작했다.

그 몇 배에 달하는 힘이 황금 공에 축적되고 있다는 사실을 스우도 느낄 수 있었다. 【프리즌】 결계가 힘이 빠져나가지 못하게 막고 있다.

정면에 있는 사슴벌레 상급종이 커다란 턱 사이로 빛을 모으기 시작했다. 쌍두룡이 날린 유사 하전입자포를 똑같이 날리려는 모양이었다.

"그렇게 둘 줄 알고!!!"

오르트린데 오버로드는 온몸을 회전시켜, 마치 황금 팽이가 된 것처럼 【골드해머】에 힘을 더해 갔다.

스우는 한계 아슬아슬할 때까지 높인 마중력 덩어리를 사슴벌레 상급종을 노리고 힘차게 던졌다.

총알처럼 날아간 【골드해머】는 노린 대로 사슴벌레 상급종의 목 부근에 작렬했다. 그리고 동시에 【골드해머】에서 검은 입자가 방출되어 주변의 공기를 일그러뜨리기 시작했다.

구웅! 하고 공기가 울려 퍼지고, 커다란 진동이 주변을 덮쳤다.

그와 함께 사슴벌레 상급종의 몸이 너덜너덜하게 붕괴되더니, 마치 모래처럼 사라라락 바람에 날렸다. 핵마저도 모두 미세한 입자로 그 모습을 바꾸어 갔다.

"먼지가 되어라!!!"

이미 구체 모양으로 일그러진 공간에는 사슴벌레 상급종의 모습을 찾아볼 수 없었다. 이윽고 일그러짐이 진정되자 그곳에는 아무것도 없이 그냥 잔잔한 파도만 치고 있을 뿐이었다.

완전 소멸. 스우의 말과는 달리 먼지조차도 남지 않았다.

집어던졌던 【골드해머】조차도. 놀랍게도 【골드해머】는 일회용인 궁극의 병기였다.

"야호, 성공했네! 토야! 토?!"

콕핏 안에서 기뻐하는 스우. 하지만 오르트린데 오버로드는 그대로 해변에 무릎을 꿇고 말았다. 온몸에서 증기와 마력의 잔재가 흘러나오더니, 양팔의 장갑이 너덜너덜하게 무너져 내렸다.

전원이 꺼진 것처럼 콕핏 안의 계측기 종류도 빛이 꺼져, 최소한의 기기만이 점멸하고 있을 뿐이었다.

"어, 어찌 된 게지?? 안 움직인다만?!"

〈걱정하지 마세요. 【골드해머】를 사용한 반동으로 대미지가 커서 그런 거예요. 일시적으로 오버히트를 일으켰을 뿐이에요. 그 정도의 붕괴 에너지를 다루기에는 역시 현재의 오버로드로는 무리가 있었나 보네요.〉

완전히 움직이지 않게 된 자신의 기체에서 스우는 수동으로 해치를 열고 밖으로 나왔다.

아직 해안은 전쟁터였고, 멀찍이서도 기사단이 조종하는 프레임 기어와 하급종이 작은 전투를 벌이는 모습이 보였다.

〈수고했어.〉

눈 아래로 하얀 프레임 기어가 미끄러지듯 다가왔다. 사쿠라의 로스바이세다.

오르트린데의 열린 가슴 부분의 장갑 위에서 스우는 불만스럽게 얼굴을 부풀렸다.

"상급종을 쓰러뜨렸으니 그건 좋다만, 이래서는 토야를 도우러 갈 수가 없지 않은가."

〈걱정하지 마. 그만큼 내가 활약하고 올게.〉

"치사하구먼!"

어린아이 같다는 생각을 하기는 했지만, 스우는 그렇게 외치지 않으면 분이 풀리지 않을 듯했다. 겨우 찾아온 자신의 차례가 벌써 끝나 버리다니.

〈치사하지 않아. 스우는 역할을 완수했어. 자랑스러워해도 돼. 모니카, 오르트린데 오버로드를 바빌론의 '격납고'로 파일럿과 함께 전송 개시.〉

〈예스~!〉

"앗, 뭐 하는 건가! 아직 이야기가……!"

무릎을 꿇고 있던 황금 거신이 빛에 휩싸여 스우와 함께 해변에서 사라졌다.

그 자리에는 사쿠라가 탄 로스바이세만이 남았다.

"그럼, 에르제가 있는 곳으로 갈까? 아니면 임금님이 있는 곳으로 갈까……. 아니면 유미나랑 같이 기사단을 지원할까?"

로스바이세 콕핏 안에서 사쿠라가 작게 중얼거리며, 검색 마법으로 전장의 상황을 확인했다.

에르제가 있는 곳은 걱정할 필요가 없었다. 약혼자 멤버 중 에르제, 야에, 힐다 같은 무투파 삼인조가 모여 있으니까.

사쿠라는 토야 쪽도 에르제 일행이 있는 곳 이상으로 걱정하지 않았다. 토야가 질 리 없으니까. 설사 천지가 뒤집혀도. 사쿠라에게는 그런 절대적 확신이 있었다.

그렇다면 남은 선택지는 유미나와 같이 기사단을 지원하는 것뿐이었다. 원래 로스바이세는 후방 지원이 메인인 기체다. 그러니 그쪽으로 가야 기체의 특성을 더 잘 살릴 수 있었다.

사쿠라는 마음속으로 그렇게 결정한 뒤, 혼전이 거듭되고 있는 전장에 로스바이세로 달려갈 준비를 했다.

"새삼 보니 참으로 큽니다……."

야에는 슈베르트라이테의 모니터에 비친 불가사리형 상급종을 보고 무심코 그렇게 말을 흘렸다.

오각형 별 모양인 상급종이지만, 이렇게 해변에 상륙해 옆에서 보니 그냥 작은 산처럼 보였다.

아무래도 살짝 공중에 떠 있는 듯, 해변의 모래를 흩날리면서 천천히 몸을 회전시켰다. 암금색 보디가 번쩍이며 햇빛을 반사했다.

"자, 어떻게 요리해 줄까."

〈생각해 봐야 소용없어. 선제공격이야말로 필승! 당하기 전에 해치워라!【부스트】!〉

에르제가 모는 진홍의 기체, 게르힐데가 등의 버니어를 분사하면서 일직선으로 불가사리형 상급종을 향해 나아갔다. 여전히 행동이 앞선다.

〈【투기해방】! 필!살!【캐넌 브레이크】!〉

투기를 두른 게르힐데의 오른 주먹이 불가사리형 상급종의 모서리 하나에 작렬했다.

카아앙! 그러자 그와 거의 동시에 오른팔에 장비된 파일벙커가 튀어 나가 상급종의 몸에 더 큰 타격을 주었다. 그러자 상급종의 몸에 커다란 균열이 발생했다.

〈한 방 더!〉

자세를 갖추고 있던 게르힐데의 왼쪽 주먹이 같은 장소에 작렬했다. 그리고 재차 흉악한 파일벙커가 튀어 나가 상급종의 균열은 더욱 깊어졌다.

너덜너덜해진 암금색 파편이 벗겨져 떨어졌고, 불가사리형 상급종이 지닌 모서리 하나의 끝이 뚜욱 부러졌다.

〈아니……?!〉

하지만 부러진 끝이 주르륵 용해되는가 싶더니, 다시 부러진 부분이 재생을 시작해 원래대로 돌아갔다.

〈역시 운 좋게 핵이 있지는 않네.〉

그렇게 중얼거리면서 에르제는 게르힐데와 상급종 간의 거리를 벌렸다.

〈그렇지만 방금 그 재생으로 핵의 위치가 어디인지 대충 알았어, 언니.〉

쌍둥이 여동생인 린제에게서 통신이 들어왔다. 린제가 타고 있는 헬름비게는 비행 형태를 취하며 상공에서 상급종을 관찰했다.

프레이즈도 변이종도 재생할 때는 핵에서 마력을 공급한다. 즉, 그 흐름을 거슬러 올라가면 대략적인 위치는 파악할 수 있다.

〈아마 중심에 하나, 그리고 다리 다섯 개에 각각 하나씩이려나?〉

핵은 전부 여섯 개. 상급종 중에서도 상당히 많은 편이었다.

〈여섯 개나……. 모두를 거의 동시에 부숴야 하는 건가요?〉

오렌지색 기사형 프레임 기어, 지그루네에 탑승한 힐다가 중얼거렸다.

〈린제. 린을 불러와서 '브류나크'로 공격할 수 없을까?〉

거대 마포(魔砲) '브류나크'. 막대한 마력과 【스파이럴】&【익스플로전】 마법으로 특수 가공된 드릴탄을 발사하는 일격 필살 무기다.

그래서 마력량이 많은 린제와 린이 둘이서 모든 마력을 사용해 동시에 쏴야 하는데…… 그것도 쏠 수 있는 횟수는 한 번뿐으로, 어떻게 보면 매우 사용하기 힘든 무기이기도 했다.

〈가능은 할 거라고 생각해. 하지만 빗나가면 그걸로 끝이고, 하나라도 핵이 남으면 전부 소용없는 일이 되니…… 리스크가 크다고, 할 수 있으려나?〉

"으으음. 말씀대로 실패해 린제 님과 린 님이 빠지면 뼈아픕니다……."

〈모두! 정면을 보세요!〉

힐다의 목소리를 듣고 야에 일행이 불가사리형 변이종을 돌아보니 천천히 회전하던 불가사리가 어느새 정지해 있었다.

그리고 다리 다섯 개에 균열이 생기더니, 중앙부의 오각형만 남기고 다리 부분이 떨어져 나갔다. 다만, 중앙부와 가늘고 긴 촉완이라 할 수 있는 부분은 모두 연결된 상태다.

촉완에 연결된 다리의 끝이 마치 뱀처럼 고개를 쳐들었다.

이어서 그 끝에 빛의 입자가 모이기 시작했다.

"?! 모두 피하십시오!"

야에의 목소리를 듣고 재빨리 그 자리에서 흩어지는 프레임 기어들.

뻗은 불가사리의 발끝에서는 조금 전의 쌍두룡의 변이종이 발사한 유사 하전입자포보다 가는 레이저 비슷한 뭔가가 발사되었다.

치이익! 하고 불쾌한 소리가 귀에 도달한 뒤, 꿰뚫린 해변을 보니 그곳은 흐물흐물하게 녹아 있었다.

〈또 쏘려나 봐!〉

에르제가 소리쳤다.

돌아보니 불가사리의 다른 발끝이 마찬가지로 에르제 일행을 향해 촉완을 뻗고 있었다. 그리고 다시 그 발끝에서 레이저가 발사되었다.

총 다섯 개의 레이저가 종횡무진 야에 일행이 타고 있는 전용기를 궁지로 내몰았다.
^{발큐리아}

〈레스티아류 검술, 이식(二式) 난무(亂無)!〉

해변에서 뛰어오른 힐다의 지그루네가 검으로 촉완에서 뻗어 있는 불가사리의 발끝을 순식간에 잘라냈다.

순식간에 동강 난 끝부분이 해변에 툭툭 떨어지더니, 검은 연기를 내뿜으며 주르륵 녹아내렸다. 그중에는 직경 2미터 정도 되는 빨간 핵도 있었다.

하지만 끝부분을 잃은 촉완에서 다시 재생이 시작되어 다리는 원래의 형태대로 돌아갔다.

아마 핵도 재생됐으리라. 이래선 도로아미타불이다.

일단 모두 불가사리형 변이종과 거리를 벌려 촉완 레이저에서 벗어났다.

〈역시 하나만 부숴서는 무의미하네요.〉

〈모두 동시에 파괴해야만 한다는 거야?〉

〈우리는 넷밖에 없는, 데?〉

〈나머지 두 명……. 유미나 님이나 루 님, 또는 린 님에게 도움을 요청하겠습니까?〉

두 명 더……. 최악의 경우 한 명만 더 추가한 다섯 명이서 동시에 다리의 핵을 공격한 다음, 그게 재생될 틈을 주지 않은 채, 모두 다 같이 중앙의 핵을 마지막으로 부순다면 쓰러뜨릴 수 있을지도 모른다.

하지만 이 상황에서 유미나, 루, 린이 기사단 지원을 중단하기는 힘들었다.

"나머지 두 명이라. 그럼 우리가 도와줄게."

〈〈〈〈어?〉〉〉〉

어디에선가 들려온 목소리를 듣고 모두가 동시에 그렇게 외쳤다.

자세히 보니 야에의 슈베르트라이테와 힐다의 지그루네의 어깨에 어느새 각각 여성이 한 명씩 서 있었다.

한 명은 도저히 여성이 들 수 없을 듯한 3미터짜리 칼날을 자랑하는 큰 정검을 들고 있었고, 또 한 명은 화살통을 짊어진 채 크고 아름다운 활을 들고 있었다.

〈모로하 형님에 카리나 님?! 어느새?!〉

야에가 자신의 기체 어깨에 올라가 있는 약혼자의 누나를 보고 눈을 휘둥그렇게 떴다.

"사실 참가할 생각은 없었는데, 아무래도 몸이 근질거려서.

살짝 편승해 볼까 하고 왔어."

"나는 그냥 참가하지 않아도 상관없었지만. 모로하가 가자고 해서. 그냥저냥 심심풀이는 될 테지."

마치 놀러 왔다는 듯이 말하는 두 사람. 아니, 정말로 그냥 장난 수준에 불과하다. 적어도 두 사람에게는.

"나를 포함한 다섯 명이 불가사리의 다리를 사냥할게. 마지막 중심부는 카리나의 활로──."

"그럼 안 되지. 우리는 어디까지나 보조여야 하니까. 마지막 결정타는…… 린제, 네가 해."

〈후엣?! 제, 제, 제가 말인가, 요?!〉

갑자기 지명을 받자 린제의 목소리가 커졌다. 결정타를 날리라고 쉽게 말하지만, 만약 빗나가면 모두 다 처음부터 다시 해야 한다.

원래 긴장을 많이 하는 린제에게는 조금 짐이 무겁다고도 할 수 있었다.

"침착하게 하면 돼. 너도 지금까지 몇 번이나 아수라장 같은 사태를 극복해 왔잖아? 반드시 할 수 있어. 토야한테 좋은 모습 보여 줘."

〈네, 알겠습니다!〉

린제가 하늘을 나는 헬름비게의 콕핏 안에서 힘차게 대답했다.

"좋아. 그럼 나와 카리나, 에르제, 야에, 힐다, 이렇게 다섯 명이 단숨에 저 불가사리 다리의 핵을 모두 파괴하자. 그리고 곧장 린제가 중심의 핵을 파괴하는 거야. 알겠지?"

거대한 정검을 젊어지고 모로하가 모두에게 작전을 전달했다. 힐다는 스피커를 통하지 않았는데도 왜 이렇게 잘 들릴까 의문스럽게 생각했지만, 지상에 내려와 인간의 모습으로 변했다고는 해도 원래는 여신. 생각해 봐야 소용없는 일이라고 판단하고 머릿속에서 그 의문을 떨쳐 버렸다.

프레임 기어의 어깨에서 모로하와 카리나가 해변으로 내려갔다.

카리나는 어디에서 꺼냈는지는 몰라도 정재로 만들어진 외날 손도끼 두 개를 양손에 쥐고 자세를 잡았다.

그러는 사이에도 불가사리는 촉완에서 가차 없이 레이저를 쏴 댔지만, 카리나는 손에 들고 있던 손도끼로 그것을 잇달아 튕겨 냈다.

대체 어떤 기술을 사용하면 저런 곡예를 선보일 수 있을까. 프레임 기어에 탑승한 네 사람은 어이가 없어 말도 나오지 않았다. 이것도 생각해 봐야 아무 소용 없다고 생각해 네 명 모두 머리에서 그 의문을 떨쳐 버렸다.

"좋아. 그럼 가자. 린제 이외에는 흩어져 각자 목표인 핵을 1분 이내에 부서뜨릴 것. 알겠지?"

"알고 있어."

〈말씀대로 하겠습니다.〉

〈알겠습니다.〉

〈맡겨둬요!〉

〈알겠, 습니다.〉

"그럼 작전 개시."

프레임 기어 세 기와 여신 두 명이 해변을 박찼다.

한 명, 한 명을 쫓듯이 촉완에서 뻗어 나온 발끝이 레이저로 공격을 시도했다. 하지만 모두가 그 공격을 피하고, 튕겨 내고, 갈라 버렸다. 아니, 갈라 버린 사람은 한 명뿐이지만.

〈코코노에 진명류 오의, 자전일섬(紫電一閃).〉

가장 처음으로 공격을 시도한 사람은 슈베르트라이테에 탑승한 야에. 눈에도 보이지 않는 참격이 황금 촉완에서 뻗어 나온 불가사리의 다리를 잘라냈다.

야에는 산산조각이 난 파편에 포함된 붉은 핵을 발견하자마자 순식간에 칼로 찔러 꿰뚫었다.

핵이 빠각, 하고 날카로운 소리를 내며 부서졌다. 일단은 하나.

〈【부스트】!〉

야에에 이어 공격을 시도한 사람은 진홍의 게르힐데를 모는 에르제. 양팔의 파일벙커를 사용해 레이저를 날리는 발끝을 마구 때렸다.

신기(神氣)를 두른 주먹으로 때리고, 균열이 간 곳에 파일벙커를 마구 박았다. 잇달아 황금 촉완이 부서지는 그 모습은 이미 전투라기보다는 해체 공사, 또는 암반 굴삭에 가까웠다.

〈찾았다!〉

부순 파편에서 데구르르 핵이 떨어졌다. 그걸 퍼올리는 듯한 어퍼컷으로 에르제의 게르힐데가 멋지게 산산이 깨부쉈다. 이것으로 두 개째.

"호잇, 호잇, 호잇."

연속으로 날라온 레이저를 양손에 든 손도끼로 튕겨 내며 카리나가 해변을 달렸다. 카리나는 사냥감을 결코 놓치지 않는 사냥의 신이 가진 본능으로 촉완의 움직임을 모두 정확히 파악했다.

가볍게 점프해 촉완 바로 앞으로 뛰어오른 카리나는 마치 장작을 패듯이 한 손의 손도끼로 써걱! 하고 발끝을 핵과 함께 쉽게 분단해 버렸다. 특별할 것도 없는 정말 허무한 결착이었다. 이것으로 세 개째.

〈레스티아류 검술, 오식(五式) 나선(螺旋)!〉

힐다가 탄 오렌지 기사 지그루네가 정면에서 돌격해 온 촉완과 격돌했다.

오른팔로 내뻗은 정검은 나선 소용돌이를 일으키며 마치 드릴이 장착된 창처럼 촉완의 발끝을 분쇄했다.

나선 바람에 말려든 붉은 핵이 하늘 높이 날아 올라갔다.

〈하앗!〉

지그루네의 검이 중력에 이끌려 떨어진 핵을 번뜩이는 가로

베기로 일도양단했다. 네 개째.

"다들 무사히 임무를 끝낸 모양이네. 그럼 나도 처리해 볼까."

칼날 길이 3미터. 도신 폭 30~40센티미터는 되는 거대한 수정검을 손쉽게 한 손으로 다루며 레이저를 갈라 낸 검신 모로하가 웃음을 지었다.

모로하는 자신을 습격한 촉완을 보고 이번에도 자유자재로 검을 휘둘렀다. 꽤 거리가 벌어졌는데도, 검 끝으로 만드는 충격파는 아주 쉽게 촉완을 잘라 버렸다.

그리고 공간마저도 가를 듯한 일격이 확실히 핵을 파괴했다. 이것으로 다섯 개째.

한 걸음도 움직이지 않고 임무를 성공적으로 마친 모로하가 상공을 나는 헬름비게를 올려다보았다.

"자, 피날레를 장식하자."

다섯 번째 다리까지 파괴된 불가사리의 중심부, 오각형이 된 그 중심에서 마력의 흐름이 느껴졌다. 확실히 마지막 핵은 그곳에 있었다. 서둘러야 한다.

이미 재생은 시작되었다. 발끝의 핵까지 재생되면 모두의 노력이 헛수고가 되어 버린다. 그것만은 절대 안 된다.

"가, 갑니다!"

린제는 조종간을 강하게 쥐고 불가사리의 중심부를 향해 하강하기 시작했다.

그리고 모니터 안쪽에 비치는 기관포의 조준기에 온 신경을
집중했다.

> 리볼버 캐넌

따악, 그 한가운데에 불가사리의 중심부가 겹쳐졌을 때, 린
제는 양손 조종간의 방아쇠를 당겼다.

두두두두두두두두두두두두두두! 그런 엄청나게 큰 발포음
을 울리면서 정탄이 일제히 발사되었다.

불가사리 상급종의 중심부는 비처럼 쏟아지는 총알에 깎여
그 형태를 거의 알아볼 수 없었다.

이윽고 암금색 금속 파편 안에서 커다란 붉은 핵이 밖으로
드러났다. 가차 없이 헬름비게가 쏜 엄청난 총알은 그 핵까지
덮쳐 무수한 균열을 만들었다.

하지만 중심핵의 크기는 직경 4미터에 가까워 좀처럼 부서
지지 않았다. 이대로는 발끝에 있는 핵의 재생이 완료되고 만
다.

"그렇게, 두지, 않아!"

린제는 불가사리의 중심부 상공에서 헬름비게를 변형, 프레
임 기어 형태로 되돌렸다.

비행 능력은 어디까지나 비행 형태의 헬름비게일 때만 갖춘
능력으로, 프레임 기어 상태로 돌아오면 하늘을 날 수 없다.
당연히 수직으로 낙하하게 된다. 하지만 그게 린제의 노림수
였다.

"하아아아아아아아아아아아아아아아아아앗!"

상공에서 날카롭게 기합을 담아 헬름비게가 날린 발뒤꿈치 내려찍기가 균열이 생긴 중심핵에 작렬했다.

　'서당 개 삼 년이면 풍월을 읊는다'라고 하는데, 이건 격투가인 언니의 훈련과 전투를 가장 가까이에서 봐 온 여동생이 눈동냥으로 배운 대로 날린 일격이었다.

　그 일격은 멋지고 확실하게 그 중심핵을 파괴. 불가사리형 상급종에게 결정타를 날렸다.

　후드드득, 일제히 불가사리 상급종의 본체가 무너지더니 흐물흐물 용해되기 시작했다. 모두 말려들지 않게 그 자리에서 멀리 떨어져 상급종의 최후를 지켜보았다.

　〈해냈구나, 린제! 아주 멋진 마무리였어!〉

　〈새삼 에르제 님과의 인연이 느껴졌습니다. 멋진 일격입니다.〉

　〈네. 기백이 넘치는 멋진 일격이었어요. 역시 대단해요.〉

　"그런, 가? 굉장히 열중한 상태였어서, 잘 모르겠어. 그렇지만, 성공해서 다행이야……."

　쑥스럽게 린제가 웃었다.

　불가사리형 상급종은 쓰러졌다. 이제는……. 린제가 해안선으로 시선을 돌려보니, 쌍두룡과 토야가 탄 레긴레이브의 싸움은 슬슬 결판이 나려는 참이었다.

◇ ◇ ◇

쌍두룡의 등지느러미 같은 부분에서 검 모양 돌기가 레긴레이브를 향해 날아왔다.

하지만 위성처럼 레긴레이브 주변을 도는 20개의 수정구가 그것들을 모두 튕겨 냈다.

바로 【구체】^{스피어} 상태가 된 프라가라흐였다. 이 상태가 되면 온갖 비행 공격을 튕겨 내는 장벽처럼 사용할 수 있다.

"자, 그럼. 이제 슬슬 나도 처리해야겠어. 엔데가 어쩌고 있는지도 궁금하고, 기사단 쪽도 애를 먹고 있는 모양이니까."

전황은 이쪽이 약간 우세. 생각보다도 하급, 중급종이 강해 몇몇 기사단이 조금 열세였지만 전체적으로는 이기고 있는 느낌이었다.

스우도 에르제 일행도 상급종을 해치우는 데 성공한 모양이다. 약혼자들이 기사단을 지원하러 가면 상황은 더 유리해진다. 나도 서둘러야겠어.

눈 아래의 쌍두룡이 하늘을 나는 레긴레이브를 향해 커다란 입을 벌리고, 입안에 빛을 모으기 시작했다.

"앗, 그렇게는 안 되지."

나는 날고 있던 【구체】20개를 두 개의 【돌격창】 형태로 바꾸어, 쌍두룡의 입 두 개를 향해 발사했다.

그리고 콰득! 하고 목 부분에 꽂힌 【돌격창】 두 개가 우산처럼 펼쳐져 회전하기 시작했다.

굴삭하는 드릴처럼 돌진한 【돌격창】은 쌍두룡의 입안을 돌파해 뒤통수로 튀어나왔다.

머리 두 개의 턱 위쪽이 무수한 균열이 생겨 후드드득 무너지더니, 검은 연기를 내뿜으며 용해되었다.

하지만 곧장 재생이 시작되어 원래대로 복원되었다. 물론 그걸 다 알면서 부서뜨린 거지만.

"핵의 위치는……."

나는 '신안'을 사용해 쌍두룡의 몸을 살폈다. 가슴과 배…… 그리고 꼬리. 세 개인가. 조금 성가시지만 못할 것도 없다.

일단 돌아온 【돌격창】 중 하나를 레긴레이브가 손으로 잡고, 다른 하나는 24개짜리 【단검】으로 되돌렸다.

그리고 그걸 손으로 들고 있던 【돌격창】에 잇달아 융합해 더욱 커다란 【중기창】으로 변형했다.

"좋아, 가 볼까."

【중기창】을 든 채 나는 쌍두룡을 향해 하늘을 달렸다.

그리고 쌍두룡의 가슴과 정면으로 격돌, 그 가슴 부분을 산산이 부수었다.

역시 단단하다. 머리 부분보다도 방어를 단단히 해 둔 모양이었다. 회전하는 【중기창】도 좀처럼 파고들지 못했다. 이 자식…… 왜 이렇게 끈질겨!

"【신위해방】!"

레긴레이브가 신기에 휩싸였다. 그와 동시에 지금까지의 저항이 사라지며 【중기창】이 앞으로 나아가기 시작했다.

이윽고 직경 3미터 정도의 붉은 핵이 【중기창】의 끝에 닿았다.

"부서져라!"

레긴레이브를 가속시켜 나는 단숨에 그 핵을 산산조각 내 버렸다.

그대로 등 뒤로 뚫고 나간 나는 180도 방향을 전환해 다시 쌍두룡을 향해 【중기창】을 들고 돌격했다.

이번에는 배에 있는 핵을 노렸다.

다시 신기를 두른 【중기창】이 쌍두룡의 등을 찌르며 체내로 돌진해 들어갔다.

그리고 그 앞에 있던 붉고 커다란 핵을 【중기창】으로 가차 없이 꿰뚫으며 레긴레이브는 배의 측면을 뚫고 나갔다.

"이제 끝이다."

발사된 활처럼 꼬리에 남은 핵을 향해 레긴레이브가 비행했다.

가슴이나 배와는 비교가 되지 않을 만큼 얇았던 꼬리의 핵은 【중기창】에 간단히 꿰뚫려 꼬리와 함께 부서졌다.

모든 핵이 부서지자 쌍두룡은 검은 연기를 나부끼면서 후드드득 무너져 갔다.

해변에 질퍽한 침전물처럼 검은 물질을 흩뿌리면서 상급 변이종은 밀랍 인형이 녹아내리듯이 흐물흐물하게 용해되었다.

"생각보다 싱거웠네. 그러면, 이제 다른 사람을 도우러."

〈토야 오빠! 세 시 방향에서 변이종이!〉

갑자기 들려온 목소리에 반응해 유미나가 가리킨 방향을 보니, 중기사 두 기가 말미잘 같은 형태의 중급종^{슈빌리에}에게 포획되어 발버둥 치고 있었다.

암금색 촉수는 바로 중기사 두 기를 집어삼켜, 순식간에 체내로 흡수해 버렸다.

"플로라! 파일럿들은?!"

나는 해변에 설치한 긴급 구호용 텐트에 있는 '연금동'의 플로라에게 연락했다.

〈괜찮아요. 긴급 전송 장치로 타고 있던 파일럿 두 사람은 무사히 탈출해 이곳에 있어요.〉

플로라의 대답을 듣고 나는 안심이 되어 가슴을 쓸어내렸다. 전쟁에는 항상 희생이 따르기 마련이라고 흔히들 말하지만, 역시 가능하면 희생은 피하고 싶다.

말미잘이 집어삼킨 사람은 우리의 기사단원이었구나. 다른 기사단을 지원하다가 당한 모양이었다.

저 촉수 타입은 상당히 성가신 상대일지도 모르겠어.

레긴레이브를 타고 솔선해 쓰러뜨리려고 내가 다시 【중기창】^{헤비 랜스}을 들고 자세를 잡았지만, 아무래도 말미잘 중급종의 상태가 이상했다.

말미잘 중급종은 해변에서 떠나 바다의 여울 쪽으로 후퇴했다.

내가 그 움직임을 보고 수상하게 생각하는데, 갑자기 말미잘 뒤쪽에 있던 하늘에 균열이 생기며 공간이 부서졌다.

어둠이 펼쳐진 그 공간 속으로 중기사를 집어삼킨 말미잘이 사라져 갔다.

그 후에는 마치 녹화 영상을 되감듯이 부서진 공간이 원래대로 재생되었다. 도망친 건가?

"어떻게 된 거지……?"

변이종의 이해할 수 없는 행동을 보고 나는 잠시 움직일 수 없었다. 저 공간이 부서진 찰나, 어둠 속에 누군가가 서 있었던 듯한……. 새로운 변이 지배종인가……?

"……생각해 봐야 소용없어. 지금은 이 싸움을 어서 끝내자."

나는 레긴레이브의 통신 회선을 완전히 개방했다.

〈상급 변이종은 모두 쓰러뜨렸다! 이제부터 토벌전으로 들어간다! 각자, 눈앞의 적을 한 대도 남기지 말고 섬멸하라!〉

〈〈〈오오오!!〉〉〉

기사단이 모두 포효했다. 사기가 오른 프레임 기어들이 무리 짓고 있는 하급종에게 달려가 검을 휘둘렀다.

80퍼센트 정도는 결판이 났다. 남은 문제는 엔데 쪽인데…….

나는 프라가라흐를 【단검】 모드로 만들어 밀리고 있는 기사
단 쪽으로 보냈다. 그리고 종횡무진 날아다니는 프라가라흐
를 조종하면서 해변에 전개해 둔 【프리즌】 안을 '신안'으로
살폈다.

꼭 엿보는 듯한 느낌이지만 혹시 모를 가능성도 있으니까.

'신안'이 【프리즌】 안을 포착했다. 바깥과 격리된 그 안에
서는 변칙적인 싸움이 펼쳐지고 있었다.

◇ ◇ ◇

"레트. 루트. 오랜만이네요."

메르가 그렇게 말을 걸었지만, 쌍둥이 지배종은 엷은 웃음
을 지을 뿐이었다.

"여러분 두 사람에게는 새로운 '왕'의 보좌를 부탁했을 텐
데, 이건 어떻게 된 일이죠?"

"흥. 그 도련님을 돌보라니 농담도 지나치지. 우리는 더 즐
거운 일을 하고 싶었어."

"그래서 유라가 세계를 건너가자고 했을 때도 참가한 거야.
유라나 기라, 거기 있는 네이는 진심으로 당신을 뒤쫓았지만,
우리는 그런 일엔 전혀 관심이 없었지. 건너간 세계에서 마음

껏 힘을 휘두를 기회를 놓치고 싶지 않았을 뿐이야."

메르의 가느다란 눈썹이 움찔거리며 움직였다.

"그 유라는 지금 어디에 있나요? 그 사람이 뒤에서 모두 조종하는 거지요?"

"글쎄. 우리는 서로 그다지 간섭을 안 하니까. 유라는 이 '황금의 힘' 을 손에 넣은 뒤로, 다양한 일을 하고 있는 모양이지만, 우리도 자세히는 몰라. 알 필요도 없고."

아군인 이 쌍둥이에게도 자신의 행적은 숨기고 있다. 메르는 유라가 그런 비밀주의적인 면이 있다는 사실이 생각났다.

'결정계' 에서 유라는 우수한 기술자이자, 탐구자이기도 했다. 그리고 메르는 눈치채고 있었지만, 무한한 야심가이기도 했다.

항상 목말라하고 굶주려 있었다. 원하는 것을 얻기 위해서라면 수단을 가리지 않았고, 희생도 개의치 않았고, 후회도 하지 않았다. 이용할 수 있는 것이라면 뭐든 이용하는, 마치 얼음 악마 같은 남자였다.

"유라가 무슨 생각을 하든 상관없어. 우리는 즐거우면 그만이거든. 그래서? 이야기는 그게 끝이야? 끝이라면 이제 그만 죽인다? 이전 '왕' 의 힘은 새삼스럽게 필요 없다고 생각했지만, 이왕에 눈앞에 있으니 받아둘까?"

"메르 님에게 손가락 하나라도 대 봐라. 네 핵을 산산조각내서 가루로 만들어 주마."

"하지도 못할 일을 발설하면 안 되지."

레트 앞을 네이가 가로막고 서더니 분노로 용솟음치는 두 눈으로 변이종으로 변한 옛 동포를 바라보았다.

그에 반해 레트는 엷게 웃음을 지으며 팔짱을 끼고 있었다.

그 레트 옆에 서 있던 남동생 루트는 눈앞에 있는 엔데를 응시했다.

"얼마 전에는 그냥 도망가게 해 줬지만, 이번엔 죽일 거야. 엔데뮤온. '왕'의 눈앞에서 네가 죽으면 재미있겠지? 어떻게 죽일까. 고민되네."

"그래, 나도 고민돼. 눈앞의 바보를 어떻게 패주면 될까 싶어서."

루트가 도발하자 엔데가 비웃듯이 어깨를 으쓱 들어 올렸다.

그게 마음이 안 들었는지 루트는 예사롭지 않게 엔데를 바라보면서 낮은 목소리로 말했다.

"뭐? 내가 그때 너무 많이 때렸나? 머리가 조금 이상해진 것 같은데? 나한테 손가락 하나 대지 못했던 네가 날 어떻게 때리겠다는 거야?"

"당연히 이렇게 가까이 다가가서."

예비 동작이 전혀 없이 엔데가 순식간에 루트 정면으로 이동했다.

"아니?!"

"힘껏 도려내듯이."

회전이 걸린 엔데의 오른쪽 주먹이 루트의 왼뺨에 작렬했다.

목이 이상한 방향으로 비틀릴 정도로 얻어맞은 루트가 날아가더니 몸이 지면에 몇 번이나 튕겼다.

"루트?!"

누나의 외침을 들으면서 구르듯이 크게 날아간 루트는 【프리즌】 장벽에 격돌해 겨우 움직임을 멈췄다.

곧장 일어선 루트는 자신을 때린 흰머리 소년을 노려보았다. 루트의 왼뺨에는 깊은 균열이 생겼지만 곧장 재생되었다.

"너…… 감히 날 때렸겠다……!"

"얻어맞았다고 흥분하지 마, 루트. 분노는 판단을 흐리게 하거든. 흐트러진 마음은 때때로 목숨을 빼앗기게 하지. 스승님이 그렇게 말씀하셨어."

"잘난 척하기는……! 네가 뭐라도 된 줄 아나!!!!"

엔데가 도발하자 루트가 대지를 박차고 돌격했다. 그리고 조금 전의 답례라는 듯이 자신의 오른쪽 주먹을 머플러를 두른 소년을 향해 휘둘렀다.

하지만 그 주먹이 얼굴에 작렬하려는 순간, 엔데는 들어 올렸던 왼손으로 루트의 주먹을 꽉 쥐었다.

"아니……?!"

"겨우 이 정도인가. 【부스트】가 걸린 에르제가 더 날카로워. 이 정도도 막지 못하면 스승님에게 혼나고 말 거야."

눈을 번쩍 뜬 루트 앞에서 엔데가 빙글 회전하며 복부에 강렬한 돌려차기를 날렸다.

"크헉?!"

또다시 뒤쪽으로 날아가는 루트. 모래를 흩뿌리면서 데굴데굴 지면을 굴렀다.

"큭!"

누나인 레트가 루트에게 달려가려고 했지만 네이와 리세가 그 동작을 막았다.

"방해야! 비켜!"

레드는 오른팔을 순식간에 날카롭게 만들어 암금색 검으로 변형했다. 그리고 곧장 그 팔로 눈앞의 네이에게 휘둘렀다.

엄연히 신인 사신의 신기를 띤 칼날이다. 프레이즈의 지배종에 불과한 네이가 그걸 받아낼 수는 없었다. 피하지 않으면 단번에 두 동강이 날 뿐이었다.

하지만 다음 순간, 레트는 지배종을 잘라낸 감촉이 아니라 까앙! 하는 단단한 저항을 느꼈다.

왜 그런가 보니 네이가 쇼트소드 한 자루를 들어 올려 자신의 검으로 변한 팔을 막고 있었다.

변이종이 된 자신의 검을 막고 네이가 씨익 웃었다.

"조금 불안했지만…… 토야의 말대로 정말 막을 수 있구나?"

"그 검은 뭐지?!"

두세 번, 레트가 암금색 검을 휘둘렀지만 네이가 가지고 있는 백은 검을 잘라낼 수 없었다. 당연하다. 네이가 가지고 있는 검은 평범한 검이 아니니까.

엔데가 레트루트 남매에게 당하고 도망쳤던 세계에 있던 신기(神器)인 쌍검이다.

그 후에 토야가 회수했지만, 이번에만 네이와 리세 자매에게 빌려주었다.

지배종이라고는 하지만 두 사람은 프레이즈와 다를 바 없다. 변이종인 레트와 루트에게 '포식' 당할 가능성도 있다. 그 대책의 일환으로 토야는 자신의 【스토리지】에 잠들어 있던 신검(神劍)을 두 명에게 빌려준 것이다.

물론 지상의 신들에게는 허가를 받았다.

"옛날부터 생각했는데, 너 진짜 짜증 나. 일일이 우리한테 불평을 하러 온다거나, 방해만 하는 면이 특히나."

"웬일일까. 나도 너희가 마음에 안 들었어. 제멋대로 행동하는 점이나, 메르 님에게 예의를 지키지 않는 점이. 이전에는 동포였지만, 지금은 적. 사양하지 않고 상대해 주지."

"그런 점이 짜증 난다는 거야!"

검으로 변한 암금색 팔을 연속으로 휘두르는 레트.

신검을 다루고 있다고는 해도, 신체 능력과 파괴력은 레트가 위였다. 사실 네이는 레트의 검을 막아 내는 게 고작이었다.

하지만 공격을 하는 레트의 사각에서 다른 신검 하나가 호를 그렸다. 그 신검은 멋지게 레트의 검으로 변한 팔을 잘라 네이를 궁지에서 구했다.

지면에 떨어진 레트의 오른팔이 흐물거리며 녹았다.

"쳇⋯⋯! 그리고 보니 당신도 있었구나. 여전히 존재감이 없는 여자야⋯⋯!"

뒤쪽으로 물러난 레트에게서 순식간에 오른팔이 재생되었다.

눈앞에는 자신의 팔을 잘라낸 리세가 신검을 들고 자세를 잡고 있었다.

"네이, 괜찮아?"

"그래. 간신히. 더 빨리 가세할 수는 없었어?"

"이야기를 즐겁게 하길래 끼어들면 안 될 것 같아서."

"어딜 어떻게 보면 즐겁게 대화하는 걸로 들려⋯⋯?"

진심인 것 같기도, 농담 같기도 한 여동생의 말을 듣고 네이는 어이없다는 목소리로 말했다.

리세는 '결정계'에 있었을 때부터 별났다.
^{프레이지아}

나쁜 아이는 아니지만 뜬금없는 행동을 했다. 처음에는 네이와 함께 유라 편인 듯했지만, 어느새 엔데 쪽으로 가 버렸다.

네이는 그 행동을 엔데의 구슬림에 넘어갔다고 생각하는 한편, 스스로 따라갔을 가능성도 크다고 생각했다. 어느 쪽이든 간에 원흉은 그 경박한 남자이니 때려 주겠다고 결심했었지만.

"흥. 둘이서 날 상대하겠다는 거구나. 좋아. 그쪽이 그렇게 나온다면 상대해 주겠어……!"

레트의 몸이 급속도로 암금색 금속으로 뒤덮였다. 날카로운 갑옷 같은 무언가로 팔, 다리, 몸통이 무장됐다.

얼굴 이외에는 모두 그 갑옷으로 뒤덮였다. 지배종의 전투 모드인 '결정 무장(結晶武裝)'의 강화 버전이라고 하면 될까.

"웃기지 마라……. 패배자인 피라미 주제에! 크아아아아아앗!"

그 목소리를 듣고 네이 일행이 시선을 돌려 보니, 엔데와 대치하던 루트도 전신을 무장하기 시작하고 있었다. 역시 쌍둥이답다.

"이제부터가 진짜 시작이다. 이번에야말로 죽여 주마."

"핵까지 산산조각을 내주겠어. 각오는 됐지?"

레트VS네이&리세.

루트VS엔데.

두 팀의 싸움을 【프리즘】 구석에서 프레이즈의 '왕'은 조용히 지켜보고 있었다.

◇ ◇ ◇

양팔을 칼날로 만들어 루트가 공격해 왔다.

프레이즈가 말하는 '결정 무장' 이란 지배종의 체내 생명 에 너지를 안쪽에서 바깥을 향해 연소시키는 것을 말했다.

말하자면 엔데나 에르제가 사용하는 '투기' 와 비슷한 개념 이었다.

그로 인해 루트의 순발력도 몇 배나 강화돼, 조금 전과는 비 교도 할 수 없는 속도로 엔데를 압박했다.

"흐앗!"

루트가 칼날로 변한 팔을 엔데에게 휘둘렀다. 네이와 리세 처럼 엔데는 신검을 가지고 있지 않다. 정통으로 맞으면 몸이 반쪽이 될 뿐이다.

그걸 잘 알면서도 엔데는 한 발짝도 물러서지 않았다. 엔데 는 스승의 가르침대로 깊게 숨을 내뱉어 단전에 마력의 나선 을 그렸다.

"【투기 해방】!"

"아니?!"

폭발적인 투기가 만들어지며 엔데를 감쌌다. 이건 평범한 투기가 아니었다. 신기(神氣)가 섞인 투기였다. 토야와 같은 순수한 신기는 아니었지만, 사신의 권속에게 대항하기에는 충분했다. 무신의 권속에 아주 잘 어울리는 모습이라고 하면 될까.

위에서 아래로 휘두른 루트의 검 모양 팔을 엔데는 투기를 두른 양손으로 사이에 끼우듯이 막아 냈다. 진검 맨손 막기 같은 형태다.

"하앗!"

"윽?!"

엔데는 그대로 비틀어 변이 지배종의 칼날을 뚝 부러뜨렸다. 그리고 부러뜨린 칼날을 버리면서 날린 엔데의 손등 공격이 눈을 부릅뜬 루트의 뺨에 깔끔하게 적중했다.

얻어맞아 날아가면서도 부러진 루트의 오른팔은 재생되기 시작했다. 굴러가던 몸을 가다듬고 간신히 다리에 힘을 주며 일어서는 루트.

하지만 얼굴을 정면에 있는 엔데로 향한 순간, 보이지 않는 주먹 같은 무언가가 루트의 어깨에 충격을 선사했다.

"큭……! 뭐, 뭐지……?!"

"빗나갔나. 아직 내 '발경'은 실전에서 사용하기 어렵겠어."

오른쪽 주먹을 내민 상태로 그렇게 중얼거리는 엔데. 발경은 거리가 멀어지면 명중률이 떨어지고, 위력도 크게 줄어든다. 이래서는 도저히 전투에 사용할 만한 기술이라고 할 수 없었다. 직접 때리는 편이 빠르니까.

"이번에는 내 차례야. 얼마 전에 진 빚을 갚아 주마."

엔데가 루트를 향해 전력으로 달려갔다. 이번에는 무장하고 있는 루트에게도 그 움직임이 보였다.

루트는 잇달아 뻗어 오는 엔데의 주먹을 재생한 팔로 막았다. 이번에는 다시 부러지지 않게 팔의 밀도를 높이고 강인한 구조로 바꿔 두었다.

끼긱. 그렇게 삐걱거리는 소리가 났지만, 루트의 팔은 부서지지 않았다.

루트는 반격이라는 듯이 무수히 많은 작은 가시로 무장한 주먹을 엔데의 얼굴로 날렸다.

거의 스치듯이 뺨을 향해 날아온 공격을 피한 엔데가 그 자리에서 몸을 빙글 반쯤 돌리는가 싶더니, 루트는 뒤늦게 자신이 보는 하늘과 땅이 뒤집혔다는 사실을 깨달았다.

"크헉?!"

업어치기에 당한 루트가 지면에 내동댕이쳐졌다.

더욱 몰아치려고 엔데가 주먹을 들어 올렸을 때, 옆에서 다가오는 빛이 눈에 들어와 순간적으로 그 자리를 뒤로 뛰어 피했다.

그러자 조금 전까지 자신의 머리가 있던 장소를 열선이 꿰뚫고 지나갔다.

그 레이저 같은 열선은 엔데 일행을 둘러싼 【프리즌】의 장벽에 부딪치며 사라졌다.

빛이 발사된 곳을 보니, 레트가 말뚝처럼 뾰족한 오른팔 끝에 빛을 모으는 중이었다.

"죽어라!"

다시 레트의 오른팔에서 열선이 발사되었다.

엔데는 그 공격을 백스텝으로 피하며 루트에게서 멀어졌다.

그 틈에 루트는 자리에서 일어나 이번엔 반대로 레트에게 달려들려고 하는 네이를 향해 칼날이 된 팔을 뻗었다.

"큭!"

네이가 칼날이 된 팔을 신검으로 쳐내자, 그 튕겨 나간 팔이 레트의 몸을 휘감더니 쭈욱, 쌍둥이를 끌어당겼다.

레트는 그대로 공중으로 뛰어 빙글 몸을 회전하며 쌍둥이 남동생 옆에 착지했다.

"쳇. 따로따로 떨어져 있을 때 쓰러뜨리고 싶었는데."

서로 등을 맞대고 자세를 잡은 쌍둥이 변이 지배종을 보고 엔데가 혀를 찼다.

쌍둥이인 만큼 이 둘의 연계는 매우 매섭다. 서로의 틈을 커버해 주어 공격도 방어도 두 배가 아닌 몇 배나 효율적이 된다.

"미안. 제압하지 못했어."

"나도 미안."

"어쩔 수 없지. 게다가 나도 루트를 제압하지 못했잖아."

쌍둥이를 사이에 두고 마주 본 네이와 리세에게 엔데가 그렇게 대답했다.

투기를 두른 발로 엔데가 대지를 박찼다. 그 모습에 반응한 루트가 칼날이 된 팔로 엔데를 공격했지만, 엔데는 신기가 섞인 투기를 밀집시킨 주먹으로 그 공격을 튕겨 냈다.

방어 수단을 잃은 루트에게 엔데가 날카롭게 발차기 공격을 날렸다.

하지만 이번에는 루트의 등 뒤에 있던 레트의 날카로운 팔이 엔데를 향해 창처럼 쭉 뻗어 나왔다.

"큭!"

그 공격을 피하려고 상반신을 젖힌 엔데는 옆으로 굴러 그 자리를 벗어났다.

레트는 루트 쪽을 보지도 않고 움직였다. 네이와 리세가 있는 곳에 주의를 기울이면서도 등 뒤의 루트를 습격하는 엔데를 요격한 것이다.

"역시 성가셔……. 이 둘은……."

"그건 우리가 할 말이다. 설마 피라미에게 이런 꼴을 당할 줄이야. 유라가 비웃겠어. 진짜. 레트! 이제 단숨에 해치우자!"

"그래. 이제 슬슬 질렸거든. 저쪽에서 거만하게 지켜보는 여자도 마음에 안 들고. 해치우자, 루트!"

레트는 네이의 등 뒤쪽에 서 있는 자신들의 옛 '왕'을 노려보면서 불길한 웃음을 지었다.

두 사람의 발밑에서 무수히 많은 결정 같은 금속 기둥이 마치 죽순처럼 우수수 방사상으로 출현했다.

금속 기둥은 눈 깜짝할 사이에 두 사람의 발밑을 뒤덮으며 밀고 올라왔다.

증식하던 금속은 이윽고 하나의 형태를 만들며, 여덟 개의 다리와 몸통을 엔데 앞에 드러내기 시작했다.

그건 거미였다. 그리고 그 머리 위로는 쌍둥이의 허리 위 상반신이 뻗어 나와 있었다.

이쪽 세계에는 아라크네라고 불리는 상반신은 여자, 하반신은 거미인 마족이 있다. 그 아라크네와 비슷한 모습이지만, 아라크네는 상반신이 남녀 둘로 나뉘어 있지도 않고, 애초에 금속처럼 단단하지도 않다.

"본성을 드러낸 건가."

〈이것도 유라가 준 힘이다. 지금까지는 좀 마음에 안 들어서 봉인했지만, 이젠 그런 건 상관없어. 너희 모두를 죽인 다음 흡수해 주마.〉

말을 하는 사람은 분명 루트 같은데 레트의 목소리도 섞여 있었다. 아무래도 진짜로 일심동체가 되어 버린 모양이다.

엔데에게도 마력의 흐름은 보였다. 지금까지는 목 안쪽에 있던 그 녀석들의 핵이 지금은 거미의 심장부로 이동해 있었다. 두 개였던 핵이 하나가 되어 기능하고 있다.

레트의 오른팔과 루트의 왼팔이 크게 변화하기 시작했다. 이윽고 그곳에는 거대한 집게발이 나타났다.

그런데 그건 게나 전갈의 집게발이 아니었다. 인간이 사용하는 금속제 재단 가위 모양이었다.

〈하앗!〉

닫힌 가위의 끝이 엔데를 습격했다.

순간적으로 뒤로 뛰어 피한 엔데가 있던 장소에 가위가 깊숙이 꽂혔다.

〈두 동강을 내주마!〉

이번에는 레트의 목소리에 루트의 목소리가 조금 섞인 것처럼 들렸다.

루트가 소리치며 가위가 된 오른팔을 리세에게 뻗어, 리세를 위아래로 잘라버리기 위해 가차 없이 가위를 열었다가 오므렸다.

"리세!"

완전히 도망칠 타이밍을 놓친 여동생을 향해 네이가 손을 뻗었다.

레트가 노리는 부분은 리세의 몸통이 아니었다. 목이었다. 즉, 지배종의 목 내부의 핵과 함께 리세를 가위로 잘라 버리려고 했다.

핵이 파괴되면 아무리 지배종이라도 재생은 불가능하다. 그건 즉 죽음을 의미한다.

리세의 목이 레트의 가위로 분단되는 듯이 보인 그 순간, 날카로운 소리와 함께 그 가위가 멈췄다. 아니, 막혔다.

〈아니……!〉

리세 정면에는 지면에서 수정 같은 기둥이 솟아 있었다. 그

기둥의 방해로 레트는 가위를 오므릴 수 없었다.

〈이게……!〉

레트가 사신의 신기를 담아 가위에 더 힘을 주자, 수정 기둥은 쉽게 절단되었다. 하지만 그사이에 리세는 가위에서 도망쳤다.

〈감이 날 방해했겠다……!〉

번뜩. 레트는 수정 기둥을 만든 인물을 돌아보았다. 차분하게 서 있는 프레이즈의 '왕', 메르를.

"이 싸움은 엔데뮤온을 비롯한 세 명이 원한 일. 그래서 조용히 지켜보려고 했지만……. 저도 매듭을 지어야 한다고 생각을 고쳤습니다. 마음속 어딘가에서는 아직도 여러분을 동포^{프레이즈}라고…… 그렇게 생각했었죠……. 아니, 생각하고 싶었습니다."

〈흥! 우리는 프레이즈 같은 한심한 삶은 버린 지 오래야. 이 힘이 있으면 뭐든 마음대로 할 수 있거든.〉

〈우리는 이제 프레이즈라는 그런 틀에 속박되지 않아. 자유라고! 마음에 안 드는 녀석은 계속 죽이고, 마음대로 날뛰고, 마음대로 살 거야! '왕' 인 당신의 꼭두각시는 되지 않아!〉

"정말…… 이제 제 목소리는 닿지 않는 거군요……."

메르는 조금 고개를 숙였다가 바로 고개를 들고 정면의 레트와 루트를 바라보았다.

"프레이즈의 '왕' 으로서 여러분이 폭주하는 걸 막겠습니다. 【결정 박쇄^{프리즈마 체인}(結晶縛鎖)】."

메르의 힘에 의해 지면에서 잇달아 수정 기둥이 튀어나왔다. 그 기둥은 쇠사슬 형태로 모습을 바꾸어 레트와 루트의 몸을 칭칭 감아 구속했다.

〈큭! 이 정도쯤이야……!〉

거미 몸이 자신을 구속한 수정 쇠사슬을 우드득 억지로 찢어 버리기 시작했다. 결국 그쪽에 주의를 너무 기울인 나머지 두 사람은 머플러를 나부끼며 소년이 정면으로 돌아들어 온 사실을 뒤늦게 눈치챘다.

〈아니……!〉

"무신류 비기, 신라나선장(神羅螺旋掌)."

손바닥을 치켜올린 엔데가 쿠웅! 지면을 부수듯이 반걸음 앞으로 나아갔다. 신기를 나선상으로 두른 그 손바닥이 거미의 몸통을 강타한다.

그런데 짜아악! 하고 소리는 매우 컸지만, 레트와 루트 두 사람에게는 아무런 변화도 없었다.

"이걸로 빚은 갚았어."

〈무슨 소릴……. ?!〉

〈어? 설마. 이럴 수가……. 말도 안 돼! 뭐야, 이건!〉

레트와 루트의 암금색 몸이 녹아내리기 시작했다.

두 사람은 알았다. 조금 전 엔데의 일격이 몸 안에 있던 두 사람의 핵을 부쉈다는 것을. 엔데는 몸에는 전혀 대미지를 주지 않고 핵에만 충격을 전달해, 순식간에 파괴했다.

핵을 지키고 있던 사신의 권속으로서 받던 가호도 진짜 신의 가호에는 당해낼 수 없었다.

검은 연기를 내뿜으며 거미의 몸이 붕괴되어, 레트와 루트는 지면에 쓰러졌다. 그 몸도 형태를 유지할 수 없어 점차 용해됐다.

두 사람은 뭔가를 외치듯이 입을 벌렸지만 그게 목소리가 되어 들리는 일은 없었다.

사신에게 마음을 팔아넘긴 응보이기는 해도, 예전에는 동포였던 자들의 마지막 모습을 보고 네이는 눈을 감았다. 조금만 잘못했어도 자신 역시 저런 모습이 됐을지도 몰랐기 때문이다.

네이가 눈을 떠 보니 그곳에는 검은 연기를 내뿜는 그을린 물체가 지면에 얼룩을 만들고 있을 뿐이었다. 일찍이 지배종이었던 쌍둥이는 이 세계에서 완전히 사라지고 말았다.

"네이…… 괜찮아?"

"……그래, 괜찮아."

리세가 말을 걸자 네이는 짧게 대답했다. 사이가 나빴다고는 해도 몇만 년이나 오랫동안 같이 지내온 상대다. 네이의 마음속에 복잡한 감정이 스쳐 지나갔다.

그런 마음을 차단해 버리듯이 네 사람 앞에 프레임 기어 한 대가 내려섰다. 토야의 레긴레이브다.

〈이겼나 보네.〉

"그쪽도."

레긴레이브의 외부 스피커에서 들려온 토야의 목소리를 듣고 엔데가 손을 들며 대답했다.

그 목소리에 호응하듯이 네 사람을 둘러쌌던【프리즌】장벽이 눈이 녹듯이 사라졌다.

〈이제는 남은 변이종들을 소탕하면 끝이야. 미안하지만 용기사를 타고 참진해 줄 수 있을까?〉

"여전히 사람을 부려먹으려 드는구나. 토야. 그래. 좋아. 그 대신 보수는 확실히 받을 테니 그렇게 알아."

〈그래. 돈가스 덮밥이든 튀김 덮밥이든 장어 덮밥이든 뭐든 살게.〉

"왜 음식 한정인데……. 아니지. 이해는 되지만……."

힐끔. 엔데는 등 뒤의 지배종 아가씨 세 사람을 돌아보았다. 세 사람은 에너지를 얻기 위해 음식을 먹지 않아도 되는데도, 정말 잘 먹었다. 엔데가 모험자 길드에서 버는 돈은 거의 대부분이 식대로 사라질 정도로.

세 사람이면 드래곤 한 마리 정도도 다 먹어치울 수 있을지도 모른다.

돈으로 보수를 받는다 한들 어차피 음식비로 사라진다면, 처음부터 현물로 받는 게 더 나을지도 모른다. 엔데는 그렇게 생각을 고쳐먹었다.

$\diamond \ \diamond \ \diamond$

"후. 이걸로 일단 이번 침공은 다 해치운 건가."

레긴레이브의 시트에 등을 기대고 나는 중앙 콘솔에 세팅된 스마트폰으로 주변 지도 데이터를 불러냈다. 변이종의 잔존 숫자는 제로. 토벌 완료다.

피해가 적지 않았지만 사망자는 나오지 않았다. 말미잘 변이종에게 잡아먹힌 중기사 두 기와 스우의 오르트린데 오버로드의 대미지가 큰 정도일까. 아니지. 대파된 중기사도 몇 기인가 나왔다.

이후에 사후 처리를 진행할 생각을 했더니 머리가 아팠다. 일단 양쪽 세계의 합동 세계회의에서 앞으로의 일을 논의한 뒤에 진행해야겠지? 서방 세계…… 서방 대륙의 국왕들도 이번 대습격으로 일의 심각성을 충분히 알았을 테니까.

노획된 프레임 기어와 지금까지 변이종들이 했던 행동을 생각해 보면, 프레임 기어형인 변이종이 만들어져도 이상하지 않다.

우리는 그런 예측을 뛰어넘는 대비를 항상 해 둬야 해……. 이건 박사에게 전적으로 다 떠넘기자.

엔데 일행의 이야기가 맞다면 이제 남은 지배종은 유라라는 지배종뿐이다.

하지만 말미잘 변이종이 사라지는 그 짧은 순간에 슬쩍 어둠 속에서 보였던 사람 그림자는 유라가 아니었던 듯한데…….

엔데 일행이 말한 '결정계'에서 새로운 동료를 불러온 건가? 그런 점도 정확하게 알 수가 없네…….

생각해 봐야 소용없다. 지금은 할 수 있는 일부터 차근히 해 나갈 뿐.

나는 레긴레이브의 통신을 완전히 개방해 모두에게 말했다.

〈작전 완료. 전이 마법을 발동할 테니 그 자리에서 대기. 이제부터 전기 귀환한다.〉

◇ ◇ ◇

변이종을 섬멸한 지 이틀 후. 다시 각국의 수뇌진이 브륀힐드에 모여 이번 일의 전말과 앞으로의 방침을 의논했다.

역시 모니터 너머이긴 해도 전투를 직접 보여 준 효과가 있었는지, 서방 대륙의 국왕들은 순순히 현재가 위기 상황이라는 사실을 받아들였다. 전 세계의 나라들이 협력하지 않으면 멸망의 길을 걸을 것이란 점을 깨달았는지도 모른다.

프리물라, 토리하란, 스트레인, 아렌트, 갈디오, 라제, 파나셰스. 이 일곱 나라에는 프레임 기어의 연습 기체인 프레임 유닛을 몇 개인가 빌려주고, 기사단과 훈련해 달라고 부탁했다. 다음 싸움 때는 꼭 참가해 줬으면 한다.

이렇게 이쪽은 간신히 해결을 봤는데.

"프레임 기어 타입의 변이종이라……. 그런 일도 충분히 있을 수 있지. 같은 병기를 사용해 대항하는 거야 흔한 일이니까. 그러니까 자폭 장치를 설치해 두라고 했잖아."

"아니, 역시 그건 좀 그렇지 않을까?"

그런 게 있으면 다들 프레임 기어에 안 탈걸?

'연구소'의 책상 위에서 설계도에 선을 긋던 바빌론 박사가 말했다.

"그 유라인가? 하는 지배종은 기술자라고?"

"어? 응, 맞아. 메르의 이야기로는 기술자이자, 생물학자이며, 정치가이기도 한 존재……. 그런 쪽에서는 천재였대. 마법과 이능력만큼은 메르가 더 뛰어났다고 하지만."

"흠……. 대충 보니 내 프레임 기어에 흥미가 있어 직접 개량해 마음대로 사용해 보려는 심산일 테지만……. 꼭 있다니까. 스스로는 아무것도 창조하지 못하고 남의 기술을 이용하려는 녀석들이."

윽. 가슴이 턱 막히네. 나도 따지고 보면 지구의 기술을 이용하기만 할 뿐이니.

"게다가 그 녀석이라면 고렘 기술도 손에 넣지 않을까?"

"아이젠가르드를 생각하면 아마 그렇겠지?"

"반대일 수도 있지만. 고렘 기술을 손에 넣어서 프레임 기어에도 흥미를 가졌다든가…… . 어찌 됐든 이건 기술자의 자존심을 걸고서라도 질 수 없는 싸움이겠어. 토야, 다음 개발 아이디어를 위해 우리는 공부를 할 필요가 있다고 생각하는데, 어떻게 생각하지?"

"뭐어~……."

박사가 콧김을 거칠게 내뿜었지만 나는 난색을 표했다. 공부라고 하니 듣기에는 좋지만, 이 말을 요약하면 '로봇 애니메이션을 보여 달라' 라는 말이었다.

보여 주는 거야 상관없지만, 이 녀석들은 터무니없는 물건을 만드니…… . 아니, 그 덕분에 많은 도움을 받은 것도 사실이지만.

지금 괜히 거절했다가 다음에 대패라도 당하면 아무 의미도 없다. 별로 내키지는 않지만 알겠다고 허락하자, 곧장 박사는 로제타 일행에게 전화해 '정원' 에 집합시켰다.

로제타, 모니카, 에르카 기사(펜릴도 따라왔다) 같은 기술팀에 더해, 스우, 사쿠라, 린제, 셰스카 같은 관계없는 아이들도 왔는데요. 폴라랑 코하쿠까지 왔구나.

"'애니메이션' 을 저희는 아주 좋아하니, 까요."

린제가 그렇게 말하니 어쩔 수 없다. 문제는 뭘 보여 줄까인데.

차와 과자를 준비하는 셰스카 옆에서 나는 스마트폰을 터치하며 고민했다.

이건…… 안 되지. 행성을 절단하는 장면을 보여 줬다간 큰일 날 거야. 스우도 있는데 전멸 엔딩을 보여 줬다간 트라우마가 생길지도 몰라.

이것……도. 로봇 애니메이션이라기보다는 정치 애니메이션에 가까우니. 내용이 어려워서는 좀.

더 알기 쉬운 애니메이션이 좋을까? 앗, 이거면 되겠어. 로봇 애니메이션이라기보다는 프라모델 애니메이션이지만. 평화적이고, 그러면서도 재미있고. 많은 로봇(프라모델뿐이지만)이 나오니 박사랑 기술팀도 만족하겠지. 개발에 도움이 될지는 모르겠지만.

나는 '정원'의 공중에 【미라주】로 화면을 투영한 뒤, 스마트폰과 연동해 애니메이션을 재생하기 시작했다.

"아, 애니메이션을 보고 있나요? 어쩌지."

3시 간식 타임이 되어도 사쿠라, 스우, 린제 일행이 나타나지 않아 이상하게 생각하는 유미나에게 나는 상황을 설명해 주었다.

"저도 보고 싶었어요."

테이블에 올려진 쿠키에 손을 뻗으면서 루가 중얼거렸다. 루도 애니메이션을 꽤 좋아한다.

루는 조금 전까지 주방에서 쿠키를 만들고 있어서, 박사의 연락을 받고도 그 자리를 떠날 수 없었지?

"나중에 모두의 스마트폰으로 전송해 둘 테니, 한가할 때 봐."

"정말인가요? 감사합니다!"

"정말 편리해. 이거. 정보 공유도 금방 할 수 있잖아. 국내에서 무슨 일이 일어나는지도 바로 알 수 있지 않을까?"

린이 스마트폰을 이리저리 만지면서 그렇게 중얼거렸다. 소유자가 아직 100명도 되지 않으니 그렇게는 되지 않을 듯하지만.

그래도 많은 소유자가 국가의 대표이니 어느 정도는 정보를 입수할 수 있다. 물론 알려도 되는 정보만을 흘리고 있겠지만.

"내가 있던 세계에서는 나라 정도가 아니라 전 세계의 정보를 평범한 일반 시민도 손에 넣을 수 있었어. 그뿐만 아니라 아주 평범한 개인의 생활마저도 알 수 있는 매체도 있었고."

"설마 계속 감시당하는 건가요?"

루가 깜짝 놀라 고개를 들었다.

"아니, 그건 아니고. 개인이 직접 정보를 공개하는 거야. 예를 들어 루가 '오늘은 간식으로 쿠키를 먹었어요. 맛있었어요' 라고 어떤 곳에 적으면, 스마트폰을 가지고 있는 사람들이 누구나 그걸 볼 수 있게 돼. 모르는 사람들도."

"그 정도라면 알려져도 별문제 없지만……. 모르는 사람도 볼 수 있다니 조금 무서워요."

"맞아. 그래서 이상한 내용은 적지 말아야 해. 알려져도 상관없는 일이나, 사람들이 알아줬으면 하는 일, 그런 내용을 적는 거야. 별 의미 없는 내용을 적기도 하지만."

아마 하려고만 하면 SNS 같은 어플리케이션도 만들 수 있으리라 생각한다. 하지만 그 이전에 아직도 정보를 주고받는 일조차 미숙하니.

〈저는 이렇게 생각합니다.〉

〈당신의 생각은 틀렸어.〉

이런 내용을 나라끼리 쓰기 시작하면……. 원래 있던 세계에서도 개인끼리 이런 일은 일상다반사다.

처음에는 블로그처럼 일방적으로 정보를 발신하는 매체가 좋을까……? 앗.

"루. 요리 블로그를 해 보지 않을래?"

"그게 뭔가요? 요리 블로그?"

"루가 만든 요리 사진을 싣고, 재료나 만드는 법을 적는 거야. 그걸 사람들에게 공개하는 거지. 그걸 본 사람들은 그걸 바탕으로 직접 만들게 되잖아? 그럼 루 덕분에 많은 요리를 먹어 보게 되는 셈이야. 브륀힐드에서 만들어진 요리를 멀리 떨어져 있는 나라들에서도 만들 수 있게 되고."

다행스럽게도 뒤쪽 세계…… 서방 대륙의 음식 재료도 이쪽 세계와 큰 차이가 없다. 원래 비슷한 세계이기도 하니까.

웬만큼 특이한 요리가 아니라면 만들 수 있지 않을까. 서방 대륙에는 쌀도 있다고 라제 무왕이 말했었으니까.

"재미있어 보여요. 브륀힐드뿐만이 아니라, 다른 나라들의 향토요리도 소개할 수 있다면 상호 간에 이해도 깊어질지 모르고요."

"맞아. 이를테면 미스미드의 카라에 요리를 전 세계에 확산시킬 수도 있는 거잖아? 관심을 끌 계기는 되지 않을까?"

유미나와 린이 찬성해 주었다. 서로의 식문화를 통해 관심을 가지게 되는 것도 나쁘지 않다.

식문화는 물론 복잡한 면도 있다. 이그리트 왕국에서 텐터클러를 먹었을 때도 그렇지만, 나라에 따라서는 받아들이기 힘든 문화도 있으니까.

브륀힐드에 초대한 임금님들에게 대접한 요리는 아마 아무 문제도 없었을 테지만.

어차피 레시피를 보고 먹고 싶지 않은 요리라면 안 만들면 그만이다. 강제로 먹으라고 강요하는 것도 아니고.

나도 여러 나라를 돌아다녔지만, 이건 못 먹어! 라고 생각한 음식을 만난 기억은………

……………………… 있었네……. 유론에서 먹었던 고기

라메인…… . 오크의 정강잇살 유사 차슈멘이.

마수 계열 고기 중에는 드래곤 고기나 블러디 크랩 고기처럼 맛있는 것도 있다. 텐터클러도 미묘하지만. 오크나 인간형만큼은 못 먹는데, 그걸 또 선호하는 사람이 있을지도 모른다.

"그러네요. 간단한 과자나, 반찬이라면…… . 그런 소소한 음식부터라면 가능할지도 몰라요. 토야 님, 전 해 보고 싶어요."

"좋아. 그럼 시험 삼아 해 보자."

나는 루한테 스마트폰을 건네받아 테이블 위에 올라가 있는 쿠키의 사진을 찍었다.

"이 쿠키의 재료와 분량, 조리 기구, 만드는 법의 순서를 적는 거야. 할 수 있겠어?"

"네. 토야 님이 보여 주신 레시피처럼 말이죠? 할 수 있어요."

어? 지구 요리라면 내가 레시피를 검색해서 적어도 되는 거였나? 아니지. 이쪽에서는 음식 재료의 이름이 다르기도 하고, 이쪽의 요리로 완성되면 전혀 알아볼 수 없으니, 역시 루한테 맡기는 편이 좋겠어.

이것 외에도 다양한 정보를 발신할 수 있는 어플리케이션이나 특수한 어플리케이션을 만들어도 좋을지도? 불구슬이 튀어나가는 【파이어볼】 어플리케이션이라든가? 아니, 너무 지나친가?

하지만 방어용으로 【실드】나 【리플렉션】을 사용할 수 있는 어플리케이션이라면 배포해도 좋을지 모른다.

　그럼 이쪽 관련도 여러 가지 시도를 해 볼까.

　'연구소'로 돌아와 보니 모두 화면에 딱 달라붙어 애니메이션에 푹 빠져 있었다. 그러다 눈 나빠져.

　"역시 신형 비행 유닛은 빨리 만들어야겠어. 독립 합체 방식이 좋을까."

　"빔 소드! 빔 소드를 만들죠! 마력을 증폭시키고 모아서 날카롭게 만들면 어떻게든……."

　"아니지, 아니지. 무슨 소릴! 누가 뭐래도 캐넌포 아니겠어? '브류나크'를 소형화한 다음, 바빌론에서 마력을 보내서 말이야."

　"출력 증폭 시스템……. 고렘의 G큐브를 매체로 삼으면 일시적으로 한계를 넘는 출력을……."

　이것 봐~. 기술팀 녀석들이 애니메이션을 보면서 이상한 소릴 하기 시작했잖아. 스우처럼 스토리를 좀 더 즐겨 봐.

　아무튼 호평인 듯하니 다행이다. 그 이후로 사쿠라가 끝없이 주제가를 부르는 통에 머리가 지끈거렸지만.

◇ ◇ ◇ ◇

　일찍이 기공 도시라고 불린 아이젠가르드의 수도, 공도 아이젠부르크는 계속 쇠퇴를 거듭하고 있었다.

　이 나라를 장악했던 마공왕이 붕어한 뒤로 아무도 이 도시를 한데 모으지 못해 사람들은 날이면 날마다 도시를 떠났다.

　사람들이 떠난 이유는 다양했지만, 그중의 하나가 아이젠부르크를 뒤덮은 불길한 검은 구름이었다.

　언제부터인가 아이젠가르드의 상공에는 검은 구름이 자욱이 끼었고 검은 비가 내렸다. 그 불길한 현상을 본 사람들은 두려워하며 도시를 떠났다.

　이미 공도는 도시의 기능이 정지된 폐허나 다름없었다.

　그런 정보를 입수하며 폐허가 된 도시에 겨우 도착한 척후형 고렘 바스테트와 아누비스는 처참할 만큼 황폐한 도시의 모습을 보고 할 말을 잃었다.

　〈누님……. 이게 대체 어떻게 된 거죠?〉

　〈모르겠어……. 단지 이상한 사태라는 점만은 확실해…….〉

　도시 이곳저곳에는 사람이 쓰러져 있었다. 모두 죽은 상태로, 얼굴을 보니 모두 고통스러운 표정이었다. 다만 몸에는 상처가 하나도 없었다.

　갑자기 그 자리에 쓰러져서 죽은 것처럼 카페의 테이블, 공원의 벤치, 계단의 중간에서 사람들이 시체로 변해 있었다.

그런데 신기하게도 어느 시체도 부패하지 않았다. 마치 불과 한 시간 전에 죽은 것처럼 보일 정도였다.

하지만 바스테트는 그렇지 않다고 결론지었다. 시체와는 달리 입고 있는 옷은 굉장히 많이 상해 있었다. 비바람에 노출되어 있었다는 증거다.

즉, 이 사체 자체가 이상하다.

〈병에 걸렸던 걸까요?〉

〈그럴 가능성도 있지만…… 아직 결론을 내리기엔 일러. 조금 더 조사해 보자.〉

검은 고양이와 검은 개는 아이젠부르크에서 제일 높은 건물인 아이젠 타워에 가 보기로 했다.

예전에는 왕성이 가장 높은 건물이었지만 마공왕이 폭주했을 때 무너지고 말았다.

아이젠 타워에 올라가 보면 이 이상 사태의 이유를 파악할 수 있을지도 모른다.

타워의 입구는 문이 닫혀 있어 안으로 들어갈 수 없었지만 두 마리에게는 상관없는 일이었다. 바스테트가 오레이칼코스보다도 단단하고 날카로운 정재로 만들어진 발톱을 한 번 휘두르자 두꺼운 문이 아주 쉽게 잘려 쓰러졌다.

커다란 소리를 내며 문이 쓰러졌는데도 나타나는 사람이 아무도 없었다. 아무래도 타워 안에도 살아 있는 인간은 없는 모양이었다.

두 마리는 투박한 철로 만들어진 계단을 따라 위로 올라갔다. 밖에서 본 모습으로 보면 타워 상부에는 전망대가 있다. 두 마리는 그곳으로 계속 뛰어서 올라갔다.

이윽고 전면 유리가 달린 전망대에 도착한 두 마리는 창문으로 가까이 다가가 도시의 모습을 바라보았다.

그곳에서 보이는 것이라고는 아이젠부르크의 거리와 자욱한 검은 구름, 그리고―――.

〈저게 뭐야…….〉

아누비스가 중얼거리는 소리를 듣고 바스테트도 그쪽으로 시선을 돌렸다.

두 마리의 시력은 인간은 물론, 개나 고양이, 매보다도 훨씬 멀리 볼 수 있었다.

그 고성능 카메라는 아이젠부르크의 저 멀리 남쪽에 솟구친 황금색 덩어리를 포착했다.

그것은 연필 같은 각기둥이 몇 개나 뻗은 모습으로 클러스터라고 불리는 군생 결정 상태를 이루고 있었다.

바스테트의 눈에는 그게 단순한 군생 결정체^{클러스터}로는 보이지 않았다.

엄청나게 거대한 군생 결정. 어딘가 규칙성이 있는 그 모습은 마치 궁전 같았다.

〈어떻게 할까요, 누님. 저기에 잠입할까요?〉

〈…………그만두자. 저 주변을 잘 봐. 잠입은 어려워 보여.〉

〈네?……우왓. 기분 나빠.〉

아누비스가 황금 궁전을 주위를 다시 잘 살펴보니, 지면이 움직이고 있었다. 배율을 올려 그곳을 재차 확인해 보니, 그건 무수히 많은 황금 해골이 몽유병 환자처럼 배회하고 있는 모습이었다.

〈저 많은 숫자를 뚫고 내부로 잠입하기는 어려워. 게다가 시간도 없고. 이제 철수하지 않으면 공왕 폐하와 약속한 날에 늦을 거야.〉

〈앗, 그렇구나.〉

〈우리의 임무는 정보를 가지고 돌아가는 것. 욕심을 부렸다가 돌아가지 못하게 되면 그거야말로 주객전도야. 첩보 활동은 여기까지만 하고, 브륀힐드로 돌아가자.〉

〈예~이.〉

두 마리는 발걸음을 돌려 아이젠 타워의 계단을 내려가기 시작했다.

"황금 궁전이라."

확실히 그렇게도 보인다. 형태로 말하자면 딱 '凸' 같으니까.

바스테트와 이누비스가 가지고 돌아온 영상을 스마트폰으로 보면서 나는 작게 혀를 찼다. 역시 일이 성가셔졌다.

"이 안에 사신이 있는 걸까요?"

영상을 들여다보면서 유미나가 중얼거렸다.

"카렌 누나의 이야기를 들어보면 아마도. 그 유성우가 쏟아진 날에 이건 아이젠가르드에 떨어져 다른 독침과 함께 '신마독'을 아이젠가르드 안에 흩뿌린 거야. 우리가 접근하지 못하도록. 이 상태를 보면 아직 눈을 뜨진 못한 것 같지만……."

"이 황금 해골은 역시 '영혼 포식'을 당한 사람들일까……? 지금까지 봤던 녀석들과는 다르잖아. 변이종으로 변한 걸까?"

린이 턱에 손을 대면서 생각에 잠겼다.

변이종은 부정적 감정을 강하게 지닌 인간의 영혼을 포식해, 그 정신 에너지를 사신에게 보낸다. 영혼을 포식당한 인간은 수정 해골, 또는 수정 좀비가 되어 다른 사람들을 습격한다.

그 수정 해골이 황금으로 변했다. 이건 역시 변이종이 됐다고 봐야 하겠지.

아이젠가르드에 남은 사람들은 대부분 영혼을 포식당했다고 생각해야 할 듯했다. 바스테트와 아누비스가 본 사체도 이윽고 수정 해골이 되어 변이종이 되겠지.

"이 녀석들은 뭘 하는 겐가? 어슬렁거리며 배회하고 있을 뿐으로 보인다만."

"황금 해골은 병사가 아닐까……? 아마도 이 궁전을 지키고 있는 거겠지. '신마독' 탓에 우리는 접근할 수 없지만, 평범한 사람에게는 효과가 없으니까."

스우의 질문에 대답하면서 나와 관계없는 모험자를 고용한 이른바 용병 부대를 보내지 않길 잘했다고 생각했다. 역시 여긴 너무 위험하다.

"수도가 이렇게 됐으니 아이젠가르드에서 도망쳐 나오는 사람도 많아질 것 같아요."

유미나의 말대로 아이젠가르드에서 이웃 국가인 라제 무왕국, 스트레인 왕국, 갈디오 제국으로 도망친 사람도 점점 늘어나고 있었다.

아이젠가르드의 수도인 아이젠부르크는 남쪽에 있어 북쪽은 크게 혼란스럽지 않았다. 하지만 남부에서 도망쳐 온 사람들이 곧장 북쪽을 넘어 바다를 건너고 있었다.

그중에는 남부의 상황을 들은 북부 사람들도 두려운 나머지

타국으로 도망치기도 한다고 한다.

그리고 도망친 사람들은 부자가 많다.

라제, 스트레인, 갈디오도 쉽게 난민을 받아들일 수는 없다.

살아가기 위해서는 돈이 필요한데, 부자인 귀족이라면 마을도 쉽게 받아들여 주지만 가난한 사람은 그렇지 않다.

다른 나라에 건너가서도 아사하거나, 도적이 되어 연명할 수밖에 없다. 그렇게 된다면 아직은 아이젠가르드에 머물러 있는 편이 오히려 낫다.

지금보다 더 상황이 악화하면 여러모로 난처해지겠지만…….

"코스케 숙부님의 신마독 대책법은 어떻게 되고 있을까요?"

"어느 정도는 진전이 있는 모양이지만……."

사실은 바스테트와 아누비스가 가지고 돌아온 신마독에 오염된 돌과 흙을 코스케 삼촌에게 건네주었다. 듣자 하니 그걸로 테스트를 한다고 하는데 괜찮을까?

신마독에 오염된 그 돌을 내가 들어보니 엄청난 혐오감과 저릿한 감각이 온몸을 덮쳤다.

쓰러질 정도는 아니었지만, 예를 든다면 뭐라고 해야 할까, 동물의 썩은 내장을 들고 있는 듯한, 인간의 뇌에 손을 넣고 있는 듯한, 그런 무시무시한 감각이었다. 아무튼 기분 나빴다.

나도 그런데, 순수한 신인 코스케 삼촌은 더 큰 대미지를 받지 않을까?

조금 걱정이 되어서 나는 최근에 성의 동쪽에 마련한 코스케 삼촌의 연구 시설에 가 보았다. 말이 연구 시설이지 마수의 얇은 피부 껍질로 만든 비닐하우스이지만.

비닐하우스 안에는 몇 개인가 묘목이 심겨 있었고, 각각 뭔가 기호와 숫자가 적힌 팻말이 꽂혀 있었다.

안쪽에 있는 묘목 앞에 코스케 삼촌이 있었다.

"여어 토야."

〈안녕하심까, 임금님.〉

코스케 삼촌의 발밑에는 아이젠가르드에서 돌아온 검은 개, 아누비스도 있었다.

"왜 아누비스, 네가 여기에 있어?"

〈조수임다.〉

"저 혼자서 신마독에 오염된 돌을 다루기는 힘드니까요."

역시 그렇구나.

코스케 삼촌의 발치에는 높이 30센티미터 정도 되는 묘목이 있었다. 이게 신마독을 정화하기 위한 건가?

"토야. 광합성이 뭔지는 알지요?"

"네? 알죠. 그러니까, 빛의 에너지를 사용해 식물 등이 물과 이산화탄소를 흡수, 유기물과 산소를 생성하는…… 그런 거였던가요?"

"네, 간단히 말하면 그렇습니다. 이 묘목은 그와 비슷한 능력…… 즉, 대지의 신마독을 흡수해 무해한 마소로 배출하는, 필터 같은 능력이 있습니다."

오오! 그거는 확실히 정화 능력이다. 오염된 토지를 원래대로 되돌릴 수 있는 거구나!

"그런데 아직 문제가 있어서요……. 아누비스, 한 번 더 부탁합니다."

〈옛설~.〉

코스케 삼촌이 그 자리에서 조금 물러서자, 아누비스가 목걸이의 【스토리지】를 발동해 주먹 크기의 돌을 꺼냈다. 돌은 묘목 바로 옆으로 굴러갔다.

여기서도 확실히 알 수 있었다. 저 돌은 신마독에 오염된 돌이다. 보고만 있어도 기분이 메슥거린다.

"'신안'으로 잘 보십시오."

코스케 삼촌의 말대로 나는 '신안'을 해방해 돌과 묘목을 관찰했다.

돌에는 탁한 오라 비슷한 게 보였지만 점차 그게 위쪽에서부터 옅어져 갔다.

대신에 옆의 묘목이 점점 아래에서부터 탁한 오라를 내부에 축적해 갔다. 아마 이건 돌의 신마독을 흡수하는 거겠지. 이윽고 묘목의 잎에서 반짝거리는 뭔가가 대기 중에 방출되었다. 저건…… 마소인가? 신마독이 무해한 마소로 변환된 건가?

"굉장해요! 이걸 아이젠가르드에 심으면……!"

"아니, 잘 보세요. 저 묘목을."

"네? 아……."

묘목이 시들었다. 그 내부에 신마독이 남아 있었기 때문이다. 잠시 뒤, 묘목은 완전히 시들어 심겨 있던 그 지면에서 다시 탁한 오라가 피어오르기 시작했다.

"완전히 신마독을 마소로 변환하지 못하면 의미가 없습니다. 자칫하면 신마독이 응축될 가능성도 있지요. 아직 미완성입니다."

아누비스가 오염된 흙을 파내 시든 묘목과 함께 다시 목걸이의 【스토리지】에 수납했다.

신마독에 오염되었던 맨 처음의 그 돌을 손에 들어 보니 아무런 느낌도 나지 않았다. 이쪽의 신마독은 완전히 빠져나간 듯했다.

"이 나무는 완성할 수 있나요?"

"완성할 수 있다고는 생각합니다. 신의 힘을 사용하면 순식간이지만, 사람의 힘으로도 못 할 건 없으니까요. 단지 시간은 걸립니다."

코스케 삼촌이 원래의 힘을 사용하면 순식간에 완성된다. 하지만 인간화한 지금은 시행착오를 반복해 나갈 수밖에 없는 듯했다.

정령의 힘이나 '연금동'의 설비도 활용해 어떻게든 완전한 묘목을 만들어 아이젠가르드를 정화해야 한다.

"힘들겠지만, 잘 부탁드립니다."

"아니요. 이런 때 이런 말을 하긴 뭐하지만, 많이 시도해 보며 키울 수 있어 참 즐겁습니다. 이런 즐거움은 신계에서는 맛볼 수 없으니까요. 기쁘게 일하고 있습니다. 맡겨 주십시오."

평소의 부드러운 웃음을 유지하며 코스케 삼촌이 고개를 끄덕였다. 고생이 많으시네……. 원래 신들에게는 수많은 세계 중 하나, 그것도 세계신님의 손에서 벗어난 세계이니 그냥 내버려 둬도 되는 곳인데. 정말 고마운 일이다.

잠시 코스케 삼촌과 정화 묘목이나 농작물 등에 관한 이야기를 하는데 품에서 스마트폰이 울렸다. 화면을 보니 벨파스트 국왕이라는 문자가. 어라?

설마 또 야마토 왕자 자랑은 아니겠지……? 처음으로 몸을 뒤척였다는 둥, 엉금엉금 기었다는 둥, 물론 기쁜 그 마음은 잘 알겠지만 요즘엔 솔직히 귀찮아졌는데……. 그렇다고 해서 전화를 안 받을 수는 없으니.

"네, 여보세요."

〈오, 토야인가. 미안하지만 당장 벨파스트성으로 와 주게. 조금 이상한 걸 발견했네.〉

"이상한 거요?"

〈보면 알아. 아마 이건…… 아무튼 빨리 와 주게.〉

뭐지? 당장 긴급한 위험이 닥친 느낌은 아닌데…….

잘 모르겠지만 아무튼 벨파스트성으로 서둘러 가 보자.

나는 【게이트】를 열어 익숙한 벨파스트성의 안뜰로 전이했다.

그러자 국왕 폐하의 남동생이자 스우의 아버지인 오르트린 데 공작이 기사 몇 명을 데리고 나를 맞이해 주었다.

"대체 무슨 일인가요?"

"아니, 무슨 일이 벌어졌다기보다는 왜 그런 게 여기에 있을 까? 하고 궁금해서."

오르트린데 공작이 걸어가면서 설명해 주었다.

벨파스트성이 있는 왕도 아레피스는 동, 서, 남에 성 아랫마 을이 펼쳐져 있고, 북쪽에는 팔레트 호수가 있다.

이 팔레트 호수는 왕도의 수원(水源)이긴 하지만 출입금지 인 구역이었다. 성의 뒤쪽으로 펼쳐진 호수는 왕가 소유물이 기 때문이다.

얼마 전, 그 호수에 '일각 상어'라는 상어 마수가 흘러들어 왔다. 몇 년에 한 번씩은 이런 일이 있다고 한다.

호수를 휘젓고 다녀선 큰일이라고 생각해 벨파스트는 기사 단을 배에 태워 보내 상어를 토벌했다. 그때 일각 상어에서 귀 중한 뿔이 부러져 물밑으로 가라앉았다.

아깝다는 생각이 들어 잠수가 특기인 기사 한 명을 호수에 들어가 보게 했는데…….

"'그걸' 발견했지. 설마 팔레트 호수에 그런 게 가라앉아 있 을 줄은 생각도 못 했어."

"대체 뭘 발견한 건가요?"

"보면 아네."

그렇게 말하고 오르트린데 공작은 성 안쪽에 있는 문을 열었다.

그곳은 성의 북쪽으로 이어지는 문으로, 밖으로 나가 보니 수면이 반짝반짝 빛나는 아름다운 팔레트 호수가 훤히 내다보였다.

그 호수 근처에 몇 명인가 사람이 모여 있었는데, 그중에는 국왕 폐하도 있었다.

"오오, 토야! 이쪽이네!"

국왕 폐하가 손짓하며 불렀다.

사람들이 모여 있는 곳에 가까이 다가가다가 지면에 쓰러져 있는 '그게' 무엇인지 알게 된 나는 걸음의 속도를 높였다. 와와, 저건……!

"설마…… 이런 곳에서 발견할 줄이야……."

입안의 침이 바짝 말랐지만 나는 목소리를 쥐어 짜냈다.

내 발밑에 쓰러진 '그것'은 어린아이 정도의 크기로, 사람의 형태를 하고 있었지만 사람이 아닌 것———고렘이었다.

그 모습은 지금까지 만났던 고렘들의 특징을 떠올리게 했다.

나는 웅크려 앉아 그 고렘의 턱을 들고는 목에 그 마크가 있는지 확인해 보았다. 그래, '왕관' 마크를.

"틀림없어. 이건…… 하얀색 '왕관' 이야."

모습도 노른이 가지고 있는 '느와르' 나 니아가 가지고 있는

'루주'와 같으니 틀림없다. 때가 묻어서 하얀색이라고는 하기 힘들었지만.

"역시 그렇군. 그런데 왜 이런 것이 우리 나라에, 그것도 성 뒤쪽의 호수에 있는지……?"

"그건 모르겠어요. 하지만 천 년 전, 벨파스트 왕국을 습격한 프레이즈의 공격, 그걸 물리친 존재는 '검은색'과 '하얀색' 왕관일 가능성이 있거든요. 어쩌면 그때 기능이 정지되었을지도 몰라요."

벨파스트 옛 왕도의 지하 유적에 있던 아르카나족의 그림 문자. 그게 나타냈던 '하얀색과 검은색의 기사'란 이 녀석과 느와르일 가능성이 크다.

일단 기동되는지 확인해 볼까?

나는 고렘의 가슴에 손을 대고 마력을 흘렸다.

"'오픈'"

파슛. 공기가 빠지는 소리에 주변 사람들이 한 걸음 뒤로 물러섰다. 그렇게 겁먹지 않아도 되는데.

열린 흉부에는 역시 소프트볼 크기의 유리 같은(정확하게는 젤 덩어리지만) 용기가 있었고, 더 안쪽에는 녹색 인광을 발하는 고렘의 심장부, G큐브가 천천히 돌고 있었다.

내가 G큐브를 꺼내려고 유리 같은 젤에 푸욱 손가락을 넣어 G큐브에 손을 댄 순간, 그 일이 벌어졌다.

〈부적합자의 접촉. 휴면 모드이므로 R시퀀스 개시. 자기방

어 시스템 기동.〉

　"아니."

　그 기계 음성과 함께 새하얀 빛이 순식간에 우리의 시야를
빼앗았다.

.

.

.

.

　"음……?"

　"어?"

〈왜 그러세요? 갑자기 둘 다 입을 꾹 닫고.〉

　정신을 차려 보니 눈앞에는 코스케 삼촌과 아누비스가 있었
다.

주변을 둘러보니 이곳은 코스케 삼촌의 비닐하우스 안이었다. 나는 주먹 크기의 돌을 쥐고 있었다. 이건 신마독에 오염되어 있던 돌……인가?

뭐지? 무슨 일이 벌어진 거야? 나는…… 강제로 전이된 건가?

"흐음. '개변' 인가요. 자자, 토야. 진정하세요."

"네? 앗, 네."

'개변' ? 무슨 말이지? 무슨 일이 벌어졌는지 코스케 삼촌은 알고 있는 건가?

왜 나는 여기에 있지? 하얀색 '왕관' 은 어떻게 된 거야?

머릿속이 의문투성이라 생각이 잘 정리되지 않았다. 아무튼 코스케 삼촌의 말대로 일단 진정하자.

"누군가가 지금 '사실' 을 고쳐 썼습니다. 짐작 가는 곳이 있나요?"

"저어. 잘 모르겠지만, 아마도…….."

나는 방금 있었던 일을 코스케 삼촌에게 말했다. 조금 당황한 탓인지 제대로 설명하지 못했지만, 그래도 간신히 전부 이야기하고 코스케 삼촌에게 설명해 달라고 부탁했다.

"그렇군요. 그건 그 '하얀색' 왕관이 한 일이 거의 틀림없을 겁니다."

"대체 무슨 일이 벌어진 거죠?"

"그러네요……. 알기 쉽게 말하자면 '없었던 일' 이 되었다고 해야 할까요.”

“ ‘없었던 일’ ?”

무슨 의미인지 잘 이해가 되지 않았다. ‘없었던 일’ 이 되었
다니 뭐가?!

“무슨 일이 벌어지려면 어떠한 원인이 있어야 합니다. 그건
사건의 분기점이라고 하는데, 그게 사라지면 그 후의 일은 발
생하지 않게 되는 거지요.”

“네에…….”

“예를 들면. 토야는 스우를 통해 오르트린데 공작과 만나지
않았다면 유미나와 만날 수 없었을 겁니다. 그렇죠?”

“네, 그렇죠.”

오르트린데 공작이 국왕의 남동생이었기 때문에 나는 유미
나와 만났다.

“그 스우도 토야가 리플렛 마을에서 왕도로 여행을 떠나지
않았다면 만나지 못했을 겁니다. 그에 더해 야에도 그렇지요.
뭔가 하나라도 톱니바퀴가 어긋나면 지금 이곳에 있는 토야
는 없었을 겁니다.”

아니, 그렇게까지 따진다면 하느님의 실수가 없었다면 나
는 평범하게 일본에서 고등학교 생활을 하고 있었을 텐데요?
어? 설마…….

“그러니까…… 역사를 바꿀 수 있다는, 그런 말인가요?”

“그러네요. 그것과 비슷합니다. 하지만 이 ‘능력’ 은 시간

을 되돌리는 것과는 조금 다릅니다. 이 현상에 관련된 일부를 '없었던 일'로 만들어, 다시 덮어쓰는 겁니다. 조금 다르지만 이번 일은 '리셋'이라고 말하는 편이 토야는 더 알기 쉬울까요. 물론 신족의 인식에까지 영향을 미치지는 못하지만요."

힐끔. 코스케 삼촌은 아누비스를 바라보았다. 아누비스는 평소 그대로다. 무슨 일이 일어났다고는 추호도 생각하지 못하고 있다.

시간이 되돌아갔다기보다는, 다시 시작되는 시간 속에 있다는, 그런 말인가……?

예를 들면 게임의 리셋 버튼처럼. 잘못된 전개가 이어지면 리셋. 몇 번이고 몇 번이고 리셋. 그게 하얀색 '왕관'인 아르부스의 힘인가?

"아니요. 다른 분기점의 병렬 세계에 가는 것뿐이라면 하얀색 '왕관' 또는 그 마스터만 병렬 세계로 전이하면 끝입니다. 우리와는 상관없는 일이 되죠. 그게 아니라, '이 세계'의 '일어난 사건'에 병렬 세계의 '일어나지 않았을 가능성'을 끌어와 '붙여넣기'를 한 겁니다. 구멍이 뚫린 바지에 천을 덧대듯이, 부러진 나뭇가지에 접목을 하듯이. 그러면 찢어진 바지의 천도, 부러진 나뭇가지도 '없었던 일'이 되지요. 당연히 그 이후의 현상도 변화합니다."

검은색 '왕관' 느와르의 능력은 병렬 세계에서 원하는 것을 끌어오는 능력.

하얀색 '왕관' 아르부스는 그 병렬 세계의 현상을 잘라내 다시 쓰는…… 덮어쓰는 힘인가?

――――그러고 보니 호박 팬츠 왕자의 파란색 '왕관'인 블라우가 말했지?

'하얀색 왕관인 「아르부스」는 특수한 왕관. 검은색 왕관 「느와르」의 짝이자 끝. 모든 것을 무(無)로 돌리는 어리석은 자.'

――라고.

확실히 이건 모든 것을 무로…… '없었던 일'로 만드는 힘이다.

'하얀색'과 '검은색'의 힘은 분명히 비슷하지만 다르다. 온갖 '가능성'을 끌어오는 '검은색'과 '가능성'을 무(無)로 돌리는 '하얀색'.

"이건 추측이지만, 그 하얀색 '왕관'은 토야가 G큐브를 떼어 내는 것을 거부하려고 '리셋'을 실행하지 않았을지요. 휴면 상태라 큰 힘은 없을 테니 최소한의…… 아마 자신이 발견되지 않을 포인트까지 '리셋'하지 않았을까 합니다. 신들인 우리에게는 의미가 없었지만요."

코스케 삼촌의 말을 듣고 나는 서둘러 벨파스트 왕국에 전화했다.

〈오, 토야. 무슨 일인가?〉

벨파스트의 팔레트 호수에서는 이미 일각 상어의 토벌이 끝난 상태였다. 그리고 코스케 삼촌의 말대로 아무것도 발견되지 않았다.

자세하게 물어보니, 내가 오르트린데 공작에게 들었던 이야기와는 한 가지 다른 부분이 있었다.

일각 상어의 뿔이 부러지지 않았다는 점이다. 그 뿔이 부러져 호수에 떨어졌기에 기사 한 명이 잠수해 아르부스를 발견했다. 즉, 그것이야말로 하얀색 '왕관' 이 고쳐 쓴 현상.

"호수에 잠수해 보십시오. 하얀색 '왕관' 을 발견할 수 있을 겁니다. G큐브를 떼어내려고만 하지 않으면 '리셋' 도 되지 않으리라 생각합니다. 이제는 '리셋' 할 힘도 없을 테지만요."

코스케 삼촌의 말에 따라 나는 팔레트 호수로 【게이트】를 연결해 전이했다.

벨파스트 사람들은 이미 일각 상어를 잡아 올린 듯, 주변에는 아무도 없었다.

검색 마법으로 호수를 조사해 봤지만 반응이 없었다. 왜지?

하지만 분명히 이곳에 하얀색 '왕관' 은 잠들어 있다.

"【프리즌】."

내 주변에 정육면체의 창백한 반투명 장벽이 만들어졌다. 물론 물은 통하지 않고, 산소만 통하도록 설정해 두었다.

나는 그대로 호수 안으로 들어갔다.

역시 '호수의 도시' 라고 불리는 왕도 아레피스답게 팔레트 호수는 매우 투명했다. 꽤 멀리까지 보인다.

"보이긴 하는데…… 넓네……. 어디에 떨어져 있지? 리셋

되기 전의 국왕 폐하에게 일각 상어의 뿔을 떨어뜨린 장소를 물어봐 둘 걸 그랬어. 앗, 그렇지."

소환 마법을 사용해 산고와 코쿠요를 브륀힐드에서 불러냈다. 거북이와 뱀인 신수는 여전히 둥실둥실 공중을 떠다녔다.

"이 호수의 물고기들에게 호수 바닥에 잠긴 하얀 고렘……또는 그와 비슷한 물체를 찾아 달라고 부탁할 수 있을까?"

〈알겠습니다.〉

〈아주 쉬운 일이에요~.〉

산고와 코쿠요가 슈우~욱 【프리즌】 밖으로 나가 뭐라고 외치자, 곧장 수많은 물고기가 몰려왔다. 우어어. 역시 비늘족의 왕. 제법인걸?

한 번 더 산고와 코쿠요가 외치자 물고기들은 일제히 흩어졌다. 결코 내가 '맛있겠다……'라고 생각했기 때문은 아니라고 생각한다.

잠시 기다리자, 몇 마리인가 물고기가 이쪽으로 다가와 산고와 코쿠요 앞에 멈췄다.

〈그럴듯한 물건을 발견한 모양이에요. 이쪽이래요~.〉

꽤 빨랐네. 일단 코쿠요가 가리킨 방향으로 물고기 몇 마리의 안내를 받으며 호수 바닥을 걸어갔다.

계속 가 보니 저 앞쪽 호수 바닥에서 뭔가가 튀어나온 모습이 보였다.

하지만 그것만으로는 확실하지 않았다. 수초가 자란 바위처럼도 보였다. 기묘한 형태의 바위다.

그런데 손으로 만져 보니 후두두둑 수초와 흙이 떨어져 안에서 하얀색 보디가 물속에 모습을 드러냈다.

빠르게 수초와 흙을 털어내자, 호수 바닥에서 튀어나온 그것은 틀림없이 하얀색 '왕관'인 아르부스였다.

이런 상태니 검색 마법을 사용해도 검색이 되지 않았지. 리셋 전에 발견한 기사도 우연히 손에 닿아 발견했을 가능성이 크다.

하지만 꽤 오랫동안 방치되었을 텐데도 상태가 무척 좋아 보였다. 팔레트 호수의 물이 깨끗해서 그런 건가?

팔레트 호수는 홋카이도의 마슈호(摩周湖)처럼 하천이 없는 폐쇄성수역은 아니다. 그런데도 이렇게 물이 맑은 이유는 정령 덕분인지도 모른다.

일단 나는 【레비테이션】으로 아르부스를 끌어 올린 뒤, 산고와 코쿠요를 데리고 【게이트】를 통과해 브륀힐드로 돌아갔다.

"틀림없이 하얀색 '왕관'이야……. 설마 이쪽 세계로 흘러 들어 왔을 줄이야……."

바빌론의 '연구소'로 아르부스를 가져가자 에르카 기사가

침을 꿀꺽 삼키며 그렇게 중얼거렸다.

"흐음. 분명 노른의 느와르와 같은 고렘이야. 아무튼, 일단 열어 볼까?"

새로운 장난감을 손에 넣었다는 듯이 박사가 신이 나서 아르부스를 건드리려고 해서, 나는 바빌론 박사의 멱살을 잡았다.

"우엑!"

"잠깐. 또 '리셋' 되면 성가셔져. 일단 뭘 하더라도 내 얘기를 듣고 해 줘."

"'리셋'?"

박사도 에르카 기사도 어리둥절한 표정을 지었지만, 내가 조금 전에 체험한 일을 이야기해 주자 둘 다 흐음~ 하고 깊게 생각에 잠겼다.

"현상을 고쳐 쓰는 능력……이라. 확실히 느와르의 능력하고 비슷해. 이쪽은 자칫 잘못 사용하면 터무니없는 일이 벌어질 것 같지만."

"터무니없는 일?"

"잘 들어봐. 실제로 사용하려면 몇 가지 조건이 필요할지도 모르지만, '일어난 일' 을 '없었던 일' 로 해 버린다면……. 즉, 어떤 공격도 취소되어 버리고, 더 나아가 전쟁마저도 일어나지 않았던 일로 만들 수 있는 능력이 있다는 거야. 그게 만약 개인이나 국가에 발동되면……."

"그 인물이 '태어나지 않았던 것' 으로, 국가가 '건국되지 않았던 것'으로도 만들 수 있을지 몰라…….”

에르카 기사가 중얼거린 소리를 듣고 나는 오싹했다. 타임 머신 이야기에 자주 나오는 부모님이 결혼하지 않았다면 어떻게 되는가.

예를 들어 아버지와 어머니의 만남이 '없었던 일'이 되면. 그 아이는 태어나지 않는다.

“그렇지만 이런 엄청난 능력이잖아. 너무 오래전에 일어난 현상을 고쳐 쓸 수는 없을 거라 생각하는데.”

“나도 그렇게 생각해. 게다가 이 아르부스도 '왕관'인 이상, 그 정도의 능력을 사용하려면 '대가'가 필요할 거야. 마스터가 없는 이상 '리셋'을 하는 힘은 이제 못 쓸걸?―――그건 그렇고, '하얀색'의 대가는 대체 뭘까? 느와르는 마스터의 '살아온 시간'이었는데…….”

아마 하얀색 '왕관'의 대가도 일반적이지 않을 것이리라 생각한다. 한 번 사용하면 목숨을 잃는다거나? 느와르와 짝을 이루니, '살아갈 시간'……'수명'이라든가?

“그런데 왜 '리셋'이 발동되었는데 토야는 그걸 기억하고 있어?”

뜨끔. 쓸데없이 눈치는 빨라 가지고.

하느님 관련은 유미나를 비롯한 약혼자에게만 가르쳐 줬으니. 뭐라고 얼버무리면 될까.

“우, 우연……?”

"음…………."

박사가 눈을 작게 뜨고 이쪽을 바라보았다. 이건 진짜 엄청 수상하게 생각하고 있을 거야!

"아무튼 좋아. 그런데 그렇다면 이 녀석은 어쩌지?"

흠. 괜히 성가셔지기 전에 파괴해 버리는 방법도 있지만, 가능하면 그건 피하고 싶었다.

추측이긴 하지만, 5천 년 전에도, 천 년 전에도, 세계의 벌어진 결계를 고친 존재는 이 하얀색 '왕관' 아르부스일 것이다.

틀림없이 결계가 '벌어져 찢어진 것'을 '없었던 일'로 만들었겠지.

지금 이 세계는 무방비하다. 언제 또 프레이즈 같은 이세계의 침략자가 올지 모른다.

"G큐브를 건드리지 않고 재기동시키는 것도 가능해?"

"아마도 이전 마스터의 데이터를 삭제하지 못하도록 프로텍트가 걸려 있을 거야. 그러니 새로운 마스터를 등록하지 않는다면 재가동도 불가능하지는 않아. 그렇지만 그건 고렘을 제어할 마스터가 없다는 말이기도 해. 폭주해도 마스터의 강제 명령이 없으니……."

"힘으로 멈출 수밖에…… 최악의 경우 파괴할 수밖에 없다는 말인가."

이 경우의 '폭주'란 리셋 능력의 폭주가 아니라 순수한 의미의 '폭주'를 말하는 듯했다.

무언가가 계기가 되어 '적'이라고 인식되면, 우리가 공격을 받을 수도 있었다. 그리고 그걸 막아야 할 마스터는 없다.

"최악의 경우 내【프리즌】으로 봉쇄할 거지만."

"응. 그게 제일 안전하려나? 물론 꼭 폭주할 거라고 결정된 건 아니지만."

박사가 작게 고개를 끄덕였다.

"그럼 재기동을 해 볼까."

"아니. 그전에 노른에게 연락해 느와르를 데리고 오자. 아르부스를 억제하는 힘이 될지도 모르니까."

그렇구나. '하얀색'과 '검은색'. 천 년 만의 재회인가.

노른과 느와르를 바빌론으로 부를 수는 없고, 그렇다고 무슨 일이 벌어지면 큰일이니 우리는 장소를 성의 북부에 있는 대훈련장으로 옮겼다.

불려온 노른 일행에게 상황을 설명하면서 우리는 아르부스의 재기동을 진행했다.

"참나. 뭘 어떻게 하면 새로운 '왕관'을 주워 올 수 있는 거야? 이해가 안 돼."

〈…… '하얀색'.〉

어이없다는 듯이 중얼중얼 투덜거리는 노른과 기억은 없지만 무언가 느끼는 바가 있는지 아르부스 앞에 서는 느와르.

"'오픈'."

에르카 기사가 리셋 전의 나와 마찬가지로 아르부스의 가슴 부분을 열었다.

리셋되기 전과 똑같이 투명한 구체 안에서 G큐브가 녹색 인광을 발하며 천천히 회전하고 있었다.

에르카 기사는 그 G큐브에 손을 대지 않고, 그 뒤에 있는 작은 막대기 모양의 부품을 빼냈다. 꼭 휴즈 같은 모양이네.

"미안하지만 여기에 마력을 흘려보내 줄 수 있을까? 우리가 하면 시간이 걸리거든."

"여기에? 그래, 좋아……."

에르카 기사가 건네준 휴즈를 나는 엄지와 검지로 잡고 마력을 흘렸다.

처음에는 천천히 흘렸지만, 점차 꽤 많은 양을 흘려보내자 휴즈 중심에 작은 빛이 들어왔다.

이제 충분한 듯해서 휴즈를 에르카 기사에게 돌려주자, 에르카 기사는 다시 그걸 아르부스에게 되돌렸다.

그리고 마지막으로 뭔가 드라이버 같은 것으로 안쪽에 있는 버튼 같은 것을 눌렀다. 아주 잠깐 G큐브의 회전이 빨라졌지만 금방 원래대로 돌아왔다.

"이제 됐어."

에르카 기사가 아르부스의 가슴 부분을 닫고 다시 마력을 흘렸다.

그러자 낮은 기동음이 울리고 아르부스에서 '찰칵', '딸각' 같은 작은 소리가 흘러나왔다.

〈크라운 시리즈, 형식 번호 CS-01【일루미나티 아르부스】, 재기동합니다.〉

갑자기 아르부스가 그런 기계 음성을 발하더니 철컥, 하고 눈꺼풀(바이저)을 뜨고는 눈(카메라아이)을 움직여 주변을 관찰하기 시작했다.

아르부스가 상반신을 일으켜, 천천히 일어섰다. 그 시선은 눈앞의 느와르를 향했다.

그 느와르를 향해 한 발짝 앞으로 나가려고 하던 아르부스는 자신의 다리에 걸려 균형을 잃었다.

"앗."

우리가 보는 앞에서 강하게 얼굴부터 지면에 격돌한 하얀색 '왕관'.

〈……쓰러짐. 아직 모든 기능이 회복되지 않음. 분하다.〉

〈———재기동 직후. 지극히 당연.〉

지면에 쓰러진 채 말하는 아르부스와 그 말에 대답해 주는 느와르.

〈위로 필요 없음. 나는 마음에 상처를 입었다.〉

〈알겠다.〉

………………음. 갑자기 공격을 당하진 않을 것 같네. 그냥 느낌일 뿐이지만.

"나는 모치즈키 토야. 이 나라…… 브륀힐드 공국의 국왕이야. 너는 느와르의 형제기, 하얀색 왕관 '아르부스'가 맞지?"

〈그렇다.〉

아르부스가 나를 보면서 대답했다. 아무래도 문제없이 소통할 수 있는 듯했다.

"현재 너의 마스터 이름은?"

〈아서 에르네스 벨파스트. 벨파스트 왕국의 국왕이다.〉

"아니……!"

벨파스트?! 워어워어워어. 처음부터 생각도 못 한 이름이 나왔어!

"어떻게 된 거야? 벨파스트 왕국의 국왕인가가 이 아이의 마스터라고?!"

"아니야. 현재 국왕은 트리스트윈 에르네스 벨파스트거든. 다른 사람이야."

팔짱을 끼고 고개를 갸웃하는 노른에게 내가 그렇게 대답했다. 일단 장인어른이 될 사람이다. 이름 정도는 외우고 있다.

그 트리스트윈의 형제는 오르트린데 공작…… 스우의 아버지밖에 없다. 이름도 알프레드다.

현재, 벨파스트라는 이름을 가진 사람은 네 명……. 알기 쉽게 말하면 유미나네 가족뿐이다.

아버지인 트리스트윈, 어머니인 유에루, 딸인 유미나, 그리고 아들인 야마토다. 아서라는 이름은 들어본 적도 없다.

"그 아서라는 사람이 네 마스터야?"

〈그렇다. '검은색'과 같은 주인이다.〉

〈부정. 내, 주인, 노른 파토라크셰.〉

〈……그런가.〉

아르부스의 발언을 듣고 느와르가 부정했다. 그 말을 듣고도 아르부스는 딱 한마디 짧게 대답할 뿐이었다.

아르부스의 발언대로라면 그 아서라는 사람은 '검은색'과 '하얀색', 두 왕관을 데리고 다녔다는 말이다. 그런데 왜 '하얀색'만 팔레트 호수 바닥에 있고, '검은색'은 뒤쪽 세계의 광산에 있었을까?

아니, 애초에 왜 뒤쪽 세계에서 만들어진 고렘이 앞쪽 세계에……. 큭, 뒤죽박죽돼 버렸어.

〈그래. 벨파스트 왕가에는 '아서'라는 이름의 국왕이 있었네. 흠, 지금으로부터 천 년하고도 19년 전이야.〉

1019년 전…….

전화 너머에서 벨파스트 국왕이 가계도 두루마리 안에서 그 이름을 발견한 듯했다. 약 천 년 전이라. 일본으로 따지면 헤이안 시대(794~1185년)다. *후지와라노 미치나가의 시대인가.

그렇게 생각해 보면 이쪽의 문명은 그다지 발전하지 않은 듯

---

*후지와라노 미치나가(藤原道長): 헤이안 시대의 귀족, 정치가.

한……. 속도가 절반 정도인가? 전쟁으로 인한 문명 발달이 없어서 그런가 하는 생각도 들지만, 마법을 팡팡 써대는 세계니……. 그래서 마법 문화는 발전한 건지도 모른다.

정령이나 마법이 없는 우리 세계와 똑같이 생각하면 안 될지도 모른다. 작은 불 마법을 사용할 수 있으면 라이터는 필요 없고, 빛 마법인【라이트】를 사용할 줄 알면 손전등도 필요 없으니까. 그런데 이 세계에 양초는 있잖아……. 아무튼 일본도 20세기 초까지는 램프를 썼으니, 그거랑 비슷하다고 보면 되나.

"그 아서에 대해 뭔가 알고 계시는 거 없나요?"

〈어디 보자. 그…… 토야가 발견한 지하 유적. 그 옛 왕도에서 현재의 왕도로 천도한 국왕이기도 하지.〉

"역시나."

〈하지만 아서에 대해 아는 건 그 정도로, 역시 '왕관'이라든가 프레이즈의 습격 같은 기록은 남아 있지 않아. 대체 어떻게 된 건지…….〉

벨파스트 국왕이 흐으음, 하고 한숨을 내쉬었다. 마스터이자, 국왕이었던 아서가 왜 후세에 그 사실을 전하려 하지 않았을까. 그 이유를 모르겠다는 말인 듯했다.

순간 '리셋'의 효과인가도 생각했지만…… 만약 프레이즈의 습격을 '없었던 일'로 했다면, 옛 왕도는 멸망하지 않고 남아 있어야 했다. 뭔가 다른 이유가 있다.

일단은 인사를 하고 나는 전화를 끊었다.

"어땠어?"

"확인은 했어. '아서' 왕은 분명히 존재했나 봐. 천 년 전이지만."

"그렇구나. 즉, 네 마스터는 이미 죽었다는 거야. 장수종이 아닌 한."

박사가 아르부스를 바라봤지만, 아르부스는 〈……그런가.〉라고 한마디만 할 뿐, 그 이상의 반응은 보이지 않았다.

"대체 천 년 전, 5천 년 전에 무슨 일이 있었는지……. 자세히 가르쳐 줄 수 있을까?"

"마스터의 허가가 없는 한, 그 요청에는 응할 수 없다."

"아니. 네 마스터는 천 년 전에 죽었잖아? 그건 불가능해."

"그렇다면 불가능하다."

박사가 어깨를 으쓱 들어 올리며 나를 쳐다봤다. 항복이라는 건가? 고렘 주제에 융통성이 없는 건지, 아니면 사람이 죽는다는 개념을 이해하지 못한 건지. 그럴 리는 없나.

포기하려는 분위기가 떠도는 중에 에르카 기사가 말했다.

"서브 마스터 등록을 할 수밖에 없겠네."

"서브 마스터 등록?"

그게 뭐야.

"고렘은 기본적으로 마스터의 명령밖에 안 들어. 하지만 생각해 봐. 만약 전투 도중 마스터가 죽고 고렘만 무사하다면 어떻게 할래?"

"어, 마스터가 죽은 거지? 그럼 등록은 그대로 남으니……
누구의 명령도 안 듣는다?"

그런 길고양이 같은 고렘은 민폐인데. 하지만 그런 일이 없
다는 말은…….

"그래. 그런 때를 위한 기능이 서브 마스터 등록이야. 고렘이
자기의 마스터가 죽었다는 사실을 인식하고 있고, 동시에 그
마스터의 혈연자라면 고렘의 임시 마스터로 등록할 수 있어.
고렘은 재산이니까. 어떤 기체는 대대손손 상속되기도 해."

"앗, 혹시 로베르의 블라우도……!"

"파나세스 왕가의 파란색 '왕관' 말이지? 혈족 중의 적응자
가 나오면 임시가 아니라, 진짜 마스터도 가능해. 로베르 왕
자는 마스터지만, 그 이전의 마스터는 그 왕자의 증조부였지.
할아버지와 아버지는 서브 마스터였고."

그렇구나. 임시 마스터에서 임시 마스터로 이어지다가, 언
젠가 그 자손 중에서 진짜 마스터를 찾는 거구나.

"물론 그건 특수한 고렘뿐이야. 원래는 적응자라는 제한 없
이, 부모에서 자녀로 이어지는 고렘이 대부분이니까. 서브 마
스터 등록을 한 뒤에 이전 마스터의 등록을 삭제해, 정식 마스
터 등록을 하는 게 보통이지."

그거야 그렇다. 아버지가 죽으면 아버지의 고렘을 이어받는
게 당연하다. 고렘에게 거부당하다니, 평범한 고렘에게 그런
일은 벌어지지 않는다.

"마스터랑 서브 마스터는 뭐가 달라?"

"먼저, 고렘의 능력 스킬을 사용할 수 없어. 성능도 한 단계 떨어지고."

"그럼 만약에 노른이 죽고 그 딸에게 느와르가 이어진다고 해도, 서브 마스터면 '대가'를 지불하는 고렘 스킬을 사용할 수 없다는 건가."

"불길한 예를 들지 마. 맞을래?"

노른이 관자놀이를 실룩이며 나를 노려보았다. 앗, 말실수했네.

잠깐……. 그럼 아르부스에게 서브 마스터 등록을 하려는 거니, 천 년 전의 벨파스트 왕인 아서 왕의 혈연이어야 하는데…….

"……혹시 유미나한테?"

"정답. 천 년 전 사람의 혈연자가 서브 마스터가 될 수 있을지는 시도해 보지 않으면 모르지만, 어쩌면 가능할지도 모르지. 왕가 정도면 그렇게 피가 많이 섞이진 않았을 테니."

에르카 기사의 말대로, 왕가 직계 혈통이라면 사촌과의 근친혼도 많을지 모른다.

그러고 보니 유미나의 어머니이자 왕비인 유에루 님도 거슬러 올라가면 왕가의 혈통인 후작 가문이었다고 했다. 너무 혈통이 흐려지지 않았다면 괜찮으려나? 근데 아무리 그래도 천 년 전이니. 몇 세대 전이야?

"위험하진 않겠지?"

"없어. 만약 유미나가 적응자가 아니라고 해도 정규 마스터 등록을 하지 않으면, 어디까지나 임시 마스터에 지나지 않으니까. '대가' 능력은 발동되지 않아."

그럼 괜찮으려나. 일단 유미나를 불러서 설명을 하자. 이렇게 해서 뭔가 알아내면 좋을 텐데.

"'오픈'."

다시 ('리셋' 되기 전을 포함하면 세 번째지만), 아르부스의 가슴 부분이 열리고 G큐브가 햇빛을 받았다.

"이렇게 하면 되나요?"

마력을 흘리고 가슴 부분을 연 유미나가 뒤돌아보며 에르카 기사에게 확인했다.

원래는 휴면 상태가 아닌 고렘의 내부 해치는 마스터가 아니면 열 수 없다. 왜냐하면 고렘의 자기방어 시스템이 작동하기 때문이다. 구체적으로 말하면, 엄청나게 저항한다.

하지만 열 수 있는 예외가 두 가지 있는데, 하나는 제작자 마이스터의 해제. 또 하나가 고렘이 마스터를 잃은 상태에서 혈연자가 해제할 때였다.

즉, 유미나가 열 수 있었다는 말은, 아르부스는 자신의 마스터가 천 년 전에 사망했다는 사실과 유미나를 혈연자로 인정했다는 말이었다.

"저어. 이다음은 어떻게 하면 되나요……?"

"G큐브를 꺼내지 말고, 그 안에 네 머리카락을 한 올 넣어. 그러면 서브 마스터 등록이 끝나."

에르카 기사의 말대로 유미나가 금발 머리카락을 G큐브가 들어가 있는 유리 구체에 넣었다. 저항 없이 머리카락을 흡수한 G큐브는 더욱 크게 빛이 났다.

"……거부되지 않았네. 이제 유미나가 아르부스의 서브 마스터가 됐어."

또 '리셋'이 발동되지 않을까 해서 단단히 각오하고 있던 나는 에르카 기사의 말을 듣고 온몸에서 힘을 뺐다.

이것으로 하얀색 '왕관'이 천 년 전의 마스터에서 천 년 후의 자손으로 계승된 셈이다.

가슴 부분의 해치를 원래대로 되돌리자, 조용한 구동음과 함께 아르부스가 각성했다.

〈크라운 시리즈, 형식 번호 CS-01【일루미나티 아르부스】, 재기동합니다. 잠정적인 서브 마스터의 이름을 등록해 주십시오.〉

"어~. 유미나 에르네아 벨파스트, 입니다."

〈등록했습니다. 서브 마스터 등록 변경 완료. 마스터 권한을

아서 에르네스 벨파스트에서 유미나 에르네아 벨파스트로 일시적으로 이행. 재기동합니다.〉

눈이 열리고 다시 아르부스가 일어섰다. 그 눈은 유미나를 똑바로 바라보고 있었다. 유미나도 키가 작았지만, 아르부스는 그보다도 작았다. 자연히 아르부스는 올려다보는 자세가 되었다.

그리고 기사처럼 한쪽 무릎을 꿇더니 등록 때와는 다른 목소리로 말했다.

〈하얀색 왕관, 일루미나티 아르부스. 앞으로는 당신을 따르겠다. 부디 허가를, 마스터.〉

"네. 잘 모르겠지만, 잘 부탁드립니다."

〈알겠습니다.〉

아르부스가 일어서서는 고개를 끄덕였다.

그때 짝! 하고 박사가 손뼉을 치더니 실쭉 웃으며 말했다.

"자! 이제 유미나가 아르부스의 마스터가 된 거지? 바로 묻겠는데, 천 년 전과 5천 년 전, 아르부스와 느와르에게 일어났던 모든 일을 가르쳐 줘!"

"돌직구네……. 너무 흥분하지 마."

"그렇지만 토야! 5천 년 전부터 내 마음속에 남았던 답답한 응어리를 풀 수 있을지도 모르는 상황이잖아? 왜 그날, 갑자기 프레이즈의 침공이 사라졌는가. 멸망해 가던 세계가 왜 간당간당하게 살아남았는가. 그 대답이 바로 코앞에 있잖아. 어

떻게 흥분을 안 할 수 있겠어?"

박사로서는 그런가? 대체 '하얀색'과 '검은색' 왕관이 어떻게 프레이즈를 내쫓았는가…….

"일단…… 그래. 약 5천 년 전에 아르부스와 느와르의 마스터였던 사람의 이름은?"

〈크롬 란셰스. '왕관'들의 제작자이자, '하얀색'과 '검은색'을 통솔한 하이마스터.〉

"역시나."

에르카 기사도 예상했던 듯했다. 5천 년 전, '하얀색'과 '검은색'을 거느린 마스터가 뒤쪽 세계의 고대 천재 고렘 제작자 마이스터인 크롬 란셰스라는 사실을.

"대체 크롬 란셰스는 5천 년 전에 뭘 한 거야?"

〈크롬 란셰스는 우리 '검은색'과 '하얀색'의 능력을 사용해 세계를 건너뛰었다. 그리고━━━.〉

'하얀색' 왕관 아르부스가 말해 주는 진실. 그 내용을 나는 내 나름대로 머릿속에서 정리했다.

일단 '하얀색'과 '검은색' 왕관을 거느린 크롬 란셰스는 그 두 대의 능력을 사용해 자신의 세계를 건너뛰었다. 뒤쪽 세계에서 앞쪽 세계로 전이한 것이다.

느와르의 시공을 조종하는 능력은 주인이 부여한 힘이라는 모양이다. 나의 【이공간 전이】와 같은 힘이다.

앞쪽 세계에서 뒤쪽 세계로 날려간 프리뮬라 왕국의 건국왕, 레리오스 파레리우스와는 반대구나. 그래, 크롬 란셰스를 만났으면 레리오스 파레리우스는 앞쪽 세계로 돌아갈 수 있었을지도 모르겠어…….

세계를 건너뛴 크롬 란셰스였지만 당연히 대가도 엄청났다. 앞쪽 세계에 도달했을 때는 노인이었던 크롬 란셰스가 소년의 모습이 될 만큼 젊어졌다고 한다. 자칫 잘못하면 너무 젊어져 생명을 잃을 뻔했다는 소리다.

왜 그 사람이 자신의 세계를 버리고 다른 세계로 날아갔는가, 그건 알 수 없다. 새로운 지식이나 기술을 원했던 건지, 아니면 다른 이유가 있었던 건지……. 아르부스조차도 모른다고 한다. 단지 젊어지고 싶어서는 아니라고 생각하는데.

아무튼 크롬 란셰스는 5천 년 전, 지금의 마왕국 제노아스에 도착했다.

"그때 그곳에는 피라이스라 연합왕국이라는 곳이 있었는데, 내가 소속되어 있던 신성제국 파르테노에는 미치지 못했지만 기술 수준이 상당히 높은 대국이었어."

박사가 그렇게 보충 설명을 해 주었다.

하여간, 크롬 란셰스는 그 나라에 정착해 고대 마법 문명의 지혜를 배웠다. 고렘들은 박사가 지닌 미니 로봇 같은 존재로 인식되어 특별히 소란이 벌어지는 일 없이 녹아들었다고 한다.

크롬 란셰스가 십 년에 걸친 노력 끝에 마법도 사용할 수 있게 되었을 무렵, 그 피라이스라 연합왕국에 느닷없이 절망이라는 이름의 방문자가 나타났다.

프레이즈의 출현이었다.

갑자기 나타난 수정 괴물 탓에 전 세계가 패닉에 빠졌다.

어디에선가 나타나 사람들을 살육하는 수정 악마. 5천 년 전의 세계는 지금보다 마법 기술이 높아서 사람들은 마법과 마법으로 만든 마도구에 지나치게 의존하는 생활을 했다.

그런데 프레이즈라는 종은 그 마법 문명에 그야말로 천적과도 같은 존재였다.

모든 마법을 흡수하고 무력화했기 때문이다. 높은 재생 능력을 지녔고, 흠집조차 낼 수 없는 상대. 마도 전차(魔導戰車)나 마전 비행정(魔戰飛行艇)이 날리는 강력한 마법으로도 프레이즈를 막을 수 없었다.

커다란 도시는 잇달아 하급종, 중급종으로 이루어진 대군에 습격당했고, 상급종의 파멸의 빛에 의해 소멸했다.

그런 상황 속에서 크롬 란셰스는 피라이스라 연합왕국의 한쪽 구석에 있는 작은 마을에 살고 있었다.

이쪽 세계에서 얻은 사랑하는 아내와 자녀 그리고 '검은색'과 '하얀색' 왕관을 데리고.

그때 크롬은 '검은색'의 능력을 사용해 어떻게든 가족 모두가 위험한 이 세계를 떠나 자신이 태어난 세계로 돌아갈 수 없을까 시행착오를 반복했다고 한다.

역시 걸림돌은 '대가'로, 설사 왕관을 만든 제작자라도 그건 예외가 아니었다. 크나큰 힘을 행사하려면 크나큰 대가가 필요하다.

이쪽으로 오는 데만도 노인이었던 크롬이 소년으로 젊어질 정도의 대가였다. 그 이후로 세월이 흘렀다고는 하지만, 30대 초반이었던 크롬에게 그 대가는 너무 컸다. 기다리고 있는 것이라고는 확실한 '죽음' 뿐이었다.

그런 상황을 타개하기 위해 새로운 왕관 개발에도 착수했지만 시간은 그걸 허용하지 않았다.

전 세계 곳곳에 나타난 프레이즈는 드디어 피라이스라 연합 왕국의 군세를 격파하고 왕국을 유린하기 시작했다.

그리고 드디어 크롬이 사는 마을에도 그 마수를 뻗쳤다.

마을에 나타난 그 프레이즈는 사람의 형태였다고 한다. 포악하게 웃는 붉은 눈과 곤두선 수정 머리카락의 프레이즈 남성형 지배종.

"기라인가……. 그 녀석, 5천 년 전에도 마구 날뛰었구나."

아르부스의 이야기를 들으면서 나는 그 녀석을 떠올렸다. 내가 네이 다음으로 만난 지배종. 오만하고 잔학하며 호전적인 지배종이었다.

간신히 쓰러뜨리긴 했지만, 그때 나는 신화(神化)를 한 상태였다. 지금보다는 힘을 잘 끌어내지 못했다고는 해도 신화한 나와 맞붙을 수준이니 기라는 정말 엄청나게 강했다.

당연히 기라는 잇달아 마을 사람들을 죽이기 시작했다. 남자도 여자도 어린아이도 관계없이 마치 사냥을 즐기듯이 죽였다.

크롬도 '검은색'과 '하얀색' 왕관을 거느리고 싸웠지만 기라를 쓰러뜨리지는 못했다. 능력을 사용할 수 없는 왕관으로는 그것도 당연한 일이었다.

그리고 드디어 기라의 마수가 그의 가족에게도 뻗쳤다.

기라가 날린 입자포가 그의 아내와 자녀를 이 세상에서 사라지게 한 순간, 크롬의 분노가 폭주하는 것과 함께 '검은색'과 '하얀색'의 능력이 발동되었다.

'검은색'과 '하얀색'의 힘은 비슷하면서도 다르다. 동시에 사용하자 그 힘은 도저히 막을 수 없을 만큼 폭주하고 말았다.

중심이 된 힘은 '하얀색'의 힘이었다고 한다. 즉, 현상의 개변(改變).

하지만 그것은 살짝 시간을 거슬러 올라가는 '검은색'의 힘과 융합하여 폭주한 끝에, 복잡하고 기괴한 변화를 만들어 냈다.

시간이 되돌아가 원래대로 돌아가는 '세계의 결계'. 그 결과 대부분의 프레이즈들은 차원의 틈새로 되돌아갔다고 한다. 남은 지배종이나 상급종 쪽은 엔데가 어떻게든 했다고 했었지?

크롬의 아내와 자녀가 죽었다는 시간의 흐름 위에, 아무 일도 '없었던' 세계에서 잘려 나온 현상이 덮어쓰기 되었다.

전 세계에 넘치는 모순. 모순의 폭풍우. 과정은 없는데 결과가 있었다. 결과가 있는데 과정은 없었다.

한동안 세계는 혼란의 소용돌이에 휩싸였다고 한다. 하지만 프레이즈라는 위협은 사라졌다. 세계를 3분의 2 이상이나 유린했던 악마는 이 세상에서 내쫓겼다.

"……아, 그래서 그렇군."

바빌론 박사가 왼손의 손바닥에 오른손 주먹을 탁, 하고 두드렸다.

"뭐 짚이는 거라도 있어?"

"아니, 마침 프레이즈들이 사라진 그날, 나는 프레임 기어의 최종 조정을 서두르고 있었거든. 그런데 분명 조립했던 부품이 바닥에 굴러다니거나, 아직 하지도 않았던 체크리스트가 다 끝나 있기도 하는 이상한 일이 벌어졌어. 너무 지쳐서 그런가 해서, 잠을 자 버렸지."

"그게 아르부스와 느와르의 능력이 폭주한 탓이라고?"

"아마 그렇지 않을까? 1, 2, 3, 4처럼 순서대로 늘어서 있어야 할 것이, 완전히 따로따로 늘어선 정도를 넘어, 3이니 A이니처럼 아예 계열이 다른 것들까지 섞여 버린 거야. D, 5, 二, γ처럼. 뭐가 뭔지 이해가 안 되는 수밖에."

시간과 병렬 세계가 랜덤으로 뒤바뀌었다……라고 해야 하나? 그럼 패닉이 벌어질 수밖에 없다.

"크롬 란셰스도 왕관 두 대로 인한 폭주가 벌어지리라고는 예상하지 못했겠지. 그런 위험을 알았다면 틀림없이 어떤 제어 장치를 달아뒀을 거야."

결론부터 말하자면, 그 덕분에 세계는 구원받았다고도 할 수 있겠지만.

되돌아가지 않았던 프레이즈들도 있었다는 모양이지만, 아마 인간들에게 각개격파되지 않았을까 한다.

"그것보다도…… 그런 능력을 사용한 크롬 란셰스는 어떻게 되었을까요?"

유미나가 그런 말을 하더니, 자신의 종이 된 고렘을 바라보았다.

〈크롬은 '대가'를 지불했다. 나, '하얀색' 왕관인 나의 '대가'는 【기억】. 그 사람은 오랫동안 쌓아온 방대한 지식, 자신의 과거, 그 기억을 모두 【대가】로 지불했다.〉

"아니……!"

하얀색 왕관의 대가가 '기억'?

'기억'이란 지식, 추억으로, 그 사람을 형성하는 소중한 가치다.

아르부스의 능력은 사용할 때마다 마스터인 인간이 어떠한 '기억'을 잃게 하는 건가.

기억은 매일 만들어진다. 그리고 모르는 사이에 잃어 간다. 아니, 기억이란 잃는 것이 아니라, 그냥 떠올리지 못할 뿐이었던가? 【대가】로서는 가혹하지 않은 부류에 속할지도 모른다.

하지만 사람에게는 절대로 잃고 싶지 않은 기억도 있다. 가족, 연인, 자신의 꿈, 이뤄야 할 목표……. 그런 것들이 사라지고, 없어진다.

어떻게 보면 가장 잔혹한 【대가】다. 쌓아온 정도 신뢰도, 순식간에 사라진다.

친구였던 사람과 쌓아온 우정이 사라진다. 사랑하는 사람과의 추억도 사라지고, 사랑이 없어진다. 그건 굉장히 두려운 일이 아닐까.

다행히 크롬의 기억은 단숨에 사라지지는 않았다. 하지만 매일, 매일, 조금씩, 모래가 손에서 빠져나가듯이 기억을 잃었다.

아내와 자녀를 지키는 데는 성공했지만, 그 두 사람에 관한 추억도 지금까지 익힌 지식도, 시간이 문제일 뿐 언젠가는 모두 사라지게 되었다.

그에 더해 폭주한 '검은색'과 '하얀색'이 일으킨 모순은 그것만으로 끝나지 않고, 고렘인 왕관 자신에게도 되돌아왔다.

크롬과의 계약이 '없었던 일'이 되어버린 것이다. 마스터와의 관계가 사라지면 고렘은 그 존재 의의를 잃는다.

크롬이 왕관 두 대와 재계약을 하는 일은 일어나지 않았다.

〈이윽고, 우리는 기능이 정지되어 휴면 상태로 이행했다. 그후, 크롬이 어떻게 되었는지는 알 수 없다.〉

아르부스가 그렇게 중얼거렸다.

천재 고렘 기사, 크롬 란셰스는 그 후에 어떻게 되었을까. 세계의 결계를 원래대로 되돌리고 수많은 모순을 낳은 그 【대가】는 결코 가볍지 않았다.

모든 기억을 잃고 폐인이 되기라도 했다면…… 너무 마음이 아프다. 아니면 가족을 지켰다는 만족감에 그런 사태를 순순히 받아들였을까.

그 이후로 아내, 자녀와 같이 살면서 새로운 기억을 얻어 행복하게 살았으면 좋았을 텐데. 어느 쪽이든 천재 고렘 기사 크롬 란셰스는 모습을 감추고, 평범한 크롬이라는 남자가 된 셈이다.

전 세계에 넘쳐난 모순. 하지만 인간이란 굳세기에 앞뒤가 맞지 않아도 제멋대로 해석해 받아들인다.

파괴된 마을과 도시, 살해당한 사람들. 그러한 흔적이 프레이즈의 '존재'를 증명한다. 하지만 지금은 '없다'.

그리고 그 설명을 할 수 있는 유일한 남자는 기억을 잃었다.

" '하얀색'과 '검은색'의 폭주……. 말하자면 그건 우연의 산물이었다는 거군. 정말로 간당간당하게 세계는 멸망을 회피했다는 말이야. 그렇다면 나는 너희에게 감사해야겠는걸? 적어도 그 시대를 살았던 사람으로서."

바빌론 박사가 오묘한 태도로 말했다. 안 어울려. 그렇게 말하고 싶었지만, 그런 말은 하지 않는 게 낫나.

"5천 년 전 일은 대충 알겠어. 그래서? 그 뒤에 너희는 어떻게 됐는데?"

〈우리가 그 뒤에 어떻게 되었는지는 불명. 재기동했을 때, 청년 한 명이 우리의 마스터가 되었다. 아서 에르네스 벨파스트가.〉

그 이후로 단숨에 4천 년이나 뛰어넘는 거야?

크롬 란셰스가 두 대를 어떻게 했는지는 모른다. 봉인했는지, 방치했는지, 또는 누군가에게 팔아넘겨졌는지…….

크롬은 기억을 잃었으니 어떤 행동을 했어도 이상하지 않다. 이제 고렘 두 대는 아무런 추억도 애착도 없는 그냥 '물건'일 뿐이었을 테니까.

아르부스가 눈을 떴을 때, 장소는 어딘가의 동굴이었다고 한다. 눈앞에는 아서가 있었고 그 옆에는 느와르가 이미 기동되어 있었다.

주변에는 빛나는 보물이 산더미처럼 쌓여 있었고, 아서가 쓰러뜨린 하급룡 한 마리의 사체가 있었다. 아무래도 고렘 두 대는 드래곤의 둥지로 옮겨져 있었던 모양이었다.

느와르의 기동은 우연이었다고 한다. 가슴 부분의 해치가 활짝 열려 있었는데, 드래곤과 싸워 부상을 입은 아서의 피가 G큐브에 떨어져 기동되었다.

눈을 뜬 느와르가 알려주는 대로 아서는 아르부스도 기동시켰다는 말이다.

다행인지 불행인지 아서는 '적응자'로 왕관 두 대의 새로운 마스터가 되었다.

아서는 편리한 아티팩트를 손에 넣었다며 기뻐했다고 한다. 당연한 반응이다. 종처럼 명령에 따르고 지칠 줄 모르는 충실한 기사를 손에 넣은 거니까.

그대로 두 대는 10년 정도 아서를 따랐다. 왕자였던 아서는 이윽고 왕이 되었고, 명군이라 불리게 되었다. 당시 소국이었던 벨파스트 주변에는 수많은 마수가 서식했는데, 그 마수들을 왕관 두 대와 함께 토벌하고 개척하여 영토를 넓혔다고 한다.

"그래? 그럼 지금의 벨파스트가 있는 것도 아르부스와 느와르 덕분이네?"

〈우리는 아서의 말에 따랐을 뿐이다.〉

사람이 역사다, 그 말인가. 사람이 아니라 고렘이지만.

그런데 당시의 벨파스트에도 암운이 드리운다.

계기는 아서가 우연히 발동한 '검은색'의 능력이었다. '검은색'의 능력은 병렬 세계로부터의 소환과 시공간 조작. 그 힘이 세계의 결계 일부를 벌어지게 만들었다.

【대가】로서 아서는 몇 년의 시간을 잃고 젊어졌지만, 그것보다도 무거운 【대가】를 치르게 된다.

벌어진 곳에서 결계를 깨고 프레이즈들이 나타나고 말았다.

5천 년 전처럼 결계가 부서지지는 않았다. 벌어진 곳을 통해 나타난 프레이즈는 천 마리 정도의 하급종이었지만, 운이 나쁘게도 중급종 두 마리도 섞여 있었다.

벨파스트의 군대는 왕도에 나타난 프레이즈들에게 맞섰다.

처음 보는 수정 악마에게 기사와 병사들은 잇달아 쓰러졌고 왕도는 불길에 휩싸였다.

하급종은 희생을 치러서라도 수십 명이 달려들면 쓰러뜨릴 수 있었지만, 중급종은 도저히 대항할 수 없었다.

아르부스와 느와르가 간신히 억눌러 현상을 유지하는 게 고작이었다.

그런 상황이 되자 아서는 한 가지 결단을 내린다. 중급종 두 마리를 '검은색'의 능력을 사용해 차원의 틈새로 다시 밀어서 내보내려는 계획이었다. 쓰러뜨릴 수는 없어도 이 세계에서 추방해 버리면 된다.

결과적으로 작전은 성공했다. 하지만 한 가지 큰 실수를 했다. 중급종 두 마리는 추방될 때, 그 유사 하전입자포를 날리려고 했다.

순간적으로 아서는 그걸 막기 위해 '하얀색'의 능력을 발동. 중급종의 공격을 취소시키려고 했다. '검은색'의 능력과 '하얀색'의 능력이 동시에 뒤섞였다. 그래서는 다시 과도한 폭주가 시작될 수밖에 없었다.

〈그 이후의 일은 모른다. 나는 그 직후에 기능이 정지되었으니까.〉

아르부스가 정확히 기억하는 부분은, 느와르가 차원의 틈새로 빨려 들어가고 자신이 크게 튕겨 나가 호수에 떨어졌다는 것까지였다.

"으~음……. 그럼 느와르는 그때 우리 세계로 차원을 넘어 흘러들어 온 건가? 느와르는 기억이 없는데, 혹시 몇천 년 동안 표류했기 때문이라든가?"

"그럴지도 몰라. 이쪽과는 시간의 흐름이 다를 테니까. 예를 들어 크롬이나 토야는 배를 타거나 하늘을 날아 바다를 건넜지만, 느와르는 파도에 휩쓸리다가 건너게 됐다는 거겠지. 그래선 시간이 걸릴 수밖에."

에르카 기사와 바빌론 박사가 깊이 생각에 잠기며 말했다. 나는 옆에 있는 아서의 자손, 유미나를 바라보았다.

"아서는 무사했을까?"

"왕가 족보에도 실려 있으니, 아마도……. 벨파스트의 역사에 이 고렘 두 대가 남아 있지 않은 이유는 폭주로 인한 개변의 영향일 거예요."

아니, 아르카나족 같은 일부 사람들은 기록해 옛 왕도 지하에 남겨 두었지만.

아마도 아서 자신은 【대가】 탓에 왕관이나 그와 관련된 기억을 잃었으리라 생각된다. 5천 년 전처럼 세계 규모의 모순은 벌어지지 않아, 벨파스트가 당시 형편에 맞춰서 보완해 버린 게 아닐까. 역사 다시 쓰기라고 해야 하나.

"오랫동안 가슴에 남았던 답답함이 풀린 기분이야. 크롬 란셰스의 지식이 남아 있지 않아 아쉽긴 하지만."

박사가 그렇게 중얼거렸지만, 나는 이것으로 충분하다고도 생각했다. 고렘 기사인 크롬이 계속 존재했다면, 더욱 위험한 '왕관'을 만들었을지도 모른다.

【대가】가 필요한 '왕관'을 얻는 일은 악마의 계약이라고도

할 수 있다. 결코 좋은 일만 있지는 않다.

"……유미나는 절대 아르부스를 정식 등록하지 말아 줘."

"'적응자'인지 어떤지도 모르고, 할 생각은 없지만……. 걱정되시나요?"

"당연하지. '기억'을 【대가】로 주다니 그걸 어떻게 허용해?"

내가 그렇게 말하자 유미나는 키득거리며 웃었다. 나는 꽤 진심인데. 우리를 잊어버리다니 그런 일을 어떻게 허락하겠어.

만약 그런 일이 벌어지면 신들의 힘을 사용해서라도 원래대로 되돌려 놓을 거지만……. 어라?

혹시 우리의 권속이 된 유미나에게는 【대가】의 힘이 미치지 않는 건가? 실제로 '리셋' 되었을 때도 나나 코스케 삼촌은 아무렇지도 않았잖아.

그건 시간이 되돌아간 게 아니니, 그때 아무 관계 없는 유미나와 약혼자들에게는 효과가 있었는지 어땠는지 알 수 없지만.

크롬이 아무리 천재라고는 해도, 신의 영역에까지 발을 들였으리라고는 생각하기 힘들었다.

그렇다고 물론 시도해 볼 생각은 없지만. 만에 하나의 일이 벌어질 수도 있는 거니까.

나는 살짝 유미나의 손을 잡았다. 그러자 유미나도 부드럽게 내 손을 꼭 쥐었다.

"……사랑 과시하지 마."

노른의 어이없다는 듯한 시선을 보냈지만 신경 쓰지 말자.

후기

『이세계는 스마트폰과 함께.』 제18권을 전해 드렸습니다.
즐겁게 읽으셨나요?

드디어 다음 권에서 사신과의 싸움도 결말이 납니다. 길었
던 토야 일행의 모험도 이것으로 일단락된다고 해야 할까요.
앗, 마지막 권은 아닙니다. 여러분 덕분에 아직도 더 이어집
니다. 감사합니다.

자, 띠지를 보신 분이라면 아시겠지만 다음 19권은 드라마
CD가 포함된 특장판도 나옵니다.

16권에 이어 드라마 CD 제2탄입니다. 여러분 덕분에 1년도
안 되어 나오게 되었습니다.

독자 여러분의 요망대로, 이번에는 후발 주자 세 명도 추가
되어 히로인이 모두 나옵니다.

지난번의 드라마 CD는 감사하게도 증쇄가 되어 이번에는
조금 많이 출하한다고 합니다.

그렇더라도 적은 편이니 꼭 입수하고 싶은 분께서는 서점에 가서서 예약해 주신다면 기쁘겠습니다.

드라마 CD이지만 목욕신도 나옵니다. 상상력으로 메꾸면 혹시 보일지도……. 아니, 무리인가.

그러면 감사의 말씀을.

우사츠카 에이지 님. 항상 감사합니다. 뜨개질에 고군분투하는 야에가 귀엽습니다.

오가사와라 토모후미 님. 꽤 오래전에 디자인해 주셨지만 계속 묵혀 두었던 루의 발트라우테를 겨우 등장시켰습니다. 이것으로 모든 히로인의 기체가 일러스트에 등장했습니다. 감사합니다.

담당자 K 님. 하비 재팬 편집부 여러분, 이 책의 출판을 도와주신 모든 분께도 감사합니다.

그리고 항상 「소설가가 되자」와 이 책을 읽어 주시는 모든 독자 여러분께 감사의 마음을 전합니다.

후유하라 파토라

※ 후기의 내용은 일본어판 발매 당시 내용입니다.

융합한 양쪽 세계의 나라들과 손을 잡고

토야 일행은 최종 결전에 돌입한다.

이세계는 스마트

후유하라 파토라　illustration 우사츠카 에이지

드디어 부활한 사신과
강화된 변이종들.

폰과 함께. 19

이세계는 스마트폰과 함께. 18

2020년 10월 25일 제1판 인쇄
2020년 11월 01일 제1판 발행

지음 후유하라 파토라 | **일러스트** 우사츠카 에이지

옮김 문기업

발행 영상출판미디어(주)
등록번호 제 2002-000003호
주소 21311 인천광역시 부평구 평천로 132 (청천동)
전화 032-505-2973(代) | FAX 032-505-2982

ISBN 979-11-6625-232-7
ISBN 979-11-319-3897-3 (세트)

異世界はスマートフォンとともに。18
ⓒ Patora Fuyuhara
Originally published in Japan by HOBBY JAPAN Co., Ltd.

구매 시 파손된 도서는 구매처에서 교환하실 수 있습니다.
기타 불편사항, 문의사항이 있으신 독자님께서는 노블엔진 홈페이지
[http://novelengine.com] 에서 Q&A 게시판을 이용해 주시기 바랍니다.